WAGENBACHS TASCHENBÜCHEREI

# Practica vber die grossen vnd ma-
nigfeltigen Coniūction der Planeten/die im
Jar.M.D.XXiiij.erscheinen/vñ vn-
gezweiffelt vil wunderbarlicher
ding geperen werden.

Auff Rö.Kay.May.Gnaden vnd Freyhaiten/Hüt sich menigklich/dyse meine Pra-
ctica in zwayen Jaren nach zůtrucken/bey verlierung.4.Marck lötigs Golds.

Prophezeiung des Bauernkrieges, Titelblatt der Flugschrift von H. Rynmann »Practica vber die grossen und manigfeltigen Coniunction der Planeten . . .«, Nürnberg 1524

# Die Schlacht unter dem Regenbogen

## Frankenhausen, ein Lehrstück aus dem Bauernkrieg.

Belege, Berichte und Ansichten

Zusammengestellt von Ludwig Fischer

Verlag Klaus Wagenbach Berlin

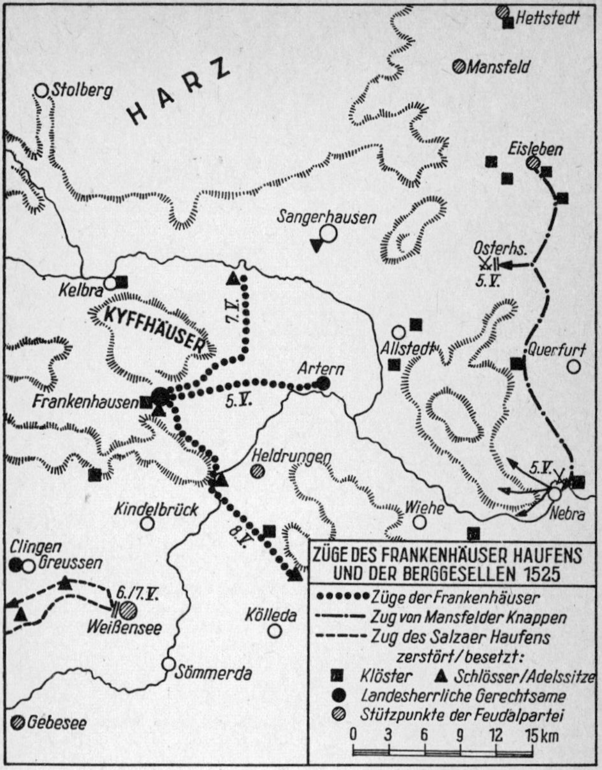


Wagenbachs Taschenbücherei 13

6.–8. Tausend 1977

Satz: acomp, Wemding – Druck: aprinta, Wemding
Bindung: Hans Klotz, Augsburg

ISBN 3 8031 2013 6

# Inhalt

Bewaffnete Bauern, Holzschnitt von Hans Tirol aus »Belehnung König Ferdinand I . . . zu Augsburg«, 1530 (Ausschnitt)

# I. Die Schlacht ist geschlagen

*Wolf Schwärmer:* Guten Tag, lieber Bruder, guten Tag.
*Bauer:* Hab Dank, mein Bruder, hab Dank. Woher so früh am Morgen?
*Wolf Schwärmer:* Ei, immer von Frankenhausen herein.
*Bauer:* Du hast ja ein gesalznes Gesicht und einen langen Bart, ich glaub, du bist auch einer von den flüchtigen Schwärmern, die man gestern dort geschlagen hat, warum hinkst du?
*Wolf Schwärmer:* Ach lieber Bruder, schweig still und verrat mich nicht, ich bin ja einer und hab wohl vierzehn Wunden am Leib, die Reiter haben mich als einen Toten liegen lassen.
*Bauer:* Ei, man hat euch Schwärmern recht getan, ihr habts nicht anders haben wollen.

*Dies ist der Anfang einer Flugschrift, die wenige Wochen nach der Schlacht und nach Müntzers Tod wahrscheinlich von Johann Agricola verfaßt und in Wittenberg gedruckt wurde. Titel: »Ein nützlicher Dialog oder Gesprächbüchlein zwischen einem Müntzerischen Schwärmer und einem evangelischen, frommen Bauern, die Strafe der aufrührerischen Schwärmer, die zu Frankenhausen geschlagen, belangend«.*

*Agricola, Theologe und Schüler Luthers, dann Universitätslehrer in Wittenberg – später wegen des sogenannten antinomistischen Streits mit Luther entzweit und in die Provinz abgeschoben – war in der Anfangszeit der Reformation mit Müntzer befreundet gewesen. Von dem Briefwechsel der beiden sind nur zwei Originale Agricolas unter Müntzers Papieren erhalten geblieben; vielleicht hat Agricola, als sich die Gegnerschaft zwischen Müntzer und Luther zuspitzte und erste Unruhen auch in Mitteldeutschland aufflackerten, die Briefe des früheren Freundes und Kollegen vernichtet, um sich nicht zu kompromittieren. Agricola stellte in Eisleben, seiner Heimatstadt, in den Wochen vor der kriegerischen Entscheidung auch einige Verhöre mit angeblichen Anhängern Müntzers an.*

*Agricola war nicht der einzige aus dem Kreis um Luther, der eine Flugschrift zu den Ereignissen in Thüringen verfaßte. Noch schneller hatte Philipp Melanchthon gearbeitet:*

## Die Historie Thomas Müntzers, des Anfängers des thüringischen Aufruhrs, sehr nützlich zu lesen

Da zog Thomas aus, denn er meinte, es wäre nun das ganze Land der Fürsten abgefallen, und zog gen Frankenhausen mit dreihundert Buben von Mühlhausen. Und der Pöbel in allen Städten regte sich. Und wiewohl die sächsischen Fürsten sich rüsteten, den Bauern zu wehren, und der Landgraf von Hessen und die Herzöge von Braunschweig unterwegs waren, das Lärmen zu stillen, so hätten sie doch schier den Augenblick verpaßt, wenn nicht die Bauern auch erschreckt worden wären, so daß sie auch säumten und nicht fortzogen, die Städte einzunehmen.

Es fiel aber ein Schrecken in die Bauern aus folgendem Grund: Als sich die Grafschaft Mansfeld erhoben hatte und rundherum alle Grafschaften, die daran grenzen, machte sich Graf Albrecht auf mit sechzig Pferden und erstach zweihundert. Da erschraken die Bauern und zogen nicht fort, sondern liefen alle gen Frankenhausen, dort zu warten, bis der Haufen größer würde, und warteten dort, bis die Fürsten auch zusammenkamen.

Also zogen die Fürsten – die Gesandten Herzog Johanns von Sachsen, Herzog Georg von Sachsen, Landgraf Philipp von Hessen und Herzog Heinrich von Braunschweig – gegen die Bauern mit fünfzehnhundert Pferden und nicht viel Fußvolk. Es hatten aber die Bauern ihre Wagenburg auf einem Berg bei Frankenhausen geschlagen, daß man mit den Reitern nicht gut zu ihnen kommen konnte, aber sie hatten nicht viel Geschütz und Harnisch und waren ganz ungeschickt und ungerüstet.

Solches sahen die Fürsten und erbarmten sich der törichten armen Leute und fingen Verhandlungen an, um sie abzuhalten von ihrem Vorhaben, und schickten zu ihnen mit der Aufforderung, abzuziehen und die Hauptleute und Anfänger des Lärmens zu überantworten. Die armen Leute waren erschrocken und wären wohl zurechtzuweisen gewesen, aber der Teufel wollte durch Thomas seinen Mutwillen ausrichten. Er trieb den Thomas, daß er sie ermahnte zu bleiben und sich zu wehren, darum trat der auf und redete also:

Liebe Brüder, ihr seht, daß die Tyrannen, unsere Feinde, da sind und sich unterstehen wollen, uns umzubringen. Aber sie sind so furchtsam, daß sie uns nicht anzugreifen vermögen, und fordern, daß ihr abzieht und die Anfänger dieser Sache überantwortet. Nun, liebe Brüder, ihr wißt, daß ich solche Sache auf Gottes Befehl hin angefangen hab und nicht aus eigenem Antrieb oder Kühnheit, denn ich bin mein Lebtage kein Krieger gewesen. Weil aber Gott mir mündlich geboten hat auszuziehen, bin ich es schuldig und ihr alle, hier zu bleiben und das Ende abzuwarten. Es gebot Gott Abraham, seinen Sohn zu opfern, und Abraham wußte nicht, wie es ausgehen würde. Dennoch folgte er Gott und fuhr fort, wollte das fromme Kind opfern und töten. Da errettete Gott Isaak und erhielt ihn am Leben. Also auch wir, dieweil wir Befehl von Gott haben, sollen wir auch das Ende abwarten und Gott für uns sorgen lassen. Ich zweifle aber nicht daran, daß es gut ausgehen werde und wir an diesem heutigen Tag Gottes Hilfe sehen werden und unsere Feinde alle vertilgen. Denn Gott spricht oft in der Schrift, er wolle den Armen, den Frommen helfen und die Gottlosen ausrotten. Nun sind wir hier die Armen und die von Gott sein Wort begehren zu erhalten. Darum sollen wir nicht zweifeln, es wird das Glück auf unserer Seite sein. Was sind aber die Fürsten? Sie sind nichts als Tyrannen, schinden die Leute. Unser Blut und Schweiß vertun sie mit Hofieren, mit unnützer Pracht, mit Huren und Spitzbuben. Es hat Gott geboten im Deuteronomium, es soll ein König nicht viele Pferde mit sich führen und keine große Pracht veranstalten. Auch soll ein König täglich das Gesetzbuch in den Händen haben. Was aber tun unsere Fürsten? Sie nehmen sich des Regierens nicht an, hören die armen Leute nicht, sprechen nicht Recht, halten die Straßen nicht rein, wehren nicht Mord und Raub, strafen kein Frevel und Mutwillen, verteidigen nicht die Witwen und Waisen, verhelfen nicht den armen Leuten zu ihrem Recht, schaffen nicht, daß die Jugend recht zu guten Sitten erzogen werde, fordern den Gottesdienst nicht, wo doch Gott aus diesen Gründen die Obrigkeit eingesetzt hat. Sondern sie verderben nur die Armen je länger je mehr mit neuen Lasten, gebrauchen ihre Macht nicht zur Erhaltung des Friedens, sondern zur Stärkung der eigenen Herrschaft, damit jeder mächtig genug gegenüber seinem Nachbarn sei, verderben Land und Leute mit unnötigen Kriegen. Rauben, Brennen, Morden, das sind die fürstlichen Tugenden, womit sie jetzt daherkommen. Ihr sollt nicht denken, daß Gott solches länger dulden wolle. Denn wie er die Kanaaniter vertilgt hat, so wird er auch diese Fürsten vertilgen. Und selbst wenn solches zu dulden wäre, so kann Gott doch das nicht dulden, daß sie den falschen Gottesdienst der Pfaffen und Mönche verteidigen wollen. Wer weiß nicht, was an greulicher Abgötterei geschieht mit dem Kauf und Verkauf in der Messe. Wie Christus die Krämer aus dem Tempel stieß, so wird er diese Pfaffen und ihren Anhang verderben. Und wie Gott Pinehas gelobt hat, daß er die Hurerei mit Kosbi straft, so wird Gott uns Glück geben, der Pfaffen Hurerei zu strafen. Darum seid getrost, tut Gott den Dienst, diese untaugliche Obrigkeit zu vernichten. Denn was hülfe es, wenn wir auch Frieden mit ihnen machten. Sie wollen doch fortfahren, uns nicht frei zu lassen, treiben uns zu Abgötterei. Nun sind wir es schuldig, lieber zu sterben, als ihnen ihre Abgötterei zuzugestehen. Es wäre besser, daß wir Märtyrer würden, als daß wir duldeten, daß uns das Evangelium entzogen würde und uns die Mißbräuche der Pfaffen aufgezwungen würden. Darüber hinaus weiß ich gewißlich, daß Gott uns helfen und uns den Sieg geben wird. Denn er hat mir mündlich solches zugesagt und mir befohlen, alle Stände zu reformieren. Das ist ein Wunder nicht, daß Gott wenigen und ungerüsteten Leuten den Sieg gibt gegen viele tausend, wie denn Gideon mit wenigen Leuten, Jonathan mit seinem einzigen Knaben viele tausend geschlagen haben, David ungerüstet den großen Goliath umgebracht hat. Also zweifle ich nicht daran, es werde jetzt das Gleiche geschehen, daß wir, wiewohl ungerüstet, siegen werden. Eher müßten sich Himmel und Erde verändern, als daß wir verlassen werden sollten – wie sich die Natur des Meeres änderte, auf daß die Israeliten Hilfe erhielten, als Pharao ihnen nachjagte. Laßt euch das schwache Fleisch nicht erschrecken und greift kühn die Feinde an. Ihr braucht das Geschütz nicht zu fürchten, denn ihr sollt sehen, daß ich alle Büchsenkugeln, die sie gegen uns schießen, im Ärmel fangen will. Ja, ihr seht, daß Gott auf unserer Seite ist, denn er gibt uns jetzt ein Zeichen. Seht ihr nicht den Regenbogen am Himmel? Der bedeutet, daß Gott uns, die wir den Regenbogen auf der Fahne führen, helfen will, und droht den mörderischen Fürsten Gericht und Strafe an. Darum seid unerschrocken und tröstet euch der göttlichen Hilfe und stellt euch zur Wehr, es will Gott nicht, daß ihr mit den gottlosen Fürsten Frieden macht.

Als Thomas ausgeredet hatte, war der größere Teil der Leute entsetzt und wäre gern davongelaufen. Sie sahen wohl, daß das Wasser über die Körbe gehen wollte. Es gab aber keine Ordnung und Führung, daß man Rat gehalten hätte, was man tun sollte. Auch waren etliche mutwillige Buben dabei, die Lust hatten zu fechten und sich selbst ins Unglück zu bringen. Weil sie vom gleichen Geist waren, fielen sie Thomas zu, und sie wurden nicht allein von Thomas' Rede zornig, sondern viel mehr erregte sie der Regenbogen, der erschien, als Thomas redete. Denn weil sie einen Regenbogen auf ihrer Fahne führten, meinten sie, Gott hätte ihnen ein Zeichen gegeben für den Sieg. Auch war der Haufen ziemlich groß und hatte eine gute Stellung, so daß sie meinten, sie würden stark genug gegen die Fürsten sein. Denn es waren an die achttausend Bauern. Also schrien einige der Buben, man solle sich zur Wehr stellen, und fingen an, das Lied ›Veni sancte spiritus‹ zu singen.
Also erhielten die Fürsten keine Antwort auf ihr Begehren. Es hatte auch Thomas einen jungen Edelmann, der, einziger Sohn eines alten Mannes, mit anderen ins Lager gesandt worden war, um dort etwas auszurichten, gegen allen Kriegsbrauch erstechen lassen. Das erzürnte die Fürsten und den Adel sehr, daß sie wütend auf die Bauern wurden. Darum blies man die Fanfare und ordnete das Heer, und der Landgraf von Hessen, der unter den Fürsten daselbst der jüngste war, ritt um das Heer und ermahnte sie, den Landesfrieden zu retten, und redete folgendermaßen:

Liebe Freunde, ihr seht die armen Leute vor euch, gegen die ihr geführt seid, um ihrem Ungehorsam und Frevel zu wehren. Nun hat die Fürsten ihr Elend erbarmt, und wir haben mit ihnen verhandeln lassen, daß sie abzögen, sich ergäben und die Hauptleute auslieferten. Darauf geben sie keine

Antwort und rüsten sich, um zu kämpfen. So erfordert es die große Not, daß wir uns dagegen wehren. Darum ermahne ich euch, daß ihr sie ritterlich angreift und den treulosen Bösewichten und Mördern wehrt. Es hat der Teufel die Leute so geblendet, daß sie sich weder raten noch helfen lassen wollen. Denn obwohl sie große Klagen über die Fürsten vorbringen, so ist doch kein Grund auf der Erde hinreichend, Aufruhr zu erregen und Gewalt gegen die Obrigkeit zu gebrauchen. Denn es ist ein sehr ernstes Gebot Gottes, die Obrigkeit zu ehren und zu fürchten. Darauf hat Gott so geachtet, daß Aufruhr nie ungestraft geblieben ist. Denn Paulus sagt: Wer sich der Obrigkeit widersetzt, wird gestraft, denn die Obrigkeit ist von Gott verordnet. Darum achtet Gott so sehr darauf, daß sie keine Kreatur zerstören kann. Wie es Gottes Ordnung ist, daß Tag und Nacht wird, und kein Mensch kann die Sonne vom Himmel reißen, Tag und Nacht wegnehmen, so werden weder der Teufel, noch des Teufels Apostel – die Müntzerischen Bauern – gegen die verordnete Obrigkeit Glück haben. Ich sage dies nicht, um mich als ein Fürst zu schmücken und die Sache der Bauern schlecht zu machen, sondern es ist die ganze Wahrheit. Ich weiß wohl, daß wir oft sträflich sind, weil wir Menschen sind, und uns oft vergreifen. Dennoch soll man deswegen keinen Aufruhr anstellen. Es gebietet Gott, die Obrigkeit zu ehren. Man soll sie aber dann besonders ehren, wenn sie der Ehre besonders bedarf. Nun bedarf die Obrigkeit dann am meisten der Ehre, wenn sie geschmäht wird, vielleicht auch Fehler begangen hat. So sollen die Untertanen der Obrigkeit helfen, solche Schmach zu tragen, sollen sie wieder zu Ehren bringen und decken, wie Sem den bloßen Noah bedeckt, damit man in Frieden und Einigkeit beieinander bleiben und leben möge. Was tun aber diese treulosen Bösewichte? Sie decken nicht unsere Fehler zu, sondern machen sie immer mehr ruchbar, ja lügen auch viel dazu. Denn es ist erdichtet und erlogen, daß wir nicht den Landesfrieden hielten, daß wir nicht die Gerichte gestellten, daß Mord und Raub in den Landen wären. Denn wir sind, nach unserer Fähigkeit, beflissen, eine friedliche Regierung zu halten. Nun ist die Bürde, die die Untertanen an Geld oder Steuer tragen, gering gegenüber der Sorge und Mühe, die wir tragen. Aber jedermann hält seine Last für die größte. Was dagegen andere Leute erleiden, will niemand wissen. Die Bauern geben geringe Steuern, dafür sitzen sie sicher, können Weib und Kind ernähren, können Kinder zu Zucht und Ehre erziehen. Um solche Sicherheit zu erhalten, werden ihre Steuern angelegt. Sag mir, wem entsteht der größte Nutzen daraus? Es kann aber nicht alles beim Regieren hinreichend ausgerichtet werden, das ist wahr. Denn dies ist das allgemeine Unglück in der Welt, es gerät doch das Korn auf dem Feld nicht alle Jahre gut. Darum fordert Gott, daß man die Obrigkeit ehre, denn wenn die Obrigkeit keine Fehler machte, so stünde ihre Ehre nicht in Gefahr. Weil sie aber in Gefahr steht, will Gott sie schützen und hat das Gebot gemacht, sie zu ehren. Sie klagen aber, daß man ihnen nicht gestatten wolle, das Evangelium zu hören. Dennoch soll man deswegen keinen Aufruhr anfangen, denn wie Christus dem Petrus verboten hat zu fechten, so soll ein jeder das, was er glaubt, vor sich selbst verantworten. Will ihn die Obrigkeit deshalb töten, so soll ers erleiden und soll nicht zum Schwert greifen und andere Leute anstacheln, ihn mit Gewalt zu erretten. Christus hat über Petrus, als der fechten wollte, ein schreckliches Urteil gefällt, daß er des Todes schuldig sei. Wer das Schwert nimmt, soll durch das Schwert umkommen, spricht Christus, und er hat sich selbst an das Kreuz hängen lassen. Also ist Aufruhr gegen das Gebot und Exempel Christi. Weiter ist es am Tage, daß dieser Müntzer und sein Anhang nicht das Evangelium lehren, sondern Mord und Raub. Es lästert niemand das Evangelium stärker als diese Buben, die unter dem Deckmantel des heiligen Namens allen Mutwillen treiben. Das ist ihr Evangelium: den Reichen das Ihre zu nehmen, andern Weib und Kind zuschanden zu machen, die Obrigkeit zu beseitigen, damit ihnen niemand wehren kann. Solche Schmach des heiligen Namens des Evangeliums läßt Gott nicht ungerächt, denn er spricht im zweiten Gebot, daß der nicht ungestraft bleiben soll, der Gottes Namen mißbraucht. Weil nun die Bauern so sehr Unrecht haben, Gott lästern, ihre Obrigkeit schmähen und keinen rechtmäßigen Grund zum Aufruhr haben, sollt ihr sie getrost angreifen, wie man Mörder angreift, sollt den Landfrieden retten helfen, frommen ehrbaren Leuten helfen, eure Weiber und Kinder gegen diese Mörder schützen. Damit tut ihr Gott einen großen

Gefallen. Und obwohl wir, nach menschlichem Urteil, stark genug gegen diese Leute sind, würde ich sie nicht angreifen, wenn ich nicht wüßte, daß ich Recht täte. Denn Gott hat uns das Schwert gegeben, nicht um damit Mord zu treiben, sondern Mord zu wehren. Da ich aber weiß, daß ich recht damit tue, will ich sie zu strafen helfen und zweifle nicht, Gott werde helfen, daß wir siegen. Denn er spricht: Wer der Obrigkeit widerstrebt, werde gestraft.

Als der Landgraf ausgeredet hatte, rückte man gegen die Bauern vor und schoß die Geschütze ab. Die armen Leute aber standen da und sangen ›Nun bitten wir den Heiligen Geist‹, als wären sie wahnsinnig, schickten sich weder zur Wehr noch zur Flucht an. Viele auch trösteten sich der großen Zusage, daß Gott ihnen Hilfe vom Himmel erzeigen würde, weil Thomas gesagt hatte, er wolle alle Schüsse im Ärmel fangen. Als man nun zu ihnen in die Wagenburg einbrach und begann, sie zu erstechen, da wandten sich die armen Leute zur Flucht, der große Haufen zum Flecken Frankenhausen hin, einige auch auf die andere Seite des Berges. Und es ist von den Bauern keine Gegenwehr geschehen, außer von einem Häuflein, das im Tal vom Berg her sich zusammengefunden hatte. Das wehrte sich eine Weile gegen wenige Reiter, weil auch die Reiterei, als sie sah, daß keine Gefahr und keine Gegenwehr war, keine Ordnung hielt und sich zerstreut hatte. Dort verwundeten die Bauern einige und töteten zwei oder drei Reiter.
Da wurden die Reiter noch zorniger und erstachen nicht allein dies Häuflein, sondern was sie in der Flucht erreichen konnten. Und es sind an die fünftausend Mann tot liegen geblieben.

## Anmerkungen über Geschichtsklitterung und über die Rekonstruktion der Ereignisse

*Der Theologe Heinrich Boehmer teilt 1922 mit, er habe ein Exemplar der Melanchthon-Schrift in der Leipziger Universitätsbibliothek gefunden, das eine handschriftliche Notiz Kaspar Borners, eines Professors und engen Freundes Melanchthons, enthalte, natürlich auf Latein:*

Im Monat Oktober 1526. Diese Geschichte ist so von Philipp Melanchthon verfaßt worden, und er hat sie mit dem Beispiel der Reden nach Art der Schulreden versehen, für die Nachahmung durch seine Schüler. Dies hat er selbst mir offen erklärt.

*Boehmer folgert: Melanchthon* hat zugegeben, daß er die große Rede des Landgrafen vor der Schlacht bei Frankenhausen, die ein volles Siebentel der nur 10 Quartblätter starken Schrift in Anspruch nimmt, nach antikem Muster zu Nutz und Frommen der studierenden Jugend selber komponiert habe. Was von der Rede des Landgrafen gilt, gilt natürlich auch von der etwas kürzeren Rede Müntzers. Auch sie ist frei erfunden, d. h. fast ein Drittel der Historie ist bloße declamatio. Auch sonst hat es der Magister Philippus aber nach seiner Gewohnheit in dieser kleinen historischen Studie mit der geschichtlichen Wahrheit nicht eben sehr genau genommen.

*Daß Müntzer geprahlt habe, er wolle alle Büchsenkugeln in seinem Ärmel auffangen, hat Melanchthon dem großen Vorbild Luther nachgedichtet, denn der hatte schon gleich nach Müntzers Hinrichtung entrüstet und triumphierend gefragt: »Wo ist nun Müntzers Ärmel, darin er alle Büchsenkugeln fangen wollte, die gegen sein Volk geschossen würden?« Max Steinmetz:* Hier handelt es sich um nichts als Aberglauben, um eine uralte Vorstellung, die nun mit dem toten Müntzer verbunden wird. Es ist das sogenannte »Festmachen«, eine zauberische Handlung, die Unverwundbarkeit gegen Hieb, Stich und Schuß verleiht. Solche Leute nannte man Feste oder »Gefrorene«. »Feste fangen die Kugeln zum Spott im Busen, in den Händen oder in Ärmeln, in der Mütze auf, schütteln sie von sich ab, oder werfen die gar zurück, wonach sie den Schützen töten.« Mit einer Unbedenklichkeit, die Schule machen sollte, wird hier ein Teufelsglaube, denn der Teufel ist es, der »fest« macht, in verleumderischer Absicht mit Müntzers Ende in Verbindung gebracht, weil diese Erzählung geeignet erschien, den verhaßten Gegner als »Teufelsbündler« abzustempeln. Tatsächlich hat der »kugelsichere« Müntzer den Weg durch die Jahrhunderte genommen.

*Daß aber Müntzer vor der Schlacht gepredigt hat, ist so gut wie sicher. Hans Hut, den Müntzer von einer Reise her gekannt hatte, Küster, Buchhändler und Weinbrenner, war dem Gemetzel nach der Schlacht entkommen; er wurde als Wiedertäufer im Herbst 1526 in Augsburg gefangengenommen und sagte bei den Verhören aus:*

Der Müntzer hätte am Sonntag, als am Montag die Bauern geschlagen worden wären, zu Frankenhausen gepredigt: Gott der Allmächtige wolle jetzt die Welt reinigen und hätte der Obrigkeit die Gewalt genommen und den Untertanen gegeben. Da würde die Obrigkeit schwach werden, wie sie ja auch schwach wäre, und die Obrigkeit würde bitten, aber sie sollten ihr keinen Glauben schenken, denn man würde ihnen auch kein Versprechen halten, und Gott wäre mit ihnen, denn die Bauern hätten an einer jeden Fahne einen Regenbogen gemalt. Der Müntzer hätte gesagt, das sei der Bund Gottes. Und als der Müntzer den Bauern auf die genannte Weise drei Tage nacheinander gepredigt hätte, sei auch ein Regenbogen am Himmel um die Sonne gesehen worden. Denselben Regenbogen hätte der Müntzer den Bauern gezeigt und sie getröstet und gesagt, sie sähen jetzt den Regenbogen, den Bund und das Zeichen, daß Gott zu ihnen halten wolle. Sie sollten nur mutig streiten und kühn sein. Und er, Hut, habe den Regenbogen auch gesehen.

*Prof. Wattenberg, Archenhold-Sternwarte Berlin-Treptow:*
Dem Wortlaut der vorliegenden Quellen gemäß, handelt es sich bei der mit »Regenbogen« bezeichneten Erscheinung mit Sicherheit um einen Sonnenhalo, nämlich um einen vollen Ring, der die Sonne umgeben und als solcher besonders in der Mittagszeit sehr eindrucksvoll sein kann. Man kann außerdem sagen, daß im Monat Mai erfahrungsgemäß eine Häufung dieser Erscheinungen auftritt, die vielfach mit Cirrusgewölk verbunden sind, aber auch bei völlig klarem Himmelgrund hervortreten können. Ganz abgesehen davon, daß es eine besondere Klassifizierung der Sonnenringe entsprechend ihrem Ausmaß gibt, so ist doch allgemein zu sagen, daß die Halo durch Spiegelung oder Brechung des Sonnenlichts an atmosphärischen Eiskristallen, hauptsächlich sechsseitigen Prismen, entstehen, deren Grundflächen durch Pyramiden ersetzt sein können. Bei Spiegelung entstehen vorwiegend weiße Sonnenringe, bei Lichtbrechung können auch farbige Ringe zustande kommen, wie dies auch am »Montag nach Cantate« 1525 der Fall war. Infolgedessen ist eine Verwechslung mit einem Regenbogen leicht denkbar.

*Manfred Bensing:* Vermutlich hat endgültig die Erscheinung des Sonnenhalos die Schwankenden und Zweifelnden aufgerichtet; und es kann nicht daran gezweifelt werden, daß Thomas Müntzer selbst aus voller Überzeugung die Himmelserscheinung als Zeichen göttlichen Einverständnisses deutete, wie sich überhaupt in den letzten Stunden vor der Schlacht alle seine Hoffnungen auf das rettende Eingreifen Gottes richteten.

*Ist also für den Schlachtverlauf buchstäblich zu nehmen, was Karl Marx über den Verlauf der Erhebung im allgemeinen schrieb: »Damals scheiterte der Bauernkrieg, die radikalste Tatsache der deutschen Geschichte, an der Theologie?« Melanchthon hatte ein irrwitziges, abergläubisch-frevelhaftes, geradezu selbstmörderisches Gottvertrauen der Aufständischen suggerieren wollen, als er schrieb: Man rückte* gegen die Bauern vor und schoß die Geschütze ab. Die armen Leute aber standen da und sangen ›Nun bitten wir den Heiligen Geist‹, als wären sie wahnsinnig, schickten sich weder zur Wehr noch zur Flucht an. Viele auch trösteten sich der großen Zusage, daß Gott ihnen Hilfe vom Himmel erzeigen würde . . .

*Es kommen aber Zweifel daran auf, ob wirklich das der Grund dafür war*

. . . daß also schließlich die sonderbare Schlacht den Fürsten zum sonderbarsten Sieg gedieh, mit zwei oder drei gefallenen Reisigen die Niedermetzelung von fünftausend Bauern bestreitend. So schlecht geführt auch der Haufe gewesen sein mag, so unbegreiflich müßten doch Tempo und Proportion dieses Sieges erscheinen, wäre hier alles mit rechten militärischen Dingen zugegangen. *Dies gab Ernst Bloch, und er nicht als erster, zu bedenken.*

*Vier Tage nach der Schlacht, am 19. Mai 1525, schrieb ›der Rat und die ganze Gemeinde, dazu die christliche Versammlung‹ zu Mühlhausen an den Bauernhaufen von Bildhausen, der sich aus dem Gebiet zwischen Fulda, Meiningen und dem Main zusammengezogen hatte:*
Wir Brüder von Mühlhausen wünschen euch Stärke, Fried und Gnade. Dabei klagen wir Gott, euch und allen christlichen Brüdern zum Zeugnis, daß Gott bei uns einen Haufen

erweckt, ihm zum Preis und manchem Frommen zu Nutz. Derselbe ist, auf die Bitte der Brüder von Frankenhausen, zur Hälfte mit Fähnrichen, Hauptleuten und Geschütz abgefertigt worden, denen zu helfen gegen den Tyrannen von Heldrungen. Während dessen ist der Landgraf von Hessen und seine Mithelfer gegen sie gezogen mit mächtigem Volk

Nach der Schlacht, Zeichnung von Urs Graf, 1527 (Ausschnitt)

und hat den armen Brüdern einen Vertragsbrief geschickt auf dieselbe Stunde, darin allen angeboten, daß ein jeder seine Waffen niederlegen sollte zum Zeichen, daß sie solchen Vertrag und Frieden annähmen. Und alsbald hat er sie, die in gutem Friedglauben und Stillstand waren, erschossen, erstochen und ganz jämmerlich ermordet und verräterisch umgebracht, danach noch mehr gewütet und die Bürger zu Frankenhausen auch erschlagen.

*Landgraf Philipp von Hessen an den Erzbischof von Trier, 16. Mai:*
Wir geben Euer Lieb zu wissen, was uns in diesen Landen hier zu Thüringen begegnet: daß wir mit Herzog Georg gestrigen Tages vor Frankenhausen gezogen, wo eine merkliche Versammlung der Bauern gelegen. Als nun die Bauern solchen unseren Anmarsch und Ernst, sie anzugreifen, gemerkt, haben sie sich aus der Stadt heraus auf einen nahen Berg begeben und denselben zu ihrem Vorteil eingenommen, der halsstarrigen Meinung und des Vorhabens, sich gegen uns zur Wehr zu setzen. Da sie nun die Fähnlein zu Roß und zu Fuß sahen, schrieben sie uns, daß sie Christus bekennten, wie wir ihn auch bekennten, und wenn wir uns ihrem Vorschlag entsprechend verhielten, wollten sie uns auch nichts tun. Darauf wurde ihnen unter anderem, nach Vorhaltung ihrer Bosheit, geantwortet, wenn sie den Müntzer samt seinem Anhang in unsere Hände ausliefern wollten, so würden wir die übrigen auf Gnad und Ungnad annehmen. Aber die Antwort verzog sich. Also brachten wir unser Geschütz nahe bei ihnen auf einen Berg, ließen unser Fußvolk und die Reiter eilend nachfolgen, das Geschütz auf sie richten und abschießen. Als aber die Bauern das sahen und merkten, sind sie alle den Berg hinab und zur Stadt hin, wo sie hin konnten, flüchtig geworden, wir darauf mit den unseren nachgeeilt, und wer angetroffen wurde, ist erstochen worden. Wir haben auch alsbald mit den unseren die Stadt im Sturm angegriffen, sie auch erobert, und alles, was darin sich an Mannspersonen befand, erstochen, die Stadt geplündert und also mit der Hilfe Gottes an diesem Tag den Sieg erlangt. Dafür sollen wir dem Allmächtigen recht dankbar sein, in der Hoffnung, damit ein gutes Werk ausgerichtet und vollbracht zu haben, auf daß solches allen frommen

Landen eine Stärkung ihrer Frömmigkeit und den bösen, aufrührerischen Bauern eine Abschreckung und Beispiel wäre, auch manchen dahin bewegte, daß ein jeglicher hinfort bei seinem Weib und seinen Kindern daheim bliebe, der sonst wohl aus Mutwillen zu den versammelten Haufen und Aufrührern liefe. Und es sind der widerspenstigen Leute an die 6000 tot liegen geblieben und an die 600 gefangen, ohne die, die seither gefunden und gefangen worden sind.

*Auch der katholische Herzog Georg von Sachsen läßt seine Version der Ereignisse verbreiten, als anonyme Flugschrift, die wahrscheinlich in seiner Kanzlei in Dresden verfertigt worden ist:*

### Ein glaubwürdiger und wahrhaftiger Unterricht, wie die thüringischen Bauern vor Frankenhausen wegen ihrer Vergehen gestraft und beide Städte, Frankenhausen und Mühlhausen, erobert worden

Zuerst sind der Durchlauchtige und Hochgeborene Fürst und Herr, Landgraf Philipp von Hessen, samt dem Durchlauchtigen Hochgeborenen Fürsten und Herrn, Herzog Heinrich von Braunschweig, am jüngst vergangenen Sonntag Cantate vor Frankenhausen angekommen. Dort haben seine Fürstliche Gnaden an die achttausend der Bauern auf einem Haufen gefunden, mit denen er am selben Tag alsobald ein Scharmützel angefangen, in welchem jedoch auf beiden Seiten wenig Schaden geschehen ist.

Am folgenden Montag ist auch der oben genannte Herzog Georg von Sachsen mit seinem Heer an demselben Ort angekommen. Und als die Bauern merkten, daß es Ernst war, haben sie einen steilen Berg, der bei Frankenhausen gelegen ist, auf dem sie einen Vorteil für sich sahen, eingenommen und den Fürsten einen Brief geschickt mit nachfolgendem Wortlaut:

Wir bekennen Jesus Christus.

> Wir sind nicht hier, um jemand etwas zu tun, Johannes im zweiten Kapitel, sondern um göttliche Gerechtigkeit zu erhalten. Wir sind auch nicht hier, um Blut zu vergießen. Wollt ihr das auch so halten, so wollen wir euch auch nichts tun. Danach hab sich ein jeder zu verhalten.

Nach der Verlesung des Briefes haben die Fürsten ihrerseits den Bauern geschrieben und geantwortet mit folgendem Brief:

Den Brüdern von Frankenhausen zu Händen.

Weil ihr die Untugend und verführerische Lehre eures Verfälschens des Evangeliums angenommen und euch vielfältig gegen unseren Erlöser Jesus Christus mit Mord, Brand und mancherlei Mißachtung Gottes und besonders des heiligen hochwürdigen Sakraments und mit anderer Lästerung aufgeführt habt, deshalb sind wir, als diejenigen, denen Gott das Schwert anbefohlen hat, hier versammelt, um euch als Gotteslästerer zu strafen. Aber nichts desto weniger haben wir aus christlicher Liebe und besonders, weil wir glauben, daß mancher arme Mann auf üble Weise dazu verführt worden ist, beschlossen: Wenn ihr uns den falschen Propheten Thomas Müntzer samt seinem Anhang lebendig ausliefert und euch uns auf Gnade und Ungnade ergebt, so wollen wir euch so annehmen und uns so gegen euch erzeigen, daß ihr dennoch nach Lage der Dinge unsere Gnade erkennen sollt. Wir begehren hierauf eilend eure Antwort.

Als dieser Brief in der Versammlung der Bauern verlesen wurde, ist Thomas Müntzer hervorgetreten und hat die Bauern gefragt, ob sie das tun und ihn ausliefern wollten. Da haben sie alle geschrien »Nein, nein, wir wollen tot und lebendig beisammen bleiben«. Darauf hat er sie getröstet und ihnen verheißen, er wolle alle Pfeile und Geschosse des Gegners in seinem Ärmel auffangen und sie den Feinden wieder in ihre Stellungen zurückschießen.

Inzwischen haben die Fürsten beraten und beschlossen, daß man die Bauern, weil man mit der Reiterei nicht an sie herankommen konnte, zuerst mit dem Geschütz aus ihrem Lager heraustreiben und danach zu Pferd und zu Fuß angreifen wolle.

Als nun die Bauern bemerkten, daß sie auf allen Seiten umringt waren, haben sie einen Edelmann namens Kaspar von Rüxleben zu den Fürsten geschickt und um Gnade gebeten. Die Fürsten haben ihnen durch ihren genannten Boten geantwortet, daß sie ihnen gern Gnade erweisen wollten, aber nicht anders als den Bedingungen obigen Briefes

nach; vor allem müßten sie Thomas Müntzer lebendig ausliefern.
Da sind Graf Wolf von Stolberg und etliche Edelleute von den Bauern zu den Fürsten gekommen. Sie sind sofort gefangen genommen worden, und weil man von ihnen erfuhr, daß die Bauern den Müntzer keinesfalls ausliefern wollten, es sei denn, er würde vorher in einem Streitgespräch überwunden, haben die Fürsten den Bauern durch einen der gefangenen Edelleute namens Hans von Werder ausgerichtet, daß sie sich in keine Disputation mit ihnen oder Müntzer einlassen würden. Denn es kann ein jeder Leser jetzt ersehen, daß es einer Disputation nicht bedurfte, weil Müntzers und der Bauern Frevel, Ungehorsam und Vergehen offen am Tage waren und die Heilige Schrift überall klar aussagt, daß man die Ungehorsamen strafen und daß eine jede Seele der Obrigkeit unterworfen sein soll.
Weil nun die Bauern verstockt bei ihrem Ansinnen verblieben und sich mit aufgerichteter Fahne und gewappneter Hand zur Wehr anschickten, haben die Fürsten zuerst das Geschütz auf sie abschießen lassen und gut getroffen, wodurch die Bauern genötigt wurden, ihre vorteilhafte Stellung aufzugeben, ihre Ordnung aufzulösen und fliehend der Stadt zuzulaufen. Mit ihnen sind die Reiter und das Fußvolk der Fürsten eingedrungen und haben also die genannte Stadt Frankenhausen erobert und alle, die sie darin gefunden und die sich zur Wehr setzten, als geschworene und verbrüderte Helfer und Unterstützer der Bauern totgestochen und erschlagen mitsamt den oft genannten Bauern, deren über sechstausend auf der Walstatt geblieben und tot gefunden worden sind.

*Es haben also Verhandlungen stattgefunden. Zwei unterschiedliche Botschaften sind von den Aufständischen an die Fürsten gesandt worden. Einen Edelmann, der nach der zweiten Botschaft der Bauern noch einmal zu den Aufständischen zurückgegangen wäre, hat es nicht gegeben. Die Fürsten griffen nach dem Eintreffen der adligen Abordnung aus dem Bauernlager sofort an.*

*Bleichenrod, Diener in stolbergischen Diensten, an seinen Bruder Jakob von Bleichenrod, Verwalter beim Herzog von Württemberg, Ende Mai oder Anfang Juni 1525:*

Danach am Sonntag nach Cantate sind die drei Fürsten, nämlich Herzog Georg von Sachsen, der Landgraf von Hessen, Herzog Heinrich von Braunschweig mitsamt den Harzgrafen vor Frankenhausen gezogen. Am Montag danach sind die Fürsten ganz nahe an die Bauern herangerückt. Als das die Bauern gesehen, haben sie den Graf Wolf (von Stolberg) mit etlichen vom Adel zu den Fürsten geschickt, daß sie sie zu Gnaden annehmen möchten. Als die Fürsten gesehen haben, daß Graf Wolf aus dem Haufen gekommen ist, haben sie von Stund an ihr Geschütz in die Bauern gehen lassen und haben sie sogleich geschlagen. Da sind ihrer 8000 tot liegen geblieben, und man hat ihrer viele gefangen, ihnen danach die Köpfe abgeschlagen und die Stadt Frankenhausen eingenommen und alles, was darinnen gewesen, weggenommen.

Feldschlange »Schöne Treiberin«, Geschenk Herzog Georgs von Sachsen an Graf Boto zu Stolberg-Wernigerode

*Manfred Bensing:* Die Entscheidung über eine Auslieferung Müntzers konnte nur im Ring, in der Versammlung des gesamten Haufens, gefällt werden. Wenn auch der Landgraf davon nichts verlauten läßt, ist sie doch durch

Hans Huts Aussage bezeugt, wonach Thomas Müntzer angesichts des Regenbogens, also um die Mittagszeit und unmittelbar vor Beginn des gegnerischen Angriffs, zu den Aufständischen gepredigt habe. Ohne Zusammenfassung großer Teile des Lagers an einem Punkt wäre (die Länge des Hausberges beträgt fast eintausend Meter) eine solche Predigt unmöglich gewesen. Wir möchten annehmen, daß sie am Fuße des Berges, in unmittelbarer Nähe des Angertores, gehalten worden

Wagenburg, Federzeichnung des Hausbuchmeisters, um 1480

ist. Diese Konzentration der Kräfte und die mir ihr verbundene teilweise Entblößung der Wagenburg ist wiederum nur verständlich, wenn die Aufständischen mit Waffenruhe rechnen konnten, unabhängig davon, ob ihnen ein Waffenstillstand offiziell zugestanden worden ist oder nicht.

*Thomas Müntzer hat offenbar die meisten im Lager, vor allem wohl mit dem Hinweis auf die Himmelserscheinung, trotz der inzwischen schwierigen militärischen Lage überzeugen können, sich nicht zu ergeben und sich dem Kampf zu stellen.* Als der Umschlag in der Stimmung des Haufens offensichtlich wurde, mögen die gemäßigten Führer einen letzten Versuch unternommen haben, mit der von den Adligen überbrachten Botschaft die Schlacht abzuwenden. In dieser Situation kann die Bitte um gnädige

Behandlung und Schonung unmöglich von den kampfbereiten revolutionären Kräften gekommen sein. Den Fürsten jedoch konnte zu diesem Zeitpunkt an Verhandeln nichts mehr gelegen sein. Die Gelegenheit war außerordentlich günstig. Die Insurgenten begannen gerade, ihre Stellung auf dem Berg wieder zu beziehen, da eröffnete die Artillerie den Angriff. Von den Flanken brachen die schnellen Reiterfähnlein durch die entblößte Wagenburg, den Widerstand kleiner Gruppen von Aufständischen niederreitend und -stechend und eine allgemeine Flucht in Richtung Stadt einleitend. Vor dem Angertor stauten sich die Massen. Hier, »zwischen dem berge und stat«, wurde »der merer teil« erstochen, ein wichtiger Beleg übrigens für die Version, daß der Haufen die alte Stellung auf dem Schlachtberg noch nicht wieder bezogen hatte, als der Überfall einsetzte. Auch daß es auf dem Berge selbst nur geringen Widerstand gegeben hat, das Geschütz nicht zum Einsatz gelangte und Thomas Müntzer unmittelbar im Anschluß an seine Predigt sich in das Torhaus am Angertor flüchten konnte, erhärtet diese Auffassung.

*Was Melanchthon berichtet: daß von den Bauern der Pfingsthymnus gesungen worden sei, als die Fürstlichen angriffen, kann durchaus der Wahrheit entsprechen. Daß nach einer Predigt ein Kirchenlied gesungen wurde, war nicht nur liturgischer Brauch, sondern in dieser Situation womöglich spontaner Ausdruck festen Gottvertrauens.*
*Hat Melanchthon also wider Willen einen Hinweis darauf geliefert, zu welchem Zeitpunkt die Fürsten ihren Angriff einleiteten: nämlich als die Aufständischen, im Glauben an eine Waffenruhe während der Verhandlungen, aus den Stellungen zum Anhören der Predigt zusammengekommen, nach deren Schluß noch den Hymnus sangen?*

*Graf Philipp von Solms an seinen Sohn Reinhard, 16. Mai 1525, am Tage nach der Schlacht:*
Ich teile Euch die neue Nachricht mit, daß, nachdem sich ein gewaltiger Haufen Bauern zu Mühlhausen und Frankenhausen, welches neben anderen das Zentrum des Aufstandes in Thüringen gewesen, versammelt hat, sind wir sofort

von Fulda dorthin gezogen und haben den rechten Haufen zu Frankenhausen angetroffen. Also sind wir am Samstag gegen Abend von Langensalza aufgebrochen, die Nacht und den Tag bis zum Mittag maschiert und direkt nach Frankenhausen, wohin wir 6 Meilen Wegs gehabt. Einige Schützen, ungefähr dreißig Pferde, haben wir nach Frankenhausen vorausgeschickt, um den Haufen zu besichtigen. Dieselben sind am Sonntag Cantate ganz früh vor Frankenhausen angekommen. Da haben die Bauern sie mit zwei Fähnlein angegriffen. Da haben die Schützen zu Pferde eine Scharmützel mit ihren Büchsenschützen gehabt und einige, denen sie bis zum Haufen nachsetzten, erstochen und sind wohlbehalten wieder von ihnen abgezogen. Also hat man die Schützen auf 150 oder 300 Pferde verstärkt und im gleichen Gelände gegen den Feind geschickt. Da sind sie über 6000 Mann stark aus der Stadt heraus aufs Feld gerückt, haben ihre Wagenburg gemacht und Feldschlangen und sonstiges Geschütz bei sich gehabt, nach den unseren geschossen, wo die auch einigen Pferdschaden, aber nichts Besonders, genommen. Als wir aber mit dem Geschütz und dem richtigen Heer nachkamen, haben wir uns nicht sehen lassen wollen und bei den Beratungen gefunden, daß wir die ganze Nacht und den Tag marschiert und Pferde und Kriegsvolk ganz müde seien, und wir haben das Schützenfähnlein bis gegen Abend gegen sie aufmarschiert gelassen und eine halbe Meile entfernt unser Lager aufgeschlagen. Danach sind die Schützen auch abgezogen. Da haben die Bauern gedacht, es wären unser nicht mehr und sie hätten gesiegt. Aber gestern, am Montag, sind wir morgens früh auf gewesen. Die Bauern haben sich auf der anderen Seite, auf einem hohen Berge nahe der Stadt, früh am Tag aufgestellt, eine Wagenburg um sich gemacht, ihr gutes Geschütz bei sich gehabt. Da sind wir auf der anderen Seite der Stadt ins freie Feld gezogen. Sie haben zuerst über die Stadt weg heftig auf uns geschossen, aber nichts getroffen. Da haben wir bis um zwölf Uhr gewartet, bis unser Geschütz und Gerätschaft gekommen, und beraten, wie wir sie angreifen sollten. Denn sie haben eine ziemlich gute Stellung innegehabt. Wir sind zum Schluß gekommen, um die Stadt herum zu beiden Seiten zu ziehen und gegen sie vorzurücken, haben unser Geschütz den Berg hinauf gebracht, es auf sie abgeschossen und sind sofort mit

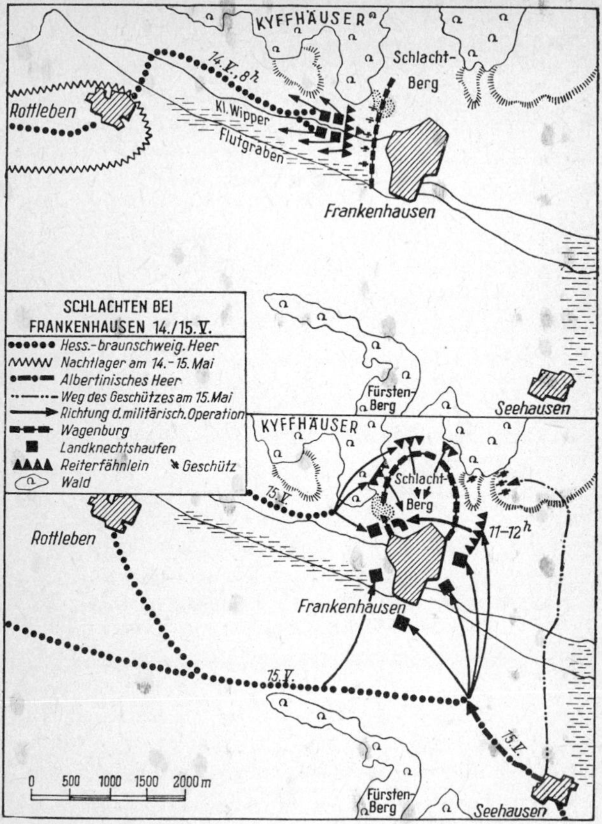


den Reitern und dem Fußvolk auf sie eingestürmt. Da haben sie nicht mehr standgehalten, sondern sind gelaufen und haben versucht, die Stadt zu erreichen. Wir sind ihnen gefolgt und haben den größten Teil zwischen dem Berg und der Stadt erstochen, aber viele sind hineingelangt. Sind wir sogleich auch die Stadt im Sturm angegangen, haben sie auch rasch erobert und alles, was ergriffen wurde, erstochen. Viele aber haben sich in den Abzugsgräben der Salzsoden und sonst in den Häusern verborgen, die man erst am Abend, in der Nacht und heute morgen gefunden hat, von denen die Knechte und Reiter einen gut Teil gefangen genommen haben und die zunächst mit dem Leben davon gekommen waren. Man hat auch den Pfarrer von Allstedt, genannt Müntzer, gefangen, welcher des Haufens Prediger und Führer gewesen ist und Graf Ernst, meinem Herrn, sehr gedroht hat und ganz zuwider gewesen ist, und denselbigen haben unsere gnädigen Herren, die Fürsten, dem Grafen Ernst übergeben, auf daß er mit ihm nach Gutdünken verführe, welcher ihn sofort nach Heldrungen geschickt hat und dort noch gefangen hält, und er wird seinen gebührenden Lohn empfangen. Und es sind diesmal über 5000 Bauern erstochen worden und tot liegen geblieben, die anderen, wie oben angezeigt, gefangen genommen; ein Teil hält sich noch verborgen und ein Teil, aber nicht viele, ist entlaufen. Herzog Heinrich von Braunschweig ist diesmal bei uns gewesen, und wir haben zusammen um 1400 Pferde mit voller Rüstung und um 14 oder 1500 Fußknecht gehabt. Herzog Georg von Sachsen ist vor Frankenhausen mit 600 Pferden und 1000 Landsknechten zu uns gestoßen, aber an dem

Hinrichtung, Federzeichnung, Mitte 16. Jh.

Kampf nicht sonderlich beteiligt gewesen, hat an der Stadt Stellung bezogen und gewartet, ob sie dort hinaus entlaufen wollten usw. Also haben wir Gottlob über unsere Feinde die Oberhand behalten. Dieser Bauernhaufen ist auch der bedeutendste in Thüringen gewesen. Sie haben am vergangenen Samstag 4 Diener Graf Ernsts, Edelleute und Knechte, nämlich Matern von Gehofen, Ernst Buchner, einen Priester und noch einen, die sie zuvor in Artern abgefangen und die unschuldig waren, richten lassen, welches wir jetzt an ihnen gerächt haben.

*Die Angabe des Grafen von Solms über den Zeitpunkt der Hinrichtung ist korrekt. Die Gefangenen waren allerdings als Kundschafter Ernsts von Mansfeld schon am 5. Mai, zehn Tage vor der Schlacht, bei einem Zug des Frankenhäuser Haufens nach Artern dort festgenommen worden. So liest es sich anders als bei Melanchthon und anders auch als bei Agricola, der den Überfall der Fürsten mit einem angeblichen Gesandtenmord rechtfertigen wollte, zu Anfang seines schon zitierten »Dialogs«:*

*Wolf Schwärmer:* Nun wohlan, ist das auch ehrlich von den Fürsten und Herren, daß sie uns drei Stunden Bedenkzeit gaben und doch nicht eine Viertelstunde sich an ihr Versprechen hielten, sondern sobald sie den Grafen von Stolberg und etliche andere vom Adel von uns zu sich herübergebracht hatten, ließen sie das Geschütz in uns gehen und griffen uns alsobald an.

*Bauer:* Lieber Schwärmer, ich geb wohl zu, was du sagst, vielleicht weißt dus nicht besser. Aber es verhält sich ganz anders, als du sagst.

*Wolf Schwärmer:* Wie ist es denn zugegangen?

*Bauer:* Das will ich dir sagen, es war so: der löbliche, christliche Fürst Herzog Heinrich von Braunschweig, auf Anregung des christlichen Grafen Albrechts von Mansfeld hin, welche ihr doch für blutdürstig haltet, die führwahr solches Blutvergießen höchlich, wie ihr aus dem Brief Graf Albrechts von Mansfeld vernommen, befürchtet haben und ihm gern aus christlichem Geiste zuvorgekommen wären, der Herzog hat einen Brief in euer Lager geschickt, in welchem er begehrt, ihr solltet den Müntzer oder eure Hauptleute ausliefern, dann würdet ihr zu Gnaden angenommen werden. Aber ihr habt ihm seinen Boten, als eigensinnige, verstockte Leute und Schwärmer, erbärmlich umgebracht und ihm den blutigen Brief abgenommen, und einige eurer Anführer haben ihn gelesen und das Angebot seiner Fürstlichen Gnaden abgeschlagen. Als aber eure Blindheit und Hartherzigkeit bemerkt wurde, seid ihr alsbald, wie es billig und recht ist, angegriffen worden. Denn ihr habt es nicht anders haben wollen und euren verdienten Lohn auch erhalten.

*Der Rat von Frankenhausen schreibt am 5. September 1527 an die Amtleute zu Sangerhausen und Sachsenburg:*
Zu jener Zeit sind Matern von Gehofen, Georg Buchner und Herr Stefan Hartenstein als Gesandte des Grafen Ernsts von Mansfeld etc. vor Artern erschienen. Es sind die Tore der Stadt zugewesen, die Gesandten haben ihren Befehl eröffnet. Da haben die von Artern ihre Tore geöffnet, die Gesandten auf Treu und Glauben zu ihnen eingelassen und alsbald hinter ihnen die Tore zugeschlagen, die Gesandten grausam gefangen genommen und gebunden, aus Artern geführt und, als sie ins Feld gekommen, Gemeinde gehalten und sind willens gewesen, die Gefangenen daselbst, weil sie den Scharfrichter bei sich gehabt, hinzurichten, was aber damals unterblieb. Sie haben die Gefangenen nach Frankenhausen gebracht. Zu der Zeit, als Thomas Müntzer hierher nach Frankenhausen gekommen war und als er auf dem Platz vor dem Tor Gemeinde gehalten hat, sind die erwähnten Gefangenen in den Ring gebracht und vorgestellt worden. Da hat Müntzer in Gegenwart des ganzen Haufens von etlichen tausend Mann öffentlich ausgerufen, wer sie zu beschuldigen hätte. Es ist aus der genannten Pflege einer, genannt Kronest, wohnhaft zu Reinsdorf, hervorgetreten, der hat Matern von Gehofen schwer beschuldigt, und einer, Voypel, zu Artern wohnhaft, hat Herrn Stefan Hartenstein heftig angeklagt. Da sind wir von Frankenhausen zu Müntzer gegangen, haben ihn gebeten, die Gefangenen nicht richten zu lassen, sondern in Anbetracht der Lage und der Vorschrift unseres gütigen und gnädigen Herrn, des Kurfürsten, sie am Leben zu lassen. Es sind aber die Anklagen der erwähnten Kläger so grausam und groß gewesen, daß die Gefangenen deswegen mit dem Schwert gerichtet worden sind. Und für diese Tat sollen und müssen wir von Franken-

hausen allenthalben dem wohlgeborenen und edlen Herrn Graf Ernst von Mansfeld etc., unserem gnädigen Herrn, und seinem gnädigen Adel und Untersassen 4200 Gulden Vergeltung zahlen, uns zu unüberwindlichem Nachteil, Schmach, Hohn und Schaden.
*Die von Artern wehrten sich bei den Räten gegen die Beschuldigungen und klagten ihrerseits die Frankenhäuser an.*
*Auf der Folter sagte Thomas Müntzer am 16. Mai 1525 in Heldrungen aus:* Er habe das Urteil über Matern von Gehofen und die anderen Diener Graf Ernsts aus dem Munde der Gemeinde gesprochen und habe darein gewilligt und habe das aus Furcht getan.

## Letzter Anlauf zur Ermittlung der militärischen Geschehnisse

*Nicht nur, wie Solms berichtet hatte, die Vorhut des hessisch-braunschweigischen Heers wurde am 14. Mai von den Bauern zurückgeschlagen –*

*Hermann Gießen an seinen Vater, den Sekretär Johann Gießen, 16. Mai:*
Und ich will Euch auch nicht verbergen, daß bei den ungefähr 30 Schützen zu Pferde, die den Haufen und die Stadt Frankenhausen am Sonntag Cantate in der Frühe besichtigt und mit den Feinden ein Scharmützel gehabt haben, ist Philipp von Urff Hauptmann gewesen, und Engel und ich sind auch dabei gewesen. Kommt Engel in einen Hohlweg am Berg und kann nicht wenden. Schießen drei mit Handbüchsen auf ihn, einer verfehlt, der andere schießt ihm durch den Ärmel, aber verwundet ihn nicht, der dritte durch den Kragen, daß ihm ein Stück vom Blei noch in der Achsel steckt. Ich hoffe aber, es wird ihm nichts schaden. Aber sein Pferd wurde ihm zweimal mit Schweinsspießen gestochen; danach brach er auf dem wunden Pferd durch ihre Reihen und erstach ihrer noch etliche, und wir alle kamen glücklich wieder zurück.
*Sondern das Hauptheer selbst wurde zurückgewiesen –*

*Melchior von Kutzleben, Amtmann zu Sangerhausen, an Herzog Georg von Sachsen (der mit seinem Heer noch unterwegs war), 14. Mai:*

Es haben meine gnädigen Herrn von Braunschweig und Landgraf von Hessen in diesem Augenblick, Schlag zehn Uhr, zwei vom Adel zu mir geschickt und anzeigen lassen, daß ihre fürstlichen Gnaden heute um acht Uhr die Stadt Frankenhausen mit 800 gerüsteten Pferden und 3000 Mann Fußvolk berannt haben und gedenken, sich davor zu lagern, darauf von mir begehrt, Euer Fürstlichen Gnaden solches in Eile zu vermelden, was ich hiermit tue, ganz untertänig bitten, Euer Fürstlichen Gnaden wollen gedachten meinen gnädigen Herrn in größter Eile nach Frankenhausen zuziehen, damit die bösen Buben, die sich darin aufhalten, nicht davonkommen können.

*Da mag es nicht wunder nehmen, daß es die Fürsten am nächsten Tag, nach der Umgehung der Stadt, selbst bei ihrer militärischen Übermacht nicht auf eine offene Schlacht ankommen lassen wollten.*

Simon Hofmann, einer der Hauptleute des Frankenhäuser Haufens, nach der Schlacht entkommen, hat im Sommer 1525 versucht, in Nürnberg ein Flugblatt unter dem Titel »Der Fürsten Überfall zu Frankenhausen« drucken zu lassen. Er tat das unter dem Decknamen Simon Schrautenbach. Der Nürnberger Rat erhielt von der Sache Kenntnis und wies am 22. Juli 1525 Schrautenbach alias Hofman aus der Stadt aus.

Kampf zwischen Bauern und Rittern, Randzeichnung von Albrecht Dürer zum Gebetbuch Kaiser Maximilians I., um 1515

*Ein Lied auf Seiten der Sieger*

Ihr Herren, wollt ihr schweigen still
und hören, was ich singen will,
ob jemand tät belangen,
wie es in ganzem deutschen Land
den Bauren ist ergangen, ergangen.
. . .

Thüringen muß ich melden jetzt,
da Thomas Müntzer ward gespießt,
der tät die Bauren lehren.
Die Fürsten waren nicht unbehend,
begannen ihnen zu wehren, zu wehren.

Landgraf aus Hessen kam gen Fuld',
da waren viel Bauern grob und toll,
hatten die Stadt eingenommen.
Der Fürst im Sturm wohl tausend töt',
hat die Stadt wieder gewonnen, gewonnen.

Die Fürsten danach all in ein'
vor Frankenhausen, ist nicht nein,
die Bauern habn geschlagen.
Sechstausend sind tot blieben da,
das hört man manchen klagen, ja klagen.

Thüringen und Sachsen
zur Zeit des Bauernkrieges
Halberstadt
Quedlinburg
Bode
Ftm.
Anhalt
Köthen
Anhalt
Gft.
Göttingen
Stolberg
St
Mansfeld
Mf
Ma
Saale
Helme
Nordhausen
Eisleben
Sangerhsn.
Halle
Hohnstein
Osterhsn.
Leine
Wipper
Sw
Allstedt
Ma
Franken-
hausen
Artern
Sonders-
hsn
Merse
Helbe
Mf
Heldrungen
Ebeleben
Unstrut
Mühlhausen
Volkenroda
Treffurt
Weissenfe
N
Naumburg
(Langen-)
Salza
E
G
E
Eisenach
Erfurt
Gotha
Weimar
Berka
E
Jena
G
E
R
G
Gera
R
Arnstadt
Saale
Schmalkalden
Ilm
Gft.
Sw
Saalfeld
R
Henneberg
Schwarzburg
Meiningen
Sw
Werra
R
Hof
Coburg

E: Erfurter Gebiet G: Herrsch. Gleichen M: Bistum Meißen
Ma: Erzbist. Magdeburg Mer: Bist. Merseburg Mf: Gft. Mansfeld
N: Bist. Naumburg R: Hschft. Reuß S: Hschft. Schönburg
St: Gft. Stolberg Sw: Gft. Schwarzburg

## II. Was sich im Thüringischen vor der Schlacht zuträgt und wie es zum Krieg kommt

### Erfurt zum Beispiel

*Das Verhalten des Rats und der Bürger zu Erfurt ist eines der vielen Exempel dafür, daß geschicktes Taktieren und eine gewisse Nachgiebigkeit der herrschenden Schichten in den Städten oder der Machthaber in Amtsbezirken und Grafschaften die Aufständischen zum Einlenken bringen und auch täuschen konnten und daß in den entscheidenden Augenblicken die Vereinigung der einzelnen Bauernhaufen verhindert wurde. So setzten sich zum einen unter den Aufständischen oft die gemäßigten Kräfte, die Verständigung mit den Herrschenden suchten, durch. Zum anderen blieben in Thüringen die Haufen in den einzelnen Territorien zumeist voneinander isoliert – der Werrahaufen, der Salzaer, der Erfurter, der Arnstädter Haufen, die Aufständischen im Eichsfeld, der Frankenhäuser Haufen und so fort. Und die so wichtigen Waffenarsenale der großen Städte, der Ämter, des Lehnsadels konnten, mit ganz wenigen Ausnahmen, im Kampf gegen die Fürsten und Herren nicht eingesetzt werden.*
*Am 24. April 1525 schreibt der Rat zu Erfurt an den Amtmann zu Mühlpfort, Hermann von Hoff:*
Wir begehren von Euch, daß Ihr Eures Amts Verwaltung ja fleißig in Achtung haben wollet und die Leute freundlich an ihre Eide und Pflichten erinnern und vermahnen, daß sie sich weder unter sich selbst noch durch andere zu einem Aufstand bewegen lassen. Denn es soll Euch bewußt sein, daß wir bei unserer Herrschaft die Vorsichtigkeit gebraucht und es nun mit Gottes Hilfe dahin gebracht haben, daß in Kürze ihre und unsere Sache besser werden soll, obwohl wir nicht einem jeden sonderlich gerne viel davon sagen. Wenn sie aber irgend eine Beschwerde haben, so sollt Ihr sie von ihnen anhören und darauf eingehen, damit es zum besten gewandt werden möchte. Ihr kennt auch unsere Ehrlichkeit und Aufrichtigkeit, daß wir ihnen nichts, was billig ist, verweigern würden. Erhaltet sie also weiter aufs Freundlichste, wie Ihr zu tun versteht, im Gehorsam, und wenn Euch etwas

Weiteres begegnet, laßt es uns eilends wissen. Wir wollen Euch die erforderliche Hilfe zukommen lassen. Ihr sollt uns jedoch darüber verständigen, welche Vorhaben Ihr bei ihnen bemerkt.

*Vier Tage später schreibt der Rat zu Erfurt an den Amtmann und den Rat zu Sömmerda:*

Wir zweifeln nicht, daß Ihr verstanden habt, welches Vorhaben sich unter unseren Untertanen hat erkennen lassen. Dieweil wir aber, da ihnen dieses ihr Vorhaben zu keinem sonderlichen Nutzen gereichen wird, uns auf gütliche Verhandlungen mit ihnen eingelassen haben, ist unser Begehren, Ihr mögt indessen stille sitzen, Euch um Euren Lebensunterhalt kümmern und Euch von niemand verführen lassen. Denn was wir mit den erwähnten anderen von unseren Leuten verhandeln, beschließen und festsetzen werden, soll Euch zugleich mit ihnen zu Vorteil und Nutz gereichen. Und Ihr sollt diese unsere Mitteilung denen von Schallenburg auch zu wissen geben und Euch als fromme, gehorsame Leute uns gegenüber erweisen.

*Der Erfurter Rat muß am 1. Mai den Aufständischen, die in die Stadt dringen, auf ihre Forderungen hin nachgeben und folgende Verschreibung besiegeln:*

Wir, Ratsmeister und Rat der Stadt Erfurt, bekennen und tun öffentlich kraft dieses Briefes kund, daß wir uns heutigen Tages mit den Sprechern, Vierteln und Zünften der Stadt Erfurt und aller ihrer Landgebiete gütlich geeinigt und vertragen haben dergestalt, daß wir allen unsern Bürgern und dem Landvolk der Stadt Erfurt alle und jede rückständigen Abgaben, welche sie vom Beginn der Auflagen an bis auf diese Zeit von allen Auflagen schuldig geblieben sind, erlassen haben, ausgenommen die Steuer. Wir sagen sie hiermit derselben quitt, ledig und los.

*Wie sehr sich die Aufständischen durch dieses Zugeständnis befrieden lassen, zeigt das Schreiben, daß der Rat zu Erfurt am 6. Mai an alle ihm untertanen Amtsleute ausgehen läßt:*

Wir haben mit den Sprechern und Verordneten von Vierteln, Zünften und Landschaft einträchtig für gut erkannt und beschlossen daß sich ein jeder von unseren Bürgern und vom Landvolk aller und jeglicher Güter, welche den Mainzern und dem Klerus gehört haben, enthalten und sie nicht selbst nutzen soll, sondern sie zum Wohle der ganzen Stadt

Erfurt und ihrer Landschaft erhalten, auch sonst keinen Bürger oder Bauern Schaden an dessen Gehölz oder anderen Gütern zufügen soll. Wer dem zuwiderhandelt, soll ernstlich bestraft werden. Wir begehren deshalb, daß Ihr dieses den Leuten öffentlich verlest und verkündigt.

*Das herrschende Patriziat versucht also, mit Hilfe der Aufständischen die Kirchengüter an sich zu ziehen.*

*Der Zolldiener Hans Hune berichtet über die Ereignisse in Erfurt:*

Erstlich sei drei oder vier Tage vorher, ehe die Beschädigung geschehen, ein Gerücht in Erfurt erschollen, daß das Landvolk in Erfurt eindringen und den Mainzischen Hof stürmen, desgleichen das Zollhaus niederreißen wolle. Daraufhin haben die Amtleute nach alter Gewohnheit den Rat zu Erfurt zu den Geistlichen bitten lassen, den Gesandten des Rats mitgeteilt, daß ein Gerücht sie erreicht habe, ein Rat zu Erfurt wolle das Landvolk und die Bauernschaft hereinlassen und dieselben wollten den Mainzischen Hof stürmen, mit der Bitte, solchem gemäß den Verträgen zuvorzukommen und sie – den Klerus – vor Gewalt zu schützen, ihnen sonst auch mitzuteilen, was sie von ihnen dieses Falls und in diesen Zeitläuften zu erwarten hätten. Haben ihnen die vom Rat zur Antwort gegeben, sie sollten sich des tätlichen Vorhabens wegen nicht sorgen, auch von einem Rat nichts als Gutes erwarten, denn sie wollten die Bauernschaft nicht hereinlassen. Auf solche Vertröstung hin haben sich die Amtleute nicht weiter gesorgt und gemeint, die Sache wäre nunmehr geklärt. So hat sich die Bauernschaft dicht bei Erfurt, an die 4 oder 5000 an der Zahl, in einem Dörfchen gelagert, Daberstedt genannt. Hat der Rat etliche vom Rat zu ihnen geschickt, ihre Beschwerde und ihr Begehr zu hören. Hat die Bauernschaft die Auflagen abgetan und in die Stadt wollen. Der Rat hat sie aber nicht hineinlassen wollen. Da hat die Bauernschaft acht der ihren in die Stadt geschickt, als ob sie mit dem Rat der Beschwerden halber verhandeln sollten. Als dieselben hineingekommen, haben sie die Stadt geöffnet und das Landvolk hineinlassen wollen. Als aber der Rat dies verwehrt hat, haben die acht sich zu den Zünften und Handwerksmeistern begeben und sie gefragt, ob sie und die Gemeinde zu Erfurt bei dem Rat oder beim gemeinen Bauersmanne stehen wollten. Da hätten sie sich zu den Bauern geschlagen und hätten die Bauern die Tore gewaltsam geöffnet, sie hineingelassen. Danach sind die Bauern als nächstes ohne jede Warnung zum Mainzischen Hof gezogen, haben dem Bäcker (der die Schlüssel zu haben pflegt) die Schlüssel genommen, sich zu essen und zu trinken bereitet, so daß man im Hof und bei den Bäckern in der Nähe nicht genug Brot heranschaffen konnte. Und es haben die Bauern Heerwagen mitgeführt, deren zwei in den Hof geführt worden. Es haben auch die Bauern das Zollhaus niederreißen lassen, dazu das Haus des Scharfrichters, auch alle weltlichen Gerichtshäuser. Er aber, Hune, ist eilends davongeritten und hat nicht gesehen, daß der Hof anders geschädigt worden als mit Essen und Trinken. Die Amtleute sind eilends geflohen, und der Küchenmeister hat alle Register unverschlossen zurückgelassen.

*Zehn Tage, nachdem die Bürgerschaft sich mit den Bauern verbündet hat, nimmt der Rat achtundzwanzig Forderungen der Aufständischen entgegen, nachdem er bei Martin Luther und Philipp Melanchthon Gutachten angefordert hat, mit folgender Erklärung:*
Wir, Ratsmeister und Rat der Stadt Erfurt, erklären und tun öffentlich mit diesem Briefe kund: Nachdem sich unsere Leute aus allen unseren Vogteien, Pflegen, Dorfschaften und Landschaften zusammen mit der Gemeinde aus Vierteln und Zünften der Stadt Erfurt versammelt und uns etliche Artikel, die Fron, Dienste, Zinsen, Steuern, Abgaben, Weidegeld, Holz, Weide, Jagd, Fischwasser und anderes betreffend, vorgelegt und sie anzuerkennen begehrt haben, so haben wir dieselben von ihnen angenommen, zugesagt und bewilligt, die würdigen, hochgelehrten und weitberühmten Dr. Martin von Wittenberg und Philipp von Melanchthon, auch andere hochgelehrte und sonst gottesfürchtige, fromme, redliche und weise Männer dazu zu befragen und mit den Abgeordneten der Viertel und Zünfte und der ganzen Gemeinde, so gut das sein kann, dieselben Artikel durchzugehen, mit Fleiß zu beratschlagen, zu bewilligen und zu besiegeln, soviel dieselben nicht gegen die Gebote Gottes, den christlichen Glauben und die Liebe zum Nächsten, auch nicht gegen die Römische Kaiserliche Majestät, unseren allergnädigsten Herrn, noch gegen die Obrigkeit und

Freiheit der Stadt Erfurt, die durch römische Kaiser, Könige, Fürsten und andere Herren gegeben, bestätigt und bekräftigt ist, verstoßen, sondern angemessen, ehrlich und nach göttlichem Recht zulässig sind. In der Zwischenzeit soll das Landvolk zu Fron, Zins und Dienst nicht genötigt oder gezwungen werden, sondern damit warten, bis diese Artikel beschlossen werden, aber was daraus folgt, sollen sie uns zu tun schuldig sein. Sie haben auch darauf uns Ratsmeistern und -herren getreu und gehorsam zu sein, wie fromme Untertanen gegen ihre Obrigkeit zu tun schuldig sind, gelobt und geschworen. Sie sollen sich auch gegen die Kurfürsten und Fürsten von Sachsen, unser und der ganzen Stadt Erfurt Schutz- und Schirmherren, Lehnsherren, noch sonst gegen jemand zu irgendeinem Beistand oder Hilfe ohne unser Wissen und Willen nicht benutzen lassen, sondern ganz friedlich und stille sitzen und sich um ihren Lebensunterhalt kümmern. So wollen wir, als ihre rechte Obrigkeit, sie, ihre Weiber, Kinder und Güter unsererseits als unsere getreuen Untertanen schützen und beschirmen nach all unsren Kräften. Zur Urkunde dafür haben wir das neue Siegel, das wir auf ihr Begehren gemacht haben, hieran gesetzt.

*Obwohl also der Rat die Forderungen nur mit Vorbehalten, die ihm jegliche Handlungsfreiheit ermöglichten, angenommen hatte, bekräftigen Gemeinde und Bauernschaft am gleichen Tage die Vereinbarung.*
*Die Aufständischen glaubten offenbar, damit nicht nur die Kontrolle über den Rat der Stadt zu besitzen, sondern auch eine Zusammensetzung des Rats nach ihren Interessen zu erreichen. Vielleicht ist es der Eindruck von dieser Macht der Bürgerschaft und der Bauern, der die vor Frankenhausen versammelten Aufständischen noch zwei Tage vor der Schlacht veranlaßt, die Bitte um Unterstützung an ›die Gemeinde zu Erfurt‹ zu richten:*
Fried und Gnade durch Christum, unseren Heiland. Geliebte Brüder, ihr wißt wohl, mit welcher Gewalt und Ungerechtigkeit die ganze Welt durch die Tyrannei der grausamen, wütigen Tyrannen und Regenten erfaßt und verführt worden ist. Nun hat Gott jetzt sein Wort, Urteil und Gerechtigkeit erweckt, um solche unchristliche Gewalt durch seinen Grimm zu zerstören, denn solche, eigene, angenommene

Gewalt hat keine Kraft und keinen Bestand, wie ihr denn jetzt vernehmt, daß sich die Gottlosen vor einem Blatt fürchten, das vom Baum fällt. Aber der Gerechte fürchtet sich nicht vor hunderttausend. Wir hoffen auf euch als auf unsere Mitbrüder und Liebhaber der Gerechtigkeit, ihr wollet uns in der Not beistehen, so wie wir es mit euch tun wollen, und uns bei der göttlichen Wahrheit und Gerechtigkeit zu erhalten helfen, damit die Obrigkeit, Fürsten, Grafen, edel und unedel uns gleichgestellt werden möge. Deshalb mögt ihr uns brüderlich mitteilen und zu verstehen geben, was wir an Beistand, Mannschaft und Geschütz von euch erhoffen können. Das verdienen wir von euch um Leib und Gut. Gegeben von den Brüdern und der Gemeinde zu Frankenhausen. Simon Hoffmann.
Auch bitten wir, ihr mögt euch Thomas Müntzers Schreiben um unserer Brüderschaft willen angelegen sein lassen und euch nicht schwer tun. Für das Geschütz wollen wir von Frankenhausen euch auf Treu und Glauben Leib und Gut zum Pfand setzen, daß wir euch die Geschütze wieder aushändigen.

*Thomas Müntzer schreibt seinen Brief an die Erfurter am gleichen Tag, dem 13. Mai:*
Unseren herzlieben Brüdern, der ganzen Gemeinde zu Erfurt.
Stärke und Trost in Christo Jesu, Allerliebste. Wir haben von eurer beständigen Liebe und eurem freudigen Wandel zur Wahrheit gehört und hoffen guten Mutes, ihr werdet nicht zurückfallen, es sei denn, daß euch die lutherischen Breifresser mit ihrer beschmierten Barmherzigkeit weichgemacht hätten, deren wir uns wohl bewußt sind. Paulus sagt von den wollüstigen Menschen, daß sie sich zu unseren Zeiten mit der allerbesten Gestalt der Güte oder des gottseligen Wandels bekleiden und streben mit Hand und Mund wider die Kraft Gottes, die ein jeder vor seinen sehenden Augen greifen kann.
Daher ist unsere dringende Bitte an euch, ihr mögt solchen Tellerleckern nicht länger Glauben schenken und euch nicht länger aufhalten lassen, der ganzen Christenheit zu helfen, gegen die gottlosen, bösewichtigen Tyrannen mit uns zu streiten.

Helft uns mit allem, was ihr könnt, mit Volk, Geschütz, auf daß erfüllet werde, was Gott selber befohlen hat, Hesekiel im 34. Kapitel, wo er sagt: »Ich will euch erlösen von denen, die mit Tyrannei über euch gebieten. Ich will die wilden Tiere aus eurem Land vertreiben.« Weiter sagt Gott durch denselben Propheten, im 39. Kapitel: »Ihr Vögel des Himmels, kommt und freßt das Fleisch der Fürsten, und ihr wilden Tiere, sauft das Blut der großen Hänse.« Auch sagt das Daniel im 7. Kapitel, daß die Gewalt dem einfachen Volk gegeben werden soll. Apokalypse 18 und 19. Es bezeugen fast alle Aussagen in der Schrift, daß die Kreaturen frei werden müssen, wenn das reine Wort Gottes aufgehen soll. Habt ihr nun Lust zur Wahrheit, so macht euch mit uns an den Reigen. Den wollen wir recht tanzen, daß wir den Gotteslästerern getreulich heimzahlen, wie sie der armen Christenheit mitgespielt haben. Schreibt uns eure Meinung, denn wir sind euch wohlgesonnen, allerliebste Brüder.

*Es zeigt sich noch am gleichen Tag, daß Müntzer mit seinen angedeuteten Befürchtungen recht hatte. Die beiden Boten, Johann Lorentz und Hans Hesse, die die Briefe nach Erfurt bringen sollen, werden abgewiesen, weil die Adresse nicht korrekt sei. Johann Lorentz berichtet an die Frankenhäuser:* Christliche liebe Brüder. Nachdem ihr mich und Hans Hesse mit zwei Briefen an die Gemeinde zu Erfurt abgefertigt, gebe ich euch freundlich zu wissen, daß diese Briefe, weil sie nicht auch an den Rat gerichtet sind, niemand von uns annehmen will. Deshalb meine Bitte, ihr mögt diese Briefe verändern und uns hierher schicken. Wir wollen keine Mühe scheuen. Was wir dann an guter Auskunft erhalten, wollen wir wiederum euch aufs schnellste wissen lassen.

*Zu einer Änderung der Anschrift kann es nicht mehr kommen. Schon am 14. Mai gelangen die hessisch-braunschweigischen Heere vor Frankenhausen an. Die Erfurter dürften von dem Vorrücken der Fürsten bereits gewußt haben, als sie mit dem Hinweis auf eine formale Ungenauigkeit die Annahme der Briefe verweigern – am 12. Mai hatte Philipp von Hessen das 30 km entfernte Salza eingenommen. Zu einer Hilfeleistung wäre es noch nicht zu spät, aber die Erfurter wollen sich, nach ihrer Einigung mit der Obrigkeit, offensichtlich aus den entscheidenden Kämpfen heraushalten.*

# Aus dem ›bündischen Lied‹

Jetzt sing ich von den Bauren
und ihrem Regiment.
Manch einer nennt sie Lauren*
und weiß noch nicht das End.
Es tuns Schinder und Schaber,
die treiben Übermut;
Hüt't euch, ihr Wucherknaben,
es tut in die Läng nicht gut!

Bauern bei der Ablieferung ihrer Abgaben, Holzschnitt aus Rodericus Zamorensis »Spiegel des menschlichen Lebens«, Augsburg 1479

Die Herrschaft tun sie schrecken,
daß sie kaum weiß wo 'naus,
die Bauern tun sie aufwecken
und beuteln sie recht aus.
Es sind seltsame Kunden,

sie wagen ihre Haut,
sie haben ein' Sinn erfunden.
Wer hätt ihnen das zutraut?

* Schelme

Sie sind ins Feld gezogen,
ihr keiner wollt lassen ab,
ist wahr und nicht erlogen,
so mancher Bauernknab.
Sie haben zusammen geschworen,
dem Adel leid zu tun,
sie haben ihn arg geschoren.
Was wird ihn'n werden zu Lohn?

Die Bauern sind einig geworden
und kriegen mit Gewalt,
sie haben einen großen Orden
und sind auf mannigfalt
und tun die Schlösser zerreißen,
und brennen Klöster aus.
So kann man uns nicht bescheißen:
was soll ein bös' Raubhaus?

Jetzt will ichs lassen bleiben.
Gott in der Ewigkeit,
er tut kein Mutwill treiben,
fürwahr es ist ihm leid,
daß wir so übel leben
in diesem Jammertal.
Wer kann jetzt Frieden geben
als seine göttlich Wahl*.

## Uneinigkeit unter den Aufständischen

*Auch innerhalb der einzelnen Bauernhaufen gab es Spannungen und gelegentlich offenen Streit zwischen verschiedenen Gruppen. So bei dem Frankenhäuser Haufen.*
*Die Bürger von Frankenhausen hatten, wohl Ende April oder Anfang Mai 1525, ihre Forderungen gegenüber Adel und Amtsleuten in vierzehn Artikel gefaßt, die im Kern dem weit-*

* Entscheidung

*verbreiteten Forderungskatalog der süddeutschen Bauern entsprachen. Sie lauten:*

Zum ersten: Es ist unser Wille und Meinung, daß wir, die ganze Gemeinde, einen Pfarrer, der uns das Evangelium und Wort Gottes lauter und klar, ohne alle menschlichen Zusätze predige, anzunehmen und abzusetzen Macht haben.

Zum zweiten: Daß wir nicht mehr noch weniger Steuer zu geben gedenken, als man vor 200 Jahren getan hat, und keine Abgaben oder Steuern darüber hinaus, auch Geistlichen und Weltlichen keinen Zins zu leisten noch zu geben.

Zum dritten: Sind wir nicht gesinnt, Botendienste für die Herrschaft oder den Adel zu tun.

Zum vierten: Sind wir nicht bereit, Vogteigeld zu geben.

Zum fünften: Daß Äcker, Weingärten, Wiesen, alle Güter und Eigentümer der Kirche für ein angemessenes Geld verkauft werden und daß eine gebührende Steuer dafür zu zahlen ist, gleich der für andere Äcker.

Zum sechsten: Wollen wir Wasser, Weide, Wald und Jagd frei haben, einem jeglichen nach seiner Notdurft an seinem Wohnsitz zum Gebrauch.

Zum siebten: Keinem Bürger oder Bauer soll, wenn die Sache nicht um Leib und Leben geht, mit Gefangennahme oder Gewaltanwendung Schaden zugefügt noch er damit beschwert werden, sondern er ist nach Lage der Sache zu bestrafen und in seinen vier Wänden friedlich sitzen zu lassen.

Zum achten: Daß Marktgeld und Weinzoll wegfallen, aber das Wegegeld erhoben wird.

Zum neunten: Ein jeglicher Einwohner von Stadt und Dorf soll Erlaubnis haben, Bier zu brauen nach einer festgelegten Ordnung, die in Stadt oder Dorf aufgesetzt und bewilligt wird, und hier zu Frankenhausen zwei Biere mit kenntlichen Zeichen zu brauen.

Zum zehnten: Das Gericht über Hals und Hand soll der Stadt und dem Rat zu Frankenhausen, wie es vor alters gewesen ist, zustehen und rechtmäßig von ihr anzuwenden sein.

Zum elften: Es sollen auch die Salzsieder die Macht haben, den Preis des Salzes nach den Bedingungen der Zeit und des Brennmaterials zu erhöhen oder zu senken, künftig ein ein-

ziges Salzmaß verwenden, von besonderem Abbau- und Brunnengeld befreit sein und gleiche Lasten wie die anderen tragen.
Zum zwölften: Daß alle, die draußen vor der Stadtmauer von Frankenhausen wohnen, Wasser und Weide mit den Einwohnern gebrauchen, dem Rat unterworfen und steuerpflichtig sind und allen Artikeln von Stadt und Rat von Frankenhausen Gehorsam leisten.
Zum dreizehnten: Daß die Gemeinde zu Frankenhausen den Rat zu wählen und abzusetzen Macht habe und außerdem eine Ordnung der Löhne und aller Notdurft aufzurichten befugt sei.
Zum vierzehnten: Daß das Geld, was der kürzlich abgetretene Rat verliehen hat, der Gemeinde wieder übergeben werde und daß die Teiche, die der kürzlich abgetretene Rat verwüstet hat, wieder instandgesetzt und besetzt werden.

*Die Forderungen wurden von Aktionen der Aufständischen begleitet. Hans Zeiß, der kursächsische Steuereinnehmer in Allstedt, berichtet am 1. Mai darüber an Kurfürst Friedrich den Weisen:*
Euer Kurfürstlichen Gnaden geb ich untertänig zu wissen, daß sich die Sachen nunmehr um Allstedt herum ganz aufrührerisch und empörerisch anlassen, und es nimmt rasch zu, und das gemeine Volk ist alles zum Aufstand wider die Herrschaft und zum Stürmen der Klöster geneigt. Den umliegenden Klöstern ist allenthalben der Schutz von der Herrschaft aufgesagt worden. Da läuft man hinaus, da stürmt man. Und die von Frankenhausen und Sondershausen sind gestern alle aufgestanden gegen ihre Herren, haben die Klöster gestürmt, die Zölle und Abgaben selber abgeschafft.

*Entsprechend den Artikeln wurde ein neuer Rat gewählt. Einer der Hauptleute des Frankenhäuser Haufens, Jost Winter, sagt später nach seiner Gefangennahme am 16. Juli 1525 aus, wie das Protokoll vermerkt:*
Erstlich hat Jost Winter angeführt, daß er zu dem geschehenen Aufruhr keine Ursache, weder durch Rat noch durch Tat, gegeben habe, auch kein Urheber oder Anreger dessen gewesen sei, sondern er sei von den anderen dazu gewählt und gefordert, in ihrem Rat zu sein, worüber er sich höchlich beschwert aus dem Grunde, daß er keinem im Rate ver-

wandt, auch weder Bauern noch Bürger des Orts gewesen sei. Sie hätten auch zu ihm auf das Haus geschickt und ihm vorgehalten, daß er zu ihnen schwören solle. Habe er gesagt, daß er vormals dem Rat und der Gemeinde einen Eid geschworen, den er aus verschiedenen Gründen aufgesagt habe. Wenn es für ihn bei diesem Schwur bleiben könne, wolle er dasjenige tun, was die anderen Bürger tun würden, so ihm Gott und die Heiligen hülfen. Dies sei als hinreichend anerkannt worden, und er habe darüber hinaus nichts weiter geschworen, sei auch bei keinem Ratschlag oder Handlung gewesen, der gegen seinen gnädigen Herrn, den Landesfürsten Herzog Georg gerichtet gewesen sei oder Graf Ernst von Mansfeld zu Schmach, Schimpf oder Nachteil gereicht habe, sondern es hätte sich dessen so viel als immer möglich enthalten und entschlagen und hätte darin nicht anderes getan, als was ein anderer gewöhnlicher Bürger, wie sie zum Teil noch in Frankenhausen wären, hätte tun müssen.

*Von den Zeugen, die Jost Winter benannt hatte, gibt Jacob Scharfenberg, seinerzeit Bürgermeister in Frankenhausen, an:*

Als die Empörung an jenem Sonnabend zu Frankenhausen angefangen, habe er selbst zusammen mit dem dortigen Steuereinnehmer in eines Bürgers Haus fliehen müssen. Danach sei der Steuereinnehmer heimlich hinausgelangt und habe zu ihm gesagt, weil er Bürgermeister sei, gebühre sichs nicht anders, als daß er in der Stadt bleibe und darin das Beste zu erreichen helfe, dasselbe wolle er, der Steuereinnehmer, draußen auch tun. Es habe sich die Gemeinde am folgenden Sonnabend versammelt und ihn in den Ring gerufen und eintreten lassen. Da seien dort Artikel verlesen, Prediger verordnet, Hauptleute und andere, auch zwölf Mann von der Gemeinde zum Rat gewählt worden. Danach sei im Hause Jost Winters wegen verhandelt worden, weil er kein Bürger der Stadt sei, auch mit dem Rat nicht verwandt, und er habe Jost Winter dieses berichtet, und daß ihm aber vorgehalten wäre, was er schwören und geloben solle. Das sei aber nicht geschehen, sondern er – Jacob Scharfenberg – sei alsbald aus dem Hause gegangen. Es habe Jost Winter gesagt, er wolle sich so verhalten, wie sich andere gewöhnliche Bürger auch verhielten.

*Angesichts der Grausamkeit der Sieger gegenüber den ge-*

*schlagenen Aufständischen muß erstaunen, daß Jost Winter ohne Bestrafung freigelassen wird. Offenbar hatte den Tatsachen entsprochen, daß er alle entschiedeneren Aktionen der Aufständischen hatte zu verhindern versucht.*

## *Über die Lage der Bauern*

*Autorenkollektiv Adolf Laube, Max Steinmetz, Günter Vogler:*
Der bei weitem größte Teil des deutschen Volkes lebte nach wie vor auf dem Lande. Hier lagen bedeutende Reserven für die Entwicklung der Produktivkräfte. Doch die Landwirtschaft litt bis weit ins 15. Jahrhundert hinein unter den Auswirkungen einer Agrarkrise. Bereits im 14. Jahrhundert aus vielfältigen Gründen verursacht, hatte sie – durch Pestseuchen verschärft – dazu geführt, daß viele Siedlungen zu Wüstungen wurden. Zahlreiche Ortschaften waren ganz oder teilweise verlassen, ehedem kultiviertes Land nicht mehr bearbeitet worden. Es lag wüst und wurde von Wald überzogen. Im Zusammenhang mit dem steigenden Bedarf an Agrarprodukten und gewerblichen Nutzpflanzen seit dem letzten Drittel des 15. Jahrhunderts nahm auch die landwirtschaftliche Produktion wieder zu. Wenngleich die Entwicklung in den einzelnen Gebieten sehr unterschiedlich und insgesamt erheblich langsamer als in der gewerblichen Produktion voranschritt, wurde doch die Agrarkrise nach und nach überwunden.
Die ländliche Bevölkerung betrieb vor allem in den Gebieten westlich der Elbe die Rekultivierung wüster Ländereien. Nur teilweise von der Bevölkerung verlassene Ortschaften, sogenannte Teilwüstungen, wurden wieder besiedelt, das dazu gehörende Land neu urbar gemacht. Nach und nach erfolgte auch eine Neubesiedlung von Gemarkungen, die völlig wüst geworden waren. Vereinzelt, vor allem in der Nähe von Bergbauzentren, entstanden neue Siedlungsgebiete. Insgesamt vergrößerte sich die landwirtschaftliche Nutzfläche wieder, wurden Verbesserungen in der Bodennutzung und der Viehhaltung erreicht.

Begrenzte Fortschritte gab es bei der Anwendung bäuerlicher Arbeitsgeräte. Die verstärkte Verwendung der Sense für die Getreidemahd in norddeutschen Gebieten beschleunigte die Erntearbeiten. Von den westlichen Territorien her fand die Ackerwalze Verbreitung. Im Süden kam der Kehrpflug auf, der das Pflügen am Hang erleichterte. Eine bedeutsame Entwicklung vollzog sich im Hausbau. Ausgehend von oberdeutschen Gebieten entstanden seit der zweiten Hälfte des 15. Jahrhunderts jene Typen, die in den folgenden Jahrhunderten die Form des deutschen Bauernhauses bestimmten.
In der Bodennutzung nahm insbesondere der Anbau von Sonderkulturen und gewerblichen Nutzpflanzen zu. So reizte der rasche Aufschwung des Leinen- und Barchentgewerbes zu einer wesentlichen Erweiterung der Anbauflächen für Flachs und Hanf an. Auch der Anbau der damals am weitesten verbreiteten Farbkräuter, Waid und Krapp, wurde erheblich verstärkt. Große Verbreitung fanden Hopfen- und Ölfruchtkulturen, Obst, Gemüse und Gewürzkräuter. Der Weinbau erreichte um 1500 seine größte Ausdehnung, bis in klimatisch ungeeignete Gebiete in Schleswig-Holstein, Mecklenburg und Ostpreußen.
Schließlich erforderte der steigende Fleischbedarf eine verstärkte Viehhaltung. Beim unentwickelten Stand der Futterwirtschaft war aber gerade die bäuerliche Viehhaltung weitgehend auf die Weideflächen des Gemeindelandes, die sogenannte Allmende, angewiesen. Doch diese nahm rapide ab, nachdem die feudalen Grundeigentümer dazu übergegangen waren, sich die Allmende anzueignen. So konnte die bäuerliche Fleischproduktion wegen der Verknappung der Allmendenutzung mit dem Bedarf nicht Schritt halten. Seit dem ausgehenden 15. Jahrhundert mußten Jahr für Jahr Tausende von Ochsen und Schweinen aus Ungarn, Polen und anderen Ländern eingeführt werden. Der Kampf um die Allmendenutzung wurde zu einem zentralen Problem des bäuerlichen Klassenkampfes.
Doch der Raub der Allmende war nur eine Erscheinung in der Vielfalt feudaler Bedrückungen, denen sich die bäuerliche Bevölkerung in steigendem Maße ausgesetzt

sah, und die insgesamt mit der Festigung der feudalen Produktionsverhältnisse auf dem Lande zusammenhingen. . . .
Im Südwesten hatten die Bauern besonders unter der starken territorialen Zersplitterung und den verwickelten Besitzverhältnissen zu leiden, die zu ständigen Feudalfehden Anlaß gaben. In der Grafschaft Leiningen wurden von 1452 bis zum Ausbruch des Bauernkrieges 28

Bauernarbeit. Aus dem Straßburger »Vergil«, 1502

Kriege und Feudalfehden gezählt, die sich verheerend auf die Dörfer und das Bauernland auswirkten. Rund 500 Dörfer sollen nach chronikalischen Angaben teilweise oder ganz niedergebrannt worden sein. Allein im pfälzisch-bayerischen Erbfolgekrieg von 1504/1505 wurden Hunderte von Dörfern zerstört. Dabei litten die Bauern nicht nur unter den Brandschatzungen, Plünderungen und Zerstörungen, sondern sie mußten auch noch die

Hauptlast des Wiederaufbaus tragen. Zudem gingen die Grund- und Territorialherren verstärkt dazu über, Abgaben und Dienste sowie finanzielle Forderungen durch direkte und indirekte Steuern zu erhöhen. Darüber hinaus erpreßten sie von Dörfern, Kirchen und Klöstern Darlehen, die von den Einwohnern aufgebracht werden mußten. Das alles trug dazu bei, daß die Verschuldung der Bauern – vor allem gegenüber städtischen Wucherern – wuchs . . .

Neben der Verschlechterung der persönlichen Rechtsstellung der Bauern versuchten die Feudalherren, auch deren Besitzrechte einzuschränken. Die für die Bauern günstigeren Erblehen wurden verstärkt in sogenannte Fall- oder Schupflehen umgewandelt, das bedeutete, der Grundbesitz war nicht mehr vererbbar, sondern wurde nur noch auf Lebenszeit oder kurzfristig verliehen. Bei jeder Neubelehnung wurde aber der Grundzins neu festgelegt und konnte so leicht gesteigert werden. Zusätzlich mußten Besitzwechselabgaben geleistet werden. Wenn in Kempten »ainer oder aine mit Tod abgat, der oder die eliche Kind hinder in verlassent, so tut ir g. H. des abgegangnen und erstorbnen Gut glich halb zu sinen Handen nemen«. Wenn keine ehelichen Kinder vorhanden sind, »so niempt er ir verlassen Gut gar zu sinen Handen und die Geschwistergit enterbt er und die andern Erben auch«. Und im Kloster Ochsenhausen verlangte der Abt von den verstorbenen »Gotzhuslütten aller varender Hab . . . ir Claidung und Hauptrecht, darzu insonder von den Frowen ir Bettgewätt, Tuch, Garn, Werk, Lein und anders«.

Schließlich verstärkten die Feudalherren die finanzielle Ausnutzung ihrer Rechte an Mühlen, Keltern, Backöfen und Gasthöfen, erhoben zum Teil Gebühren für Wald- und Weidenutzungen, verlangten zahlreiche weitere Abgaben und verschärften so insgesamt die feudale Ausbeutung und Unterdrückung der ländlichen Bevölkerung.

Waren die Verhältnisse in anderen Gebieten Süd-, Mittel- und Westdeutschlands auch anders gelagert, so wurde doch überall die Tendenz zu einer Stärkung der feudalen Kräfte und zur Festigung der feudalen Produk-

Bauer und Bäuerin auf dem Markt, Kupferstich von Albrecht Dürer, 1512

tionsverhältnisse spürbar. Im südlichen Niedersachsen, in Thüringen, Kursachsen, Teilen Hessens und Bayerns dehnten die Grund- und Landesherren ihre Eigenwirtschaften aus; in Westfalen, in Teilen Bayerns, Frankens

und Hessens verstärkten sie die alte und neue Leibeigenschaft und steigerten teilweise auch Abgaben und Dienste.
In einigen ostelbischen Gebieten entstanden gegen Ende des 15. Jahrhunderts Bedingungen für die spätere Ausbildung der Gutsherrschaft. Die starke Nachfrage der gewerblich hochentwickelten Länder nach Getreide trug dazu bei, daß der Adel seine Eigenwirtschaften auszudehnen und zu intensivieren suchte. Dabei war er bestrebt, zur Sicherung des Arbeitskräftebedarfs die Bauern ihrer Freizügigkeit zu berauben, sie in starke Abhängigkeit bis zur Leibeigenschaft zu pressen. In der Mark Brandenburg wurden 1518 die Bauern gesetzlich verpflichtet, vor einem etwaigen Abzug einen Ersatzmann zu stellen. Der Adel erhielt hingegen das Recht, entlaufene Bauern oder Gesinde zurückzufordern. Auch in Preußen bestanden entsprechende Regelungen, die bereits zur Schollenbindung der Bauernschaft tendierten. Schließlich machten die adligen Hofbesitzer jetzt auch in verstärktem Maße Ansprüche auf die Arbeitskraft der Bauernkinder geltend, und zwar zunächst in der Form des Vormieterechts, das die Söhne und Töchter der Bauern dazu zwang, vor Übernahme einer anderweitigen Tätigkeit zunächst der eigenen Herrschaft ihre Dienste anzubieten. Daraus entwickelte sich später der Gesindezwangsdienst.
Da die verschärfte Ausbeutung und Unterdrückung der bäuerlichen Bevölkerung begleitet war von offenkundigen Mißständen in der Rechtspflege und der Verwaltung der Territorien, von der Reglementierung des bäuerlichen Lebens durch Territorialgewalten und Grundherren, von einer sozialen Mißachtung der Bauern, von Marktabhängigkeit und Ausbeutung durch die Wucherer, reiften Bedingungen für eine breite bäuerliche Erhebung heran.

*Gerhard Heitz:*
Man muß sich bei der Betrachtung der Agrarverfassung des 16. Jh. die Tatsache vor Augen halten, daß die feudale Produktionsweise in eine schwere Krise geraten war. Die Versorgung der unmittelbaren Produzenten mit

Land, d. h. ihre organische Verbindung mit den Produktionsmitteln, konnte für eine große Anzahl von Menschen nicht mehr gewährleistet werden.
Die Ursache dafür war das außerordentliche Wachstum der Produktivkräfte. Darauf aufbauend entwickelte sich eine Warenproduktion, die den größten Teil der unmittelbaren Produzenten und den gesamten Adel ergriff und beide vor völlig neue Probleme stellte, wie sie sich aus der Notwendigkeit und Möglichkeit marktwirtschaftlicher Verwertung der Produkte ergaben. Begünstigt und angeregt wurde die Warenproduktion aller ländlichen Produzenten durch die seit dem Ende des 15. Jh. steigenden (bis 1530 sich verdoppelnden) Getreidepreise. In diesem Prozeß des Wachstums der Produktivkräfte spielten auch die Zunahme der Bevölkerung und die wachsende Produktionserfahrung eine große Rolle. Damit aber entwickelten sich die Beziehungen der Produzenten zum Boden, d. h. zum Hauptproduktionsmittel dieser Periode, unter gänzlich neuen Bedingungen. Es entstanden neben den Landbesitzern und zum Teil auf Kosten der Größe ihrer Landanteile die Landarmen und daneben in immer schnellerem Tempo auch die Landlosen. Dabei hat die Gestaltung des Erbrechtes eine große Rolle gespielt. Eine Zersplitterung des bäuerlichen Besitzes mußte dessen Leistungsfähigkeit gefährden. Oft war die Mindestgröße durch die Notwendigkeit der Aufrechterhaltung der Spannfähigkeit gegeben, oft verhinderte der Grundherr, schließlich verbot der Landesherr aus steuerfiskalischen Gründen die Zersplitterung. In Kursachsen ist die formelle Festlegung der geschlossenen Vererbung (Anerbenrecht) im Jahre 1628 erfolgt, doch war sie lange vorher allgemein üblich. Es ist klar, daß eine solche Entwicklung das Problem der Landlosen und Landarmen sehr bald verschärfen mußte. Im 15. Jh. und auch später noch hat der Bergbau eine große Anzahl dieser Produzenten aufgenommen und ihnen Arbeit geben können. Daneben aber fanden sie in immer stärkerem Maße in der gewerblichen Produktion des flachen Landes, vor allem auch in der Leinenproduktion, Beschäftigung und haben sich selbstverständlich auch hauptberuflich in der Landwirtschaft betätigt.

Tanzendes Bauernpaar, Zeichnung von Urs Graf 1525

Neben den Marktbauern steht als zweites in bürgerlicher Sicht gesehenes Motiv der Bauerntanz. Den höheren Ständen erschien der bäuerliche Tanz zugleich als grotesk, unanständig, unerlaubt und als lockend und verführerisch. Der Tanz der Oberschichten war ein feierlicher und geschrittener Reigen; »Laß uns den Reihen langsam führen, als es dem Adel tut gebühren«, sagt noch Hans Sachs. Dagegen war der Tanz der Bauern ein stürmischer Springtanz. Auf dem Gebiete des Tanzes vollzog sich aber die Entwicklung ausnahmsweise einmal von unten nach oben: die Geistlichkeit und die Obrigkeit der Städte hatten im 14. und 15. Jahrhundert immer wieder Anlaß, gegen das Eindringen bäuerlicher Tanzformen in die Städte zu eifern, zunächst überhaupt gegen den Paarentanz, der den herkömmlichen Reihentanz zu verdrängen begann, dann wenigstens noch gegen das Umfangen und Drehen, das Hochschwingen und Zu-Fall-bringen.
*Renate Maria Radbruch/Gustav Radbruch*

Diese Vorgänge führten zu einem Widerspruch zwischen den Produktionsverhältnissen und den Produktiv-

Das tanzende Bauernpaar, Kupferstich von Albrecht Dürer 1514

kräften, wie er in dieser Schärfe vorher nicht aufgetreten war. Während der massenweise Übergang zur Warenproduktion den Mehrproduktbedarf des Feudalherrn steigerte, entfielen – mit dem Übergang zur Geldform der Rente, die ihrerseits das Ergebnis der Warenproduktion war – die früher durch die relativ beschränkten Bedürfnisse gebildeten Grenzen der Ausbeutung. Außerhalb der agrarischen Sphäre, im Bergbau, in der Metallverarbeitung und in der Textilproduktion, setzten sich frühkapitalistische Produktionsverhältnisse durch, und das Handelskapital erlebte in ganz Europa eine Blüte.

Alles das wirkte zusammen, um die Ansprüche der Feudalherren schneller wachsen zu lassen als die Feudalrente. Während nun einerseits die Produktionsverhältnisse immer starrer wurden – eben zur Sicherung der Rente – wuchs andererseits die Zahl derjenigen Produzenten, die ein solches Produktionsverhältnis gar nicht mehr als gegeben vorfanden bzw. hineinwachsen konnten und sich daher, neben oder ganz außerhalb der Landwirtschaft, dem Gewerbe zuwandten, ohne in die Stadt zu gehen.

*Renate Maria Radbruch/Gustav Radbruch:*
Was die Bauern in erster Linie beschwerte, war ihre Rechtlosigkeit. Sie waren vom öffentlichen Leben der Nation, von der ständischen Verfassung ganz ausgeschlossen. Dem grundherrlichen Hofgericht unterstellt, entbehrten sie vielfach des Zugangs zu dem allgemeinen Gericht. Aber auch vor dem allgemeinen Gericht, das war die ständige Klage dieser Zeit, war der Reiche im Vorteil, der Arme rechtlos . . .
So fühlte sich der Bauer rechtlich schutzlos gegen jede Willkür, insbesondere gegen die willkürliche Ausdehnung seiner Pflichten und Lasten und gegen die Beschränkung seiner Rechte an Wald, Wasser, Weide, durch welche die oft wirtschaftlich bedrängten Grundherren sich einen Anteil an dem erhöhten Ertrag der bäuerlichen Wirtschaft zu sichern strebten. Läßt doch gerade eine aufsteigende Schicht sich ihre Produktions- und Genußmittel ungern schmälern und konnte doch gegen die damaligen Schmälerungen der Bauer sich überdies noch mit gutem Grunde auf sein altes Recht berufen.
Noch kränkender vielleicht als der Ausschluß aus der Rechtsgemeinschaft und dem öffentlichen Leben der Nation war die zunehmende Verarmung seines geistigen Lebens im Verhältnis zur Bereicherung der Kultur anderer Volksschichten. Der Ritter hatte immerhin derselben ländlichen Atmosphäre angehört wie der Bauer und sich in seinem geistigen Besitz wenig über ihn erhoben. Nun aber war das kulturelle Übergewicht an die Städte übergegangen. Städtisches Leben unterschied sich mehr

und mehr vom bäuerlichen Dasein. So wurde der Bauernstand dem Städter immer fremder und unverständlicher. Vor allem entstand in den Städten neben der religiösen Bildung, die allem Volke gemeinsam gewesen war, ein neues weltliches Bildungssystem, der Humanismus, und dieser, in doppeltem Sinne »urbane«,Humanismus wurde zum Maßstab, mittels dessen man Gebildete und Ungebildete voneinander schied und damit den Unterschied der Klassen zu einer Abstufung des menschlichen Wertes kränkend zuschärfte. Jetzt erst wurde die Verspottung des Bauern bösartig . . .

Holzschnitt von Christoph Amberger 1526

Der Bauer war für diese Zeit der Narr für alle, die komische Figur, der man zur Belustigung der Oberschicht jegliche Tölpelhaftigkeit, Unflätigkeit und Torheit anhängte, und von dessen grober Häßlichkeit man bis zum Widerlichen gesteigerte Schilderungen gab.

*Günther Franz:*
In Deutschland standen sich zunächst Aufstände, die sich auf das alte Recht und solche, die sich auf das göttliche Recht beriefen, nebeneinander. Die Bauern, die sich auf das alte Recht und Herkommen beriefen, wandten sich gegen das Vordringen der Landesherrschaft, gegen den Versuch, über die altüberkommenen

Rechte hinweg den modernen Staat aufzurichten und dadurch ihre örtliche Überlieferung wie ihre Selbstverwaltung einzuschränken. Über die Leib- und Grundherrschaft klagten die Bauern nur, wenn einzelne Herren auch hier ihr Herrschaftsrecht ausnützten, um einen einheitlichen Untertanenstand zu schaffen, oder wenn ein einzelner Herr gegen das verbriefte Recht willkürlich die Lasten erhöhte oder längst abgekommene Abgaben wieder zu erneuern suchte. Doch war dies nicht die Regel. Viel mehr klagten die Bauern über neue Steuern und Abgaben, die für den Staatsausbau notwendig wurden, sie klagten über Einschränkungen von Weide-, Wald- und Jagdnutzungen, die den Fürsten im Interesse einer rationellen Forstwirtschaft notwendig erschienen, über die Beschränkung der bäuerlichen Rechte und das Vordringen des Römischen Rechtes. Ob das Römische Recht dem Bauern nützlich oder schädlich war, war nicht entscheidend. Wesentlich war allein, daß dies Recht den Bauern fremd war und sich über alle örtlichen Gewohnheiten hinwegsetzte. Eben deswegen diente es dem Staate, wenn ein Fürst für sein Land einheitliche Mandate und Verordnungen erlassen und wenn er eine Beamtenschaft heranbilden wollte, die an den Universitäten juristisch geschult war und nach feststehenden Normen an den hohen Gerichten des Landes Recht sprach. Denn das deutsche Recht, das nicht kodifiziert war, war an den Universitäten weder zu lehren noch zu lernen. Es stand seinem Wesen nach jedem Zentralismus entgegen. Für die Bauern aber war jedes neue Recht grundsätzlich unrecht. Das Recht war alt und unabänderlich, es konnte neu gewiesen, neu eröffnet, aber nicht neu gesetzt und geändert werden, mochte es sich auch unmerklich im Laufe der Jahre vielfach geändert und den Umständen angepaßt haben. Wenn sich die Bauern dem Staate oder ihrer Herrschaft gegenüber auf das alte Recht und Herkommen, auf die Gewohnheit beriefen, fühlten sie sich als Wahrer des Rechts, nicht als Aufrührer. Rechtsbrecher war der Staat . . .

In einer zweiten Reihe von Aufständen bekannten sich die Bauern nicht zum alten, sondern zum göttlichen

Drei Bauern, Kupferstich von Albrecht Dürer, 1497/1498

Das Waffenrecht war dem Bauern lange streitig gemacht, bald versagt, bald mit Beschränkungen zugestanden worden. Daß man ihm das Schwert auch dann noch, als man es ihm widerwillig zugestanden hatte, als eine Standesüberhebung mißgönnte, sieht man an dem Zustande, in welchem es in fast allen graphischen Darstellungen sich befindet: durch die schadhafte Scheide stößt die bloße Spitze des Schwertes hindurch.
*Renate Maria Radbruch/Gustav Radbruch*

Recht. Sie wollten nicht nur eine verletzte Rechtsordnung wiederherstellen, sondern wollten einen idealen Rechtszustand schaffen, der die göttliche Ordnung, die

im letzten auf der Bibel begründet war, verwirklichen sollte. Mit Gewalt wollten sie das Gesetz Gottes, das zugleich das natürliche, von Anbeginn der Welt bestehende Recht war, durchsetzen. Wiclif, der englische Vorreformator, hatte zuerst den Ruf nach dem göttlichen Recht ergehen lassen. Die Hussiten hatten ihn übernommen, durch sie war er zu den deutschen Bauern gekommen. Ohne Rücksicht auf bestehende Herrschaftsgrenzen, wandten sich die Bauern, die sich zum göttlichen Recht bekannten, an die gesamte Bauernschaft, sie wollten eine allgemeine Bauernbefreiung. In Verschwörungen, die freilich alle vorzeitig entdeckt wurden, bereiteten sie jeweils den Aufstand vor. Nicht alle Bauern eines Gebietes (wie bei den Kämpfen um das alte Recht), sondern jeweils nur eine besonders geworbene und aktive Gruppe schloß sich der Erhebung an.
Alle Forderungen, die später in dem Bauernkrieg geltend gemacht wurden, finden sich bereits in den Aufständen, die 1513–17 mit einem dichten Netz Deutschland bedeckten. Noch aber waren es örtliche Unruhen, noch gingen der Kampf um das alte Recht und der Bundschuh nebeneinander her. Es fehlte die Brücke. Luther ging es bei seinem Kampf um die Reform der Kirche allein um den Glauben. Er wandte sich leidenschaftlich gegen alle Versuche, die bestehende Rechts- und Wirtschaftsordnung auf Grund des Evangeliums umgestalten zu wollen und die Bibel zum einzigen Maßstab auch für das irdische Leben zu erklären. Aller irdischen Wirrnis, aller zeitlichen Not hatte sich der Christ ohne Widerspruch zu unterwerfen. Der Leibeigene hatte nicht das Recht, um des Glaubens willen für sich die Freiheit zu fordern. Selbst ein an die Türken verkaufter Sklave sollte nicht das Recht haben, seinem Herrn zu entfliehen. Luther vertrat den Grundsatz: »Sei untertan der Obrigkeit, die Gewalt über dich hat.« Aber Luther drohte auch den geistlichen und weltlichen Fürsten die Strafe Gottes an, wenn sie fortführen, den armen Mann zu schinden und zu schaben. Man dürfe nicht mehr wie einst das Volk gleich dem Wild jagen und treiben. Und Zwingli wie Luther hielten grundsätzlich einige Forderungen der Bauern für berechtigt.

Entscheidend aber war, daß durch ihr Auftreten die kirchliche Autorität zerbrochen und der Christ aufgefordert wurde, sich selbst aus der Bibel Rechenschaft über seinen Glauben zu geben. Zahlreiche Flugschriften wandten sich an den gemeinen Mann und forderten ihn auf, Stellung zu nehmen. Der »Karsthans« stritt sich mit Geistlichen und Adligen im Dialog über geistliche und weltliche Fragen. »Der Bauer von Wöhrd« schrieb Flugschriften. Der ehemalige Franziskanerprediger Johann Eberlin von Günzburg entwarf in seinen »Fünfzehn Bundesgenossen« 1521 das utopische Bild eines Landes Wolfaria, in dem Staat und Kirche sich aus der Dorfgemeinde organisch entwickeln sollten. Andere Flugschriften forderten offen zum Umsturz auf. Der Bauer war »witzig« geworden und fast notwendig mußte das Volk das Evangelium »fleischlich« verstehen und in der Bibel die Rechtsgrundlage auch für das irdische Leben suchen. An die Stelle der göttlichen Gerechtigkeit, der *lex dei*, trat das Evangelium. In dieser Umdeutung wurde das göttliche Recht zum massenmitreißenden Schlagwort. In ihm verband sich reformatorische Gesinnung mit dem Streben nach einer neuen, biblisch begründeten, zugleich aber den alten Rechtszustand wiederherstellenden Ordnung. Die Reformation schlug die Brücke zwischen altem und göttlichem Recht.

## Fortführung: Gegensätze im Frankenhäuser Lager

*Der Zulauf an Aufständischen nach Frankenhausen nimmt rasch zu. Der kurfürstliche Einnehmer Hans Zeiß berichtet davon und über das nun radikalere Programm an Christoph Meinhard in Eisleben, einen Anhänger Thomas Müntzers, am 4. Mai:*

Gnade und Friede von Gott und unserem Herren Jesu. Freundlicher, lieber Vetter und Gevatter. Es ist doch nicht anders, als wie von Gott, Maria und allen Propheten gesagt worden ist, daß Gott die Gewaltigen vom Stuhl stoßen und die Niedrigen erheben will. Und er hat die große Drangsal

der Unterdrückten angesehen, daraus will er sie jetzt befreien. Und ich tue euch zu wissen, daß der gewaltige Haufe vor Rusteberg liegt, wohinein die vom Adel geflohen sind; sie werden herunter müssen. Wenn das geschieht, werden die Leute stracks nach Frankenhausen ziehen. Dort lagern ihrer 5000, die gestern gemustert worden sind. Die warten auf den gewaltigen Haufen, der ist an die hunderttausend groß, die werden das Geschütz bald voranschicken und fortan mit Macht vor das Schloß Heldrungen ziehen und sich dort lagern und die Gewaltigen demütigen.
Und es hat diese Bewandtnis mit ihrem Tun, daß kein Fürst, Graf, Edelmann oder andere hochgestellte Leute, die Macht auf Erden besessen, vor ihnen bleiben sollen, es müssen alle herunter. Mit solcher Bescheidenheit bitten die jetzt um Gnade. Dieselbe gewähren sie ihnen, doch nur, wenn jeder zu Fuß zu ihnen tritt und sich gleich dem geringsten demütigt, neben ihnen auf gleicher Erde steht, sich kein Fürst mehr heißen läßt und der Gnade wartet. Gilt er als vordem genügsam und friedlich, auch daß er nicht wider das Evangelium gehandelt habe, so wollen sie ihn in angemessener Weise wieder in seine Herrschaft einsetzen, und er soll darin bleiben, solange er wohl regiert. Sie wollen ihm auch, wenn er Fürst ist, nicht mehr als 8 Pferde zugestehen, einem Grafen 4 Pferde, einem Edelmann 2 Pferde.
Und wer ihnen zur Stärkung des Wortes Gottes auf ihrer oder ihrer Hauptleute Aufforderung nicht zu Hilfe kommen und zu Fuß in ihre Reihen treten will, der ist gar nicht sicher vor einem Überfall. Sie nehmen niemand etwas, es vermag aber auch niemand etwas allein, der sich nicht reformieren lassen will.
Und mir wird gesagt, das denjenigen, die wider das Wort Gottes gehandelt und Leute deshalb haben richten lassen, weder an Leib noch Gut Gnade widerfahren wird, sondern sie müssen herunter etc. Keinen Fürsten, außer wie oben steht, wollen sie bleiben lassen, allein den Kurfürsten, wenn er die Beschwerung selbst abtun und in die Artikel einwilligen will. Wenn nicht, so ist er den anderen gleich. Kein Edelmann soll mehr sein. Soll einer sein wie der andere. Ihre Häuser sollen eingerissen werden. Tritt einer zu ihnen wie einer der ihren, so wollen sie ihn gern wie einen Bruder behandeln.

*Dieser Hans Zeiß, kurfürstlicher Steuereinnehmer auf dem Schloß zu Allstedt, schreibt in seinem Brief an Christoph Meinhard auch:*
Sie verwenden im Haufen niemand vom Adel oder den Fürsten, sondern nur schlichte Bauern- und Bürgersöhne zur Befehlsgewalt. Darum seid getrost, es wird die Erlösung der ganzen Welt bald kommen. Deshalb seid nicht gegen solches göttliche Vorhaben, sonst wird es ein Possenreißen und zu einem großen Elend und Leid führen. Wenn ihr aber beim Worte Gottes bleibt, wird euch weder an Leib noch Gut auch nur ein Härchen gekrümmt . . .
Damit seid getrost und habt einen guten Mut. Ich möchte gern, daß sich alle Herren selber demütigen, sie würden es mehr genießen als entgelten, angesichts dessen, daß diese Sache der Christenheit förderlich ist. So bedürfte man des Heerzuges gar nicht.
*Zwei Tage später aber berichtet er seinem Herrn, dem Kurfürsten Friedrich – von dessen Tod er noch nichts weiß – über den Stand des Aufruhrs:*
Seit meinem letzten Schreiben hat es sich in diesen acht Tagen viel heftiger angelassen, als es zuvor gewesen ist. Es sind um das Amt ringsherum Rotten gelegen, und sie haben mit Macht alle Klöster am Harz gestürmt und ganz geplündert und mehr als 30 Klöster verwüstet, und es ist keines mehr von dieser Art, weder in Herzog Georgs, noch in derer von Mansfeld, Stolberg, Hohnstein und anderer umliegender Herrschaften Land. Und ich kann nicht finden, daß es aus göttlicher Liebe oder nach guter Ordnung geschehen ist, sondern nur aus Gewalt, Aufruhr, Zusammenrottung und Eigennutz und Mutwillen.
*Er fühlt sich bedroht auf seinem Schloß, weil er die adlige Besatzung, die der Kurfürst anzufordern ihm befohlen hatte, nicht zusammenbringen kann.*
Sie wollens nicht gerne tun, weil das Schloß hier mit gar keiner Befestigung und keinem Geschütz ausgerüstet ist und weil der gewaltige Haufe so nahe liegt. Sie fürchten, wenn die bemerkten, daß man sich gegen sie verschanzen wollte, so hätten wir sie bald auf dem Hals. Das Volk ist ganz

ungehorsam geworden, besonders die, welche so hinauslaufen, wie oben steht . . .
Und wenn es ein wenig stiller würde, so wäre es an der Zeit, daß etliche Leute, die so vermessen hinauslaufen und zum Haufen ziehen, bestraft würden, sonst gibt es keine Furcht noch Friede.

*Und am selben Tage schreibt er an Georg Spalatin, den Hofprediger des Kurfürsten, gar:*

Ich hab Euer Schreiben gelesen, aber ich geb Euch zu wissen, daß es übel und jämmerlich hier zugeht. Es sind alle Klöster in der Umgebung verwüstet. Die Äbtissin zu Naundorf ist in Halle; es ist keine Herrschaft hier mehr angesehen, sondern eine große Verachtung ausgegossen. Müntzer und Pfeiffer zu Mühlhausen sind in ihrem Heer selber Rottmeister und Hauptleute, stürmen und plündern allenthalben, wo sie nur können. Sie haben an die 15 000 beisammen, etliche sagen, über 50 000, es stimmen die Berichte nicht überein. Aber es sei ihm, wie ihm wolle, es ist eine jämmerliche Sache, daß so viele Fürsten in diesem Land sind und keiner sein Schwert dagegen zückt. Sie haben des Herrn Apel von Ebeleben Schloß geplündert und verbrannt, Ebeleben genannt, und eines in der Nähe, Schlotheim genannt, und ein Schloß auf dem Eichsfeld, die Harburg genannt, gehört denen von Bültzingsleben. Aber von Rusteberg hat er (Müntzer) müssen abziehen. So liegen an die 6000 Mann hier zwei Meilen von Allstedt, gehören auch zu ihm, die mehren sich alle Tage, ziehen alle Tage aus, reißen adlige Höfe ein, weil sie keine Klöster mehr haben. Aber sie sind viel redlicher als Müntzers Haufen, sie sind nicht so blutgierig wie Müntzer.

*Zwei Tage vorher, in jenem Brief an Christoph Meinhard, den Anhänger Müntzers, hatte Hans Zeiß von den Aufständischen behauptet:*

Es ist ihnen auch zuwider, daß die lose Rotte solches Stürmen mit den Klöstern angefangen hat und sie ihren eigenen Nutzen suchen und nehmen. Denselben wirds in Zukunft übel ergehen, höre ich . . .
Es ist auch nicht so, daß Müntzer ein Rottmeister sei oder diesen Haufen führen soll, wie man sagt.
Er ist nichts anderes als ein Prediger derer von Mühlhausen. Es sind auch sonst viele Prediger im Haufen, die das Evan-

gelium nach Luthers Auslegung predigen. Sie achten Müntzers nicht sonderlich, obwohl er sich selbst mit seinem Schreiben hierher ins Spiel einmischt.
Ein Teil von ihnen meint, wenn er nicht gesehen hätte, daß die Sache durch andere Leute bereits angerichtet ist, so hätte er wohl geschwiegen etc.

*Es ist wohl kaum denkbar, daß Hans Zeiß in den zwei Tagen, die zwischen der Abfassung der Briefe liegen, so grundlegend andere Informationen über den Aufstand erhalten hat, daß die gegensätzlichen Behauptungen und der krasse Wechsel der Parteinahme sich daraus erklären könnten. Der kursächsische Steuereinnehmer hatte fast anderthalb Jahre lang die Tätigkeit Müntzers aus nächster Nähe in Allstedt miterlebt, eine zumindest lockere Verbindung zu Müntzer und seinen Anhängern gehabt, war von Müntzer in Schreiben, die auch der theologischen Unterweisung dienten, mit ›liebster Bruder‹ angeredet worden. Aber in seiner Funktion als Beamter des Landesherrn war ihm auch von Müntzer bedeutet worden, er müsse sich entscheiden, auf wessen Seite er stehen wolle und nach welchen Prinzipien er sein Amt zu führen gedenke.*
*Jener Brief, den Hans Zeiß, schon mitten im Aufruhr, am 5. Mai 1525 an Christoph Meinhard schreibt, läßt vermuten, daß er der Lehre Müntzers und seiner Sache immer noch Sympathie entgegenbrachte. Sicher hat er die Anwendung von Gewalt seit je abgelehnt; vom Kurfürsten Friedrich war er noch in dessen letzten Stunden angewiesen worden, seinerseits jede Gewaltanwendung zu vermeiden:*
Und wenn im Amt gegen uns oder die Unsern sich jemand mutwilliger Taten unterstehen sollte, so sollst du dich zuvor samt eines Teils derer vom Adel, die du bei dir auf dem Schloß haben wirst, mit Vorsicht beizeiten zu ihnen begeben, sie christlich, freundlich und in Güte anreden und von ihnen anhören, was ihre Beschwerden und Sorgen sind, denn ihr wäret der Hoffnung und Zuversicht, daß ihnen so viel als rechtmäßig Änderung darin widerfahren werde, was auch, so Gott will, erfolgen soll.

*Hat der kursächsische Steuereinnehmer Hans Zeiß in dem Brief an den Müntzerschüler Meinhard in Eisleben ausgesprochen, was er wirklich meinte und wünschte? Hat er nur aus Furcht vor seinem Landesherrn und vielleicht auch aus*

*Angst, die Aufständischen könnten auch ihn als einen Vertreter der Obrigkeit ernsthaft bedrohen, mit so anderer Zunge in seinen Berichten an den Hof in Lochau gesprochen?*
*Einige Wochen nach der Schlacht bei Frankenhausen erscheint in den Akten nicht mehr Hans Zeiß, sondern Bernhard Wallde, zunächst militärischer Befehlshaber und Amtsverwalter, als Steuereinnehmer und Amtmann in Allstedt.*

## Fortsetzung: Spannungen im Frankenhäuser Lager

*Zeiß hatte von dem Zuzug Aufständischer nach Frankenhausen berichtet.*

Danach wäre zu konstatieren, daß Frankenhausen am 30. April und 1. Mai zum Zentrum der Bewegung in der Grafschaft Mansfeld, in den Grafschaften Stolberg und Schwarzburg, in Teilen des albertinischen Thüringens sowie in den Ämtern Allstedt und Sangerhausen geworden war. Bis zum 3. Mai stieg die Zahl der Versammelten auf mindestens 4000 an. Jetzt reichten weder die alten Organisationsformen noch die 14 Frankenhäuser Artikel aus, um den allgemeinen Bedürfnissen aller Insurgenten gerecht werden zu können. Es trat ein, was sich an vielen anderen Orten auch feststellen ließ: In dem gleichen Augenblick, da die innerstädtische Bewegung über den Rahmen der Stadt hinauswuchs, sich mit der bäuerlichen Insurrektion vereinigte, wurden die Potenzen der Stadtarmut freigesetzt und trat eine Radikalisierung der Standpunkte ein. In Frankenhausen mag dazugekommen sein, daß es mit der Konzentration der antifeudalen Kräfte auch zu einer solchen der Müntzeranhänger kam und unter ihrem Einfluß die keineswegs schwache gemäßigte Fraktion zurückgedrängt wurde. Das spiegelt sich in dem am 3. Mai den Grafen von Stolberg und Schwarzburg vorgelegten Artikeln wider:

Zum ersten, daß ihr das göttliche Wort ohne Behinderung wollet lauter predigen lassen. Zum zweiten, daß ihr wollet frei sein lassen, was Christus frei gemacht hat: Wald, Wasser, Weide, Jagd, daß es ein jeder nach seinem Bedürfnis

Erschlagener Bauer, Federzeichnung von Hans Leu d. J., Anfang 16. Jh.

gebrauche, das Holz zur Feuerung, für seine Behausung und zum Bauen. Zum dritten, daß ihr die Schlösser der Oberen zerstören wollet, durch die manch einer geschädigt wird; und was darin an Nahrungsmitteln vorgefunden wird, wollet ihr dem ganzen Haufen zu seinem Besten überlassen. Zum vierten, daß ihr eure großen Titel ablegen wollet und Gott allein die Ehre geben. Dagegen wollen wir einem jeden von euch alle geistlichen Güter in seiner Herrschaft übereignen und geben, ausgenommen was sich davon als weltlich erweist, so daß es der Allgemeinheit zusteht, dessen sollt ihr euch enthalten. Und wenn ihr etwas aus eurer Herrschaft verpfändet habt, sollt ihr es auch zurückerhalten, wir wollen es euch übergeben.

Bei der Einschätzung dieser Artikel ist zu berücksichtigen, daß sie nur auf jene Adlige Anwendung fanden, die sich freiwillig in den Bund begaben, von denen Müntzer 1524 gesagt hatte: man wolle sie ›gnädiglich‹ zerbrechen. Deshalb begegnen wir erstaunlichen Zugeständnissen, die sich zwar im weiteren Kampf als gefährlich erweisen sollten, die aber zugleich zeigen, welche Breite der Bewegung Müntzer erstrebte. Offensichtlich war für ihn zunächst entscheidend, der Obrigkeit das Schwert, die Macht zu nehmen.

*Wenn mit den Artikeln auch die radikalen Forderungen der Müntzeranhänger im Haufen formuliert sind, so ist doch unter den Aufständischen die Meinung, man müsse mit Gewalt gegen die Adligen, die sich den Forderungen widersetzten, vorgehen – von der Zeiß in seinem Brief an Christoph Meinhard berichtete –, keineswegs einhellig. Jost Winter, einer der gewählten Hauptleute, stellt sich den Aktionen entgegen, und offenbar stößt er auf Resonanz. In seinem Verhör führt er später als Beispiel an:*
Und als er, wie gesagt, nach Ringleben gekommen sei, habe man die Mitteilung herumgesagt, daß man dem Grafen Ernst zu Mansfeld das Landgut Kostedt verbrennen sollte, und es wären etliche ausgeschickt worden, die das hätten tun sollen. Da sei er zurückgeritten und habe ihnen das verwehrt und sie geheißen, wieder heimzugehen. Sie hätten auch alsobald das Feuer, das sie bei sich gehabt, ausgelöscht.
*Jost Winter wiegelt aber nicht nur ab. Vermutlich ist es auch er, neben anderen, der mit Amtsleuten und Adligen verhandelt, womöglich gar heimlich, ohne Wissen des ganzen Haufens.*
*Hans Zeiß, der Steuereinnehmer zu Allstedt, berichtet am 7. Mai an den Kurfürsten zu Sachsen:*
Aber nachdem ich für das Amt Euren Kurfürstlichen Gnaden wegen mancherlei Bedrohung und Nachrede besorgt war des Haufens bei Frankenhausen wegen, der nur zwei Meilen von hier lagert und schier jeden Tag plündert, habe

ich zu ihnen gesandt und von ihnen hören wollen, was ihr Ansinnen sei. Es haben mir die Hauptleute auf diese meine Anfrage die beiliegende Antwort gegeben, daß ich jetzt umso froher bin. Wenn sie aber irgend bemerkten, daß sie Euer Kurfürstlichen Gnaden nicht sicher wären oder ihnen ein Heertrupp entgegenzöge, so hätte ich sie bald auf dem Hals. Wenn es möglich ist, so bitte ich, Euer Kurfürstliche Gnaden mögen mit ihnen gütlich verhandeln lassen.

*Das dem Brief beiliegende Schreiben stammt von Zeißens Bruder, den der Steuereinnehmer zur Unterhandlung nach Frankenhausen geschickt hatte:*

»Liebe Freunde und Hauptleute. Es hat mich der Schösser von Allstedt, mein Bruder, geschickt, daß ich folgende mündliche Anfrage an euch richte: Es kommen die Bewohner des Amtes und beklagen sich über die Beschwerung, daß nämlich die Leute im benachbarten Amt, die ihr zum Zuzug aufgefordert habt, den Bewohnern unseres Amts fortwährend drohen, wenn sie ihnen nicht nachfolgten, so wollten sie sie alle totschlagen nach ihrer Rückkehr nach Hause. Das bedrückt den Schösser, und er hat mich geschickt, bei euch mündlich zu erfragen, ob es euer Befehl sei. Dieweil euch auch unzweifelhaft bewußt ist, daß mein gnädiger Herr, der Kurfürst etc., das Evangelium in seinem ganzen Kurfürstentum und allen Fürstentümern hat öffentlich predigen lassen, und besonders in diesem Amt, daß auch diejenigen, die sonst von ihren Herren verjagt wurden, sich des Evangeliums wegen frei und offen dort aufgehalten haben und auch der Schösser, wie es offenkundig ist, dasselbe nach seinen Kräften geschützt hat, so ist er auch jetzt samt seinen Amtsbewohnern bereit, für das lautere Evangelium, wenn es bedroht ist, Leib und Leben dranzugeben, wie es auch einem Christen gebührt. Deshalb hält er die Forderung der euren an die Bewohner des Amts für ungerechtfertigt und erbittet eure freundliche Antwort.«

Da sind sie gegangen, um sich zu besprechen, und dann wiedergekommen und haben gesagt: »Lieber Zeiß, wir haben eure Anfrage vernommen. Und wir sagen, daß uns gar nicht bewußt ist, daß die Leute, die zu uns ziehen, solche eine Drohung zurücklassen. Denn die Versammlung und christliche Brüderschaft hat nicht mit der Maßgabe angefangen und sich zusammengetan, daß sie irgendjemand zum

Evangelium zwingen oder dringen wolle. Sondern nur diejenigen, die dagegen wüten und es nicht frei predigen lassen wollen, desgleichen auch die Freiheit, die das Evangelium bekundet, nicht dulden wollen, die werden wir strafen, so viel uns Gott Gnade verleiht. Wir wissen auch wohl, das unser gnädiger Herr, der Kurfürst, das Evangelium vor allen Fürsten und Herren angenommen und in seinem Fürstentum ohne Scheu hat predigen lassen. Deshalb sind wir nicht darauf aus, seiner kurfürstlichen Gnaden oder seiner kurfürstlichen Gnaden Amt irgendeinen Schaden zuzufügen. Und wenn uns diejenigen unter uns, die solche Drohung zurückgelassen haben, angezeigt werden, so sollen sie nicht ungestraft bleiben. Und wenn seiner kurfürstlichen Gnaden Amt in Bedrängnis gerät, sollen wollen wir nach allen unseren Kräften Leib und Gut dafür wagen, sobald wir darum ersucht werden, auf daß christliche Liebe und brüderliche Einigkeit möge erhalten werden.«
Dafür habe ich mich bei ihnen freundlich bedankt und sie Gott befohlen.

*Das Schutzgelöbnis für den Amtmann nimmt sich aus dem Munde von Aufständischen sonderbar aus. Bensing geht sogar so weit zu folgern: »gemeint kann hier nur eine von den Bundesmitgliedern oder Müntzer ausgehende ›Gefahr‹ sein«. Dies hieße, daß die gemäßigten Hauptleute zielgerichtet gegen die radikalen Kräfte im Haufen arbeiten. So faßt Bensing auch die Mitteilung, ganze Gruppen von Aufständischen seien von Frankenhausen aus wieder in ihre Dörfer und Städte zurückgeschickt worden, als einen Beleg dafür auf.*
*Bensing:* Nun würde angesichts der Versorgungsschwierigkeiten, die bei der Konzentration der Riesenmassen unausbleiblich waren, die Beurlaubung in nahegelegene Dorfschaften keine Verwunderung auslösen, wenn es sich bei den Beurlaubten nicht um solche Kräfte gehandelt hätte, die schon 1524 zum engsten Müntzerkreis gehörten: Allstedter und Sangerhäuser. Die nachfolgenden inneren Ereignisse im Frankenhäuser Lager lassen es schließlich zur Gewißheit werden, daß die Müntzerpartei geschwächt werden sollte.
*Aber der Adel selbst durchkreuzt die Absichten derer, die den Ausgleich suchen.*

*Am 4. Mai brennt Ernst von Mansfeld, einer der fünf mansfeldischen Grafen, das Dorf Ringleben nieder, was er acht Tage später in einer Darstellung zu seiner Rechtfertigung gegenüber Herzog Georg von Sachsen, seinem Landesfürsten, selbst erwähnt:*
Weiter so habe ich auch zwei Dörfer verbrennen lassen; aus welchen Gründen es geschehen ist, werden Euer Fürstliche Gnaden von meinen Gesandten zur Genüge berichtet bekommen.
*Daß dies ganz im Sinne des Herzogs war, bezeugt dessen Anweisung an den Adel vom 5. Mai:*
Da wir jetzt die Ritterschaft des Fürstentums Thüringen auf nächsten Montag nach Heldrungen beschieden haben, sollt ihr euch in unserer Abwesenheit mitsamt der Mannschaft daran machen und mit Fleiß den treulosen tyrannischen Bauern möglichst viel Schaden tun, jedoch vorsichtig und ohne sonderliche Gefahr.
*Am gleichen Tag schreibt er an Melchior von Kutzleben, seinen Amtmann zu Sangerhausen:*
Nachdem wir bereits etwa 100 Reiter abgesandt haben, welche in unseren Landen zu Thüringen umherstreifen, alle aufrührerischen Bauern bis auf den Grund verbrennen, ihr Weib und Kind ihnen nachschicken, soviel derselben, wie sie bewältigen können, erschlagen sollen, so erwarten wir, daß die Reiter diese Strenge zuerst um Sangerhausen herum walten lassen.
*Am 5. Mai fällt Graf Albrecht von Mansfeld in eines der Dörfer seines Lehnsgebietes ein und läßt eine Menge Bauern umbringen. Die Chronik von Eisleben vermerkt:*
Ist der Wohlgeborene Gnädige Herr Graf Albrecht mit Veit von Drachsdorf, Amtmann zu Quedlinburg, mit Hilfe des Fußvolks von Eisleben, Hettstedt, Mansfeld etc. in Osterhausen eingefallen, hat viele aufrührerische Bauern und Klosterstürmer daselbst getötet, wie man sagt, an die 70 Personen, danach den Flecken angesteckt und verbrannt; sind kaum 20 Häuser stehen geblieben.

*Luther selbst bestärkt den evangelischen Grafen Albrecht in seinem Vorgehen; er schreibt an Johann Rühl, seinen Schwager, der mansfeldischer Rat im Dienst des Grafen ist, vielleicht schon in Kenntnis des Vorfalls, noch am 5. Mai:*

Landsknechte überfallen Bauern, Holzschnitt von Georg Pencz, um 1530 (Ausschnitt)

Gnade und Friede in Christo! Achtbarer, lieber Herr Doktor und Schwager. An Eure neue Nachricht, die Ihr mir zuletzt mitgeteilt habt, habe ich den Weg bis hierher immer gedacht, so daß ich Euch von hier aus darüber schreiben muß. Und ich bitte zuerst, daß Ihr meinen gnädigen Herrn, Graf Albrecht, nicht helft weichzumachen in dieser Sache, sondern laß es gehen, wie es Seine Gnaden angefangen hat, obwohl der Teufel deswegen zorniger und wütender wird durch seine besessenen Glieder. Denn hier ist Gottes Wort, das nicht lügt, welches spricht Römer 13: »Er trägt das

Schwert nicht umsonst etc.«, so daß kein Zweifel ist, der Grafenstand sei von Gott verordnet und befohlen, weshalb Seine Gnaden denselben brauchen sollen zur Strafe der Bösen, solange sich eine Ader in seinem Leibe regt. Wirds Seiner Gnaden mit Gewalt aus der Hand geschlagen, so soll mans leiden und Gott anheimgeben, der es zuvor gegeben hat und es wieder nehmen kann, wann und womit er will . . .
Denn obgleich der Bauern noch mehr tausend wären, so sind es doch allzumal Räuber und Mörder, die das Schwert aus eigener Vermessenheit und Frevel nehmen und wollen Fürsten, Herren und alles vertreiben, neue Ordnung machen in der Welt, wozu sie von Gott weder Gebot, Macht, Recht noch Befehl haben, wie es die Herren jetzt haben. Dazu sind sie treulos und meineidig gegenüber ihren Herren. Außerdem benutzen sie zu Schanden und Unehren, zu ihren großen Sünden den Namen des göttlichen Wortes und Evangeliums. Wenn Gott aus Zorn auch über sie verhängt hat, mit der Tat, ohne alles Recht und Befehl Gottes, ihr Vorhaben auszuführen, so muß mans zwar leiden, wie sonst jemand Unrecht leidet oder leiden muß, aber doch nicht zustimmen, daß sie Recht damit täten.
Ich hoffe aber noch fest, es werde keinen Fortgang oder doch wenigstens keinen Bestand haben, obwohl Gott zuweilen durch die allerverzweifeltsten Leute die Welt plagt, wie er mit den Türken getan hat und noch tut.

*Die Überfälle und Aktionen der Adligen bewirken einen Umschwung im Frankenhäuser Lager. Die Aufständischen stellen sich auf den Kampf ein, wie ihr Hilfegesuch an die ›christlichen Brüder zu Mühlhausen‹ zeigt:*
Die Gnade des allerhöchsten Gottes, die Furcht und Stärke seines heiligen Geistes sei mit euch allen, liebe Brüder. In unserem letzten Schreiben habt ihr unser Anliegen schon aufs Deutlichste vernommen, besonders, daß wir aufs Höchste bedrängt sind von der Stärke und Gewalt des Reiterheers und anderer kriegerischer Sachen, mit denen der Tyrann zu Heldrungen (Graf Ernst von Mansfeld) und Herzog Georg samt anderen sich bisher gewaltig getrachtet hat und noch trachtet, uns arme Christen mitsamt der göttlichen Wahrheit zu vertilgen, demgegenüber wir ohne göttliche Hilfe und euren Beistand keinen Widerstand zu leisten ver-

mögen. Auch haben wir euch mitteilen lassen, welche Stärke wir mit unserem Haufen haben und daß wir nicht genug zum Widerstand sind, sondern eure Hilfe und Beistand von euch bisher aufs Fleißigste begehrt haben und noch begehren. Auf euer Schreiben und tröstliche Zusage bitten wir nochmals, ihr wollet, solcher Zusage und eures freundlichen, schriftlichen Gelöbnisses eingedenk, mit all euren Kräften, Geschütz und Volk aufs Entschiedenste uns eilends unterstützen. Wenn ihrs aber nicht tut, so wird ein beträchtlicher Teil des christlichen Blutes bei uns zu großer Ärgernis und zur Schwächung des Heiligen Evangeliums vergossen werden, was wir doch ohne göttliche und eure Hilfe niemals angefangen hätten. So bitten wir nochmals, daß ihr euer christliches und brüderliches Herz an uns erweist und uns in höchstens zwei Tagen mit allen euren Kräften zu Hilfe kommt, um dadurch das unschuldige christliche Blut vor dem Teufelsrachen zu erretten. Dafür wollen wir in einträchtigem Glauben und in christlicher Liebe zu euch, unseren lieben Vettern und treuen Brüder, allzeit in eurer Schuld stehen.

Das Schreiben entstand in einer Situation höchster Kampfbereitschaft der Massen. Die gemäßigten Führer mußten der neuen Lage Rechnung tragen oder abtreten. Für sie bestand momentan der Ausweg darin, alles vom Eintreffen Müntzers und der Mühlhäuser abhängig zu machen. Der Brief mußte einerseits den Eindruck erwecken, als wünschten die Führer des Haufens die Anwesenheit Thomas Müntzers, während er ihnen andererseits die Möglichkeit verschaffte, auch künftig ihre Politik mit dessen Ausbleiben zu begründen. Es wird deutlich, daß die gemäßigten Elemente die alte Taktik nicht mehr fortzusetzen vermochten, daß die entschiedenen Kräfte wieder stärker den Fortgang der Ereignisse bestimmten. Das Einschwenken des gemäßigten Flügels auf den neuen Kurs verhinderte seine Beseitigung und verschaffte ihm die Möglichkeit, die zu den Fürsten und zum Mansfelder Grafen aufgenommenen Beziehungen zu festigen. Es war ein Fehler, daß diese Kräfte am 7. Mai nicht beseitigt worden waren. Das aber beweist nur, daß auch sie über einen größeren Anhang verfügten.

*Die beurlaubten Gruppen von Aufständischen ziehen dem Haufen wieder zu, wie Hans Zeiß dem Kurfürsten am 7. Mai berichtet:*

Es sind gestern die Dorfschaften Herzog Georgs samt derer von Asseburg und Werther und anderer Edelleute im Amt Sangerhausen, an die 1500 Mann, alle aufgestanden, haben sich zusammengetan und sind nach Frankenhausen zum großen Haufen gezogen, haben zu demselben geschworen. Und es liegen daselbst, wie mir für wahr berichtet worden ist, über 6000 Mann, die sich mit dem Haufen derer von Mühlhausen verbündet haben, und es geht das Gerücht, daß sie die ganze Zeit willens sind, sich vor das Schloß Heldrungen zu lagern.

*Die gemäßigten Hauptleute setzen dennoch die Verhandlungen mit der Obrigkeit fort.*

*Fünf Tage nach seinem Überfall auf Bauern bei Osterhausen schreibt Graf Albrecht von Mansfeld an die Frankenhäuser. Formulierungen Luthers sind nur zu deutlich in dem Brief zu erkennen:*

Mir wird glaubhaft berichtet, daß ihr euch versammelt, um die Obrigkeit zu unterdrücken. Nun solltet ihr ohne Zweifel, wenn ihr Christen sein wollt, welchen Namen ihr euch auch anmaßt, wohl wissen, daß zweierlei Reiche sind, Gottes Reich und das weltliche Reich. Gottes Reich wird durch den Geist regiert, darin gibt es nichts anderes als glauben, leiden, lieben und seinem Nächsten wohltun, auch ist darin alle Zusammenrottung und aller Aufruhr verboten, und es ist ganz vom weltlichen Reich abgeschieden. Das weltliche Reich aber wird durch die Obrigkeit nach Gottes Verordnung regiert, zum Frieden den Guten und zur Strafe den Bösen, gegen die sie auch als eine Rächerin das Schwert trägt. Und man ist ihr auch die Steuer und anderes zum Unterhalt nach göttlichem Befehl zu geben schuldig, wie denn solches durch die göttliche Schrift hinreichend ausgesagt ist. Nun will ich nicht erwarten, daß es euer Sinn und Meinung sei, der Obrigkeit und Gottes Ordnung zu widerstreben. Denn wer der Obrigkeit widerstrebt, der widerstrebt Gottes Ordnung, wie denn solches der Apostel Paulus zu den Römern im 13., zu Titus im 3. und im ersten Brief an Petrus im zweiten Kapitel klar ausgesagt hat und wie es durch unseren Heiland Christus bis in den Tod bewährt worden ist. Weil mir aber zu Ohren kommt, ihr solltet etliche Beschwerden gegen eure Obrigkeit tragen und gegen dieselbe vorzugehen beabsichtigen, so möchte ich doch dem gern zuvorgekommen sein in Anbetracht dessen, daß dieses zu euer aller Verderben gereicht und daß dadurch ein schreckliches Blutvergießen über euch, als die der Ordnung Gottes widerstreben, ergehen wird, damit ihr solchen unwiederbringlichen Verderbens eurer Seele, Ehre, Leibes und Gutes, Weibes und eurer Kinder möget verschont bleiben, was ich auch aus christlichem Herzen wirklich ersehne. Wenn ihr euch nun zu Herzen nehmt, daß euch wider die Obrigkeit zu streben und euch aufzulehnen nicht gebührt, so wollen wir hoffen, daß Gott durch seine göttliche Gnade der Obrigkeit die Einsicht verleiht, von dem abzustehen, was sie Beschwerliches veranlaßt hat. Was demnach zur Verhütung großen Schadens, Verderbens und Blutvergießens unternommen werden kann, dafür will ich, wozu ich mich aus christlicher Pflicht schuldig bekenne, und desgleichen auch ohne Zweifel andere mehr keine Mühe sparen. Wenn aber meine Ermahnung nicht beachtet wird, so kann Gott es fügen, daß ihr zur Zeit der Strafe daran denkt. Wenn es der göttliche Wille ist, sehe ich dem lieber in der Güte vorgebeugt.

*Dem Grafen, der kurz zuvor eine große Zahl von Bauern niedergemacht hat, antworten darauf die Hauptleute des Haufens am 11. Mai:*

Gnade und Friede in Christo, unserem Heiland. Euer Schreiben haben wir gelesen und bedanken uns für die christliche Gemeinschaft und das treuliche Anerbieten, das ihr uns übermittelt habt, obwohl während der Übersendung den armen Leuten in Udersleben und Mönchpfiffel das Ihre entwendet worden ist etc. Jedoch nennen wir euch und den Euren einen christlichen Zeitpunkt, nämlich morgen, freitags, mit ungefähr 30 Reitern vor der Brücke zu Martinsried zu erscheinen. Dazu geben wir euch bei christlicher Treu mit unserem angehefteten Siegel die Gewähr für sicheres Geleit für den Hin- und Rückweg, bis zurück in euren Schutz, ohne jede Gefährdung, und zwar unter der Bedingung, daß ihr euch während dieser Zeit samt eurem Anhang gegenüber den armen Leuten und der christlichen Versammlung friedlich verhaltet und uns eurerseits Geleit zuschickt, wie wir euch tun, wonach wir uns richten. Euch christliche Treue zu erweisen, sind wir gewillt. Erbitten schriftliche Antwort.

*Zu Verhandlungen kann es nicht mehr kommen: zum einen, weil Müntzer im Lager eintrifft und die kompromißbereiten Hauptleute wenigstens zeitweise zurückdrängt, zum anderen, weil dem Grafen an Unterhandlungen gar nicht mehr gelegen sein kann – die fürstlichen Heere sind längst im Anmarsch.*

Seit Bestehen des Frankenhäuser Aufstandszentrums hat es zwei Flügel und zwei Tendenzen im Lager gegeben, einen an Intensität wechselnden Kampf zwischen den entschiedenen, zu Müntzer neigenden und den gemäßigten, durch vom Adel ins Lager entsandte Beauftragte unterstützten Kräften gegeben. Wie sich das Kräfteverhältnis zwischen beiden Seiten gestaltete, hing von einer ganzen Reihe von Faktoren, vor allem aber von der Möglichkeit ab, den Thüringer Aufstand zu zentralisieren. Ohne Zweifel hätte die Realisierung des Müntzerschen Aufstandplanes der Entwicklung auch des Frankenhäuser Zentrums einen anderen, günstigeren Verlauf ermöglicht.

## *Einzelnes zum Leben der Bauern*

*Dietrich Lösche, Über das Vermögen von Bauern in Thüringen und über ihre soziale Stellung:*

Nach Untersuchungen, die auf der Auswertung einer nach einheitlichen Gesichtspunkten durchgeführten statistischen Erhebung aus den Jahren zwischen 1525 und 1532 beruhen, gab es damals in den 17 Mühlhäuser Dörfern 560 Haushaltungen mit Besitz oder Eigentum an Gehöften und Ländereien, von denen 68 nur ein Haus und 41 nur Ländereien besaßen, während die übrigen 451 über Haus- und Landbesitz verfügten. An Gehöften existierten im ganzen Gebiet 540, an privat genutzten Ländereien 1054 Hufen. Im Durchschnitt kamen auf jedes Dorf 33 Haushaltungen und 62 Hufen, wobei die unter besonders ungünstigen natürlichen Bedingungen wirtschaftenden Oberdörfer im allgemeinen weniger

Haushaltungen, aber mehr Land aufwiesen als die wirtschaftlich wesentlich besser gestellten Unterdörfer. Dementsprechend betrug die durchschnittliche Betriebsgröße für die Oberdörfer 2,5 Hufen, für die Unterdörfer aber nur 1,8 Hufen.

Rund 12% der Ländereien und 5% der Gehöfte waren erbzinsfrei, befanden sich also im Eigentum der unmittelbaren Produzenten. Die übrigen Grundstücke (Gehöfte und Ländereien) waren grundherrliches Eigentum. Sie gehörten 213 Grundherren – bürgerlichen, geistlichen und adligen Personen und Institutionen –, von denen der Rat der Stadt, die beiden Mühlhäuser Deutschordenskommenden, das Mühlhäuser Brückenkloster und die beiden Klöster Volkenroda und Anrode die größten waren. Gruppiert man die Grundeigentümer nach ihrer gesellschaftlichen Stellung in drei bzw. vier Hauptgruppen, so stand der bürgerliche Besitz (115 Grundherren) mit 50% der Ländereien und 49% der Gehöfte an der Spitze, dicht gefolgt von geistlichem Besitz (62 Grundherren) mit 45% der Ländereien und 43% der Gehöfte. Dagegen spielte der adlige Besitz (6 Grundherren) mit 4% aller Ländereien und Gehöfte ebenso wie der sonstige Besitz (30 Grundherren) mit 1% des Landes und 4% der Gehöfte nur eine untergeordnete Rolle. Innerhalb der beiden wichtigsten Hauptgruppen nahm beim bürgerlichen Besitz der Rat der Stadt mit 29% des Landes und 24% der Gehöfte die erste Stelle ein; ihm folgten 102 Mühlhäuser Bürger mit 16% der Ländereien und 18% der Gehöfte. Beim geistlichen Besitz dagegen standen 13 Klöster mit 25% des zinsbaren Landes und 21aller Gehöfte an der Spitze, während der an zweiter Stelle stehende Deutsche Ritterorden nur 7% allen Landes und 8% aller Gehöfte besaß.

Die Erbzinse der Bauern bestanden aus Natural- und Geldabgaben, wobei bei ersteren die Getreideabgaben die entscheidende Rolle spielten. Der Gesamtwert aller Erbzinse belief sich nach den damaligen Preisen und Geldwerten auf 1855 Gulden, 17 Schneeberger und 6 Pfennig. Davon entfielen 81% auf die Getreidezinse, 4% auf die sonstigen Naturalabgaben und nur 15% auf die reinen Geldleistungen, was deutlich erkennen läßt, daß die Produktenrente immer noch die vorherrschende Form der Aneignung des bäuerlichen Mehrproduktes war. Die durchschnittliche Zinsbelastung betrug für das gesamte Gebiet 466 Pfennige pro Hufe und Jahr, wobei es auch hier wieder beachtliche Unterschiede gab, namentlich zwischen Ober- und Unterdörfern und nach der Art der jeweiligen Grundherrschaft. Während z. B. in den Oberdörfern nur 243 Pfennig pro Hufe erhoben werden konnten, waren es in den Unterdörfern 866 Pfennig, und während beim bürgerlichen und adligen Besitz die durchschnittliche Zinslast nur 286 bzw. 281 Pfennig ausmachte, betrug sie beim geistlichen 488 Pfennig pro Hufe und Jahr. Bemerkenswert ist dabei, daß der Rat der Stadt als größter Grundherr des Gebietes einen auffallend niedrigen Zins von 186 Pfennigen erhob, was auf die Haltung der Bauern in den Auseinandersetzungen zwischen Rat und Bürgerschaft 1523–25 gewiß nicht ohne Einfluß blieb.

Über die Rechtsstellung der Mühlhäuser Bauern können

Augustin Hirschvogel: Landschaft mit Dorf und Burg

wir uns hier kurz fassen. Die Bauern waren persönlich frei, besaßen volle Freizügigkeit und unterstanden nur der Gerichtsbarkeit des Rates der Stadt als Landesherrn. Ihre Güter waren bis auf wenige Ausnahmen schlichte Zinsgüter, an denen sie ein volles, wenn auch abgabenpflichtiges Eigentumsrecht hatten. Alles in allem waren die Produktionsverhältnisse für die Bauern relativ günstig, beschränkten sich auf die Entrichtung der seit altersher fixierten Zinse, ließen ihnen aber sonst freie Hand. Spürbarer war für sie das Untertanenverhältnis, da der Rat der Stadt als Landesherr die gemeindliche Selbstverwaltung fast ganz beseitigt hatte, der wirtschaftlichen Betätigung der Bauern gewisse Grenzen setzte und neben mancherlei Abgaben auch noch zahlreiche, zum Teil ungemessene Dienste forderte.
Das Mühlhäuser Gebiet war also ein Gebiet der reinen Grundherrschaft mit weitgehender Zersplitterung des feudalen Grundeigentums, persönlicher Freiheit und relativ gutem Besitzrecht der Bauern. Vorherrschend war das bürgerliche und geistliche Grundeigentum, wobei der Rat der Stadt, der zugleich Gerichts- und Landesherr dieses Gebietes war, allein fast ein Drittel des Grund und Bodens in den Händen hielt. Während hinsichtlich der Rechtsstellung und der Produktionsverhältnisse der Bauern weitgehende Übereinstimmung herrschte, gab es in wirtschaftlicher Beziehung, angefangen von den natürlichen Produktionsbedingungen bis zur grund- und landesherrlichen Belastung, offensichtlich große Unterschiede, die schon darauf hindeuten, daß man die Lage der Mühlhäuser Bauern keineswegs als durchweg günstig einschätzen darf.
Den gleichen Eindruck gewinnt man, wenn man sich an Hand der Geschoßregister einen Überblick über die Vermögenslage der Mühlhäuser Untertanen verschafft. Dabei zeigt sich, daß die wirtschaftliche Lage der einzelnen Dörfer sehr verschieden war, d. h., daß einigen relativ gutsituierten Gemeinden eine verhältnismäßig große Zahl ausgesprochen schlecht dastehender gegenüberstand. Dazu kommt, daß der Differenzierungsprozeß innerhalb der einzelnen Dörfer schon sehr weit fortgeschritten war, d. h. vor allem, daß der Anteil der besitz-

oder vermögenslosen Bevölkerung in den meisten Orten schon relativ groß war.

...

Das wichtigste ist die Feststellung, daß im ganzen Gebiet genau die Hälfte aller Steuerpflichtigen nur den Herdschilling zahlte, d. h. also faktisch vermögenslos war. Nur 46% der Steuerpflichtigen besaßen steuerbare Vermögen; für die restlichen vier Prozent fehlen die Angaben. Das Durchschnittsvermögen pro Steuerzahler belief sich auf 18 GM, pro Steuerpflichtigen auf 8 GM, lag also immer noch verhältnismäßig hoch. Gruppiert man die Dörfer jedoch entsprechend ihrer geographischen Lage in Ober- und Unterdörfer, so ergibt sich ein auffallender Unterschied. Während in den Oberdörfern genau zwei Drittel der Steuerpflichtigen vermögenslos waren und weitere 29% nur ein Gesamtvermögen von rund 600 GM besaßen, waren in den Unterdörfern nur 37% der Steuerpflichtigen vermögenslos, aber 59% der Steuerpflichtigen verfügten über steuerbare Vermögen von rund 4350 GM. Dementsprechend lag das Durchschnittsvermögen in den Oberdörfern mit 8 bzw. 2 GM weit unter dem der Unterdörfer mit 22 bzw. 13 GM, ja sogar noch weit unter dem Gesamtdurchschnitt von 18 oder 8 GM.

Allein die Tatsache, daß im ganzen Gebiet genau die Hälfte, in den Oberdörfern sogar zwei Drittel der Steuerpflichtigen vermögenslos waren, zeigt schon zur Genüge, daß von einer günstigen oder auch nur erträglichen wirtschaftlichen Lage der Mühlhäuser Untertanen gar keine Rede sein kann, denn hinter diesen Zahlen verbirgt sich eine breite Schicht von Dorfarmen, die faktisch besitzlos waren und in sehr schlechten wirtschaftlichen Verhältnissen lebten. Zu ihnen gehörten neben den landarmen und landlosen Elementen aus dem Kreise der Hintersiedler und Einmietlinge auch schon eine relativ große Schicht armer Bauern, nämlich alle diejenigen, bei denen der Wert der Zinsbelastung den Wert ihrer Grundstücke (Gehöfte und Ländereien) bereits erreicht oder sogar schon überschritten hatte, so daß sie faktisch besitzlos waren und nur noch für den Grundherrn und ihren eigenen kümmerlichen Lebensunterhalt ar-

beiteten. Wenn trotzdem das Durchschnittsvermögen in den Mühlhäuser Dörfern insgesamt mit 8 Geschoßmark oder 64 Gulden pro Steuerpflichtigen noch verhältnismäßig hoch lag, so ist das im wesentlichen darauf zurückzuführen, daß es sich bei einigen Unterdörfern um ausgesprochen gut situierte Dorfgemeinden handelte, in denen es eine verhältnismäßig breite Schicht von wohlhabenden und reichen Bauern gab. Die Oberdörfer dagegen waren durchweg wesentlich schlechter gestellt, z.T. handelte es sich sogar um ausgesprochen arme Gemeinden, deren Bewohner sich zumeist in sehr schlechten wirtschaftlichen Verhältnissen befanden.
Insgesamt gesehen läßt sich feststellen, daß die wirtschaftliche Differenzierung in den Mühlhäuser Dörfern zur Bauernkriegszeit schon recht weit gediehen war und sich nicht nur eine relativ starke Schicht von Besitzlosen herausgebildet hatte, sondern auch innerhalb der Vermögen besitzenden Schichten recht erhebliche Unterschiede bestanden. Bezeichnenderweise war dieser Differenzierungsprozeß in den unter günstigen natürlichen Bedingungen wirtschaftenden Unterdörfern viel weiter fortgeschritten als in den wesentlich schlechter gestellten Oberdörfern. Zwar gab es auch dort einen Gegensatz von arm und reich, aber die Bauern mit größeren Vermögen waren doch so selten, daß sie im Leben der Gemeinde keine so große Rolle spielten wie in den Unterdörfern. Auf jeden Fall mußte sich eine derartig weitgehende wirtschaftliche Differenzierung auf das Zusammengehen der Bauern hemmend auswirken, führte sie doch zwangsläufig zu mancherlei Spannungen und Gegensätzen innerhalb der Bauernschaft selbst, namentlich zwischen Ackerleuten, Hintersiedlern und Einmietlingen, die den gemeinsamen Kampf gegen die Ausbeuter sehr erschwerten.
Abschließend wollen wir nur noch einmal die Vermögensverhältnisse in Stadt und Land miteinander vergleichen, da sich dabei wertvolle Anhaltspunkte für die Beurteilung der wirtschaftlichen Lage der Bauern ergeben. Eine Zusammenstellung der entsprechenden Angaben für Innenstadt, Vorstädte und Dörfer ergibt für das Jahr 1524/25 folgendes Bild:

| Gebiet | Stpfl. insges. | davon in % o. Verm. | m. Verm. | Verm. insges. | Durchschnitts-vermögen pro Stz. | Stpfl. |
|---|---|---|---|---|---|---|
| Innenstadt | 1051 | 9 | 91 | 66869 | 69,9 | 63,6 |
| Vorstädte | 463 | 41 | 59 | 4820 | 17,7 | 10,4 |
| Dörfer | 606 | 50 | 46 | 4961 | 18,0 | 8,2 |

Besonders aufschlußreich sind auch hier wieder die Angaben über den Anteil der Vermögenslosen und das Durchschnittsvermögen pro Steuerpflichtigem, da sie am besten den großen Unterschied in der Vermögenslage der Bürger, Vorstädter und Bauern erkennen lassen. Waren unter den Einwohnern der Innenstadt nur 9% aller Steuerpflichtigen vermögenslos, so waren es unter den Vorstädtern schon 41%, auf den Dörfern sogar 50%, und lag das Durchschnittsvermögen pro Steuerpflichtigem bei den Bürgern bei 63,6 GM, so betrug es unter den Vorstädtern nur 10,4, bei der Landbevölkerung sogar nur 8,2 GM. Die Masse der Bauern befand sich also offensichtlich in noch schlechteren wirtschaftlichen Verhältnissen als die Vorstädter, obwohl der Unterschied hier nicht allzugroß war. Um so größer war der Abstand zur eigentlichen Bürgerschaft, unter der es nur wenig Besitzlose gab und deren Durchschnittsvermögen weit über dem der Bauernschaft lag. Die Bürger konnten wahrhaftig aus ihrer besseren sozialen Position und gesicherten wirtschaftlichen Existenz heraus auf die Bauern als Untertanen des Rats herniedersehen. Zwischen beiden Klassen lag eine tiefe Kluft, die um so schwerer zu überbrücken war, da der Rat der Stadt den Bauern gegenüber selber die Funktion einer Feudalgewalt ausübte und überdies viele Bürger Grundherren der Bauern waren.

*Über Preise und Löhne zur Zeit des Bauernkrieges*

*Der Tagelohn für einen Mäher beträgt 24 Pfennige, für einen Strohschneider 15 Pfennige, für einen Holzhacker 16 Pfennige, für einen Zimmergesellen 28 Pfennige, für einen Maurer ebensoviel, für einen Arbeiter im Steinbruch 12 Pfennige.*

Petrarca-Meister: Schmale Kost, 1519/1520

*10 Pfennige machen einen Groschen, 21 Groschen einen Gulden.*
*Das Jahresgehalt eines Schulmeisters beläuft sich auf 32 Gulden, das eines Stadtarztes auf ebensoviel. Ein Stadtschreiber verdient jährlich 150 Gulden, mancherorts auch nur 80 Gulden, dazu einige Nebeneinnahmen. Ein Prädikant erhält 100 Gulden Jahresgehalt. – Eine Viehmagd erhält acht bis neun Gulden Lohn im Jahr.*
*Eine Metze Mehl (das sind 37 Liter) kostet 42 Pfennige, ein Scheffel Roggen (das sind 6 Metzen) 1 Gulden 1 Groschen 5 Pfennige oder 225 Pfennige, ein Scheffel Hafer 130 Pfennige. Ein Maß Honig (das ist ein guter Liter) kostet 24 Pfennige, das Maß Bier etwas mehr als einen Pfennig, ein Maß Milch anderthalb Pfennige. Für das Pfund Rindfleisch muß man 3 Pfennige bezahlen, für das Pfund Schmalz 10 Pfennige. Ein Maß Malvasier kostet 42 Pfennige. 10 Pfennige kostet auch ein Pfund Flachs, das Pfund Wachs aber 43 Pfennige. Ein Paar Handschuhe kosten 14 Pfennige. Die Elle englisches Tuch (das sind rund 83 Zentimeter) muß man mit fast einem ganzen Gulden bezahlen. Und ein Hufeisen ist für 7 Pfennige zu haben, 1000 Stück Brettnägel kosten 230 Pfennige oder 1 Gulden 2 Groschen.*

*Renate Maria Radbruch/Gustav Radbruch, Über soziale Gruppierungen – der Gemeine Mann:*

1. In seinem Mittelpunkte stand der *Bauer*. Vorzugsweise ihn meinte man, wenn man vom »armen Manne« sprach. Aber »arm« nannte man ihn nicht in erster Linie im Sinne wirtschaftlicher Not, sondern im Sinne sozialer Zurücksetzung, besonders seit man unter dem Einflusse erst der hussitischen Bewegung, dann der Reformation seine Mißachtung, Rechtlosigkeit und Unfreiheit an dem religiösen Maßstab der Gleichheit aller Menschen vor Gott zu messen begann, an der »Gerechtigkeit Gottes«.

2. Aber auch in den *Städten* gab es reichlichen revolutionären Zündstoff. Der überkommene Zunftzwang wie der werdende Frühkapitalismus hatten gleichen Anteil an der Entstehung einer nicht mehr von den Ordnungen des mittelalterlichen Gemeinlebens erfaßten und getragenen Tiefenschicht. Immer zahlreichere Handwerksgesellen wurden durch das Vorrecht der Meisterkinder, die Kostspieligkeit der Meisterstücke, die Schließung der Gewerbe von dem Aufstieg zur Meisterwürde ausgeschlossen, vielen anderen machte es die immer strengere Auslegung der »ehrlichen Geburt« unmöglich, auch nur Gesellen oder Lehrlinge zu werden. Mit dem Frühkapitalismus in der Textilindustrie und im Bergbau entstanden erste Anfänge eines industriellen Proletariats. Die Wandlungen der Wirtschaft führten häufig das Erliegen von Handwerkern und Kaufleuten herbei. Das Steigen und Fallen auf dem Rade der Fortuna war ein in Bild und Wort beliebtes Motiv.

3. Unter der tiefsten Schicht der Werktätigen gab es noch gleichsam einen allertiefsten Stand: die *Bettelleute*. Bettelnde Armut war im christlichen Mittelalter keine soziale Schande und kein gesellschaftliches Problem, sondern eine anerkannte Institution, die notwendige Voraussetzung für fromme Werke der Barmherzigkeit. Sie hatte vollends durch die Gründung der Bettelorden eine religiöse Weihe erhalten. Erst durch die veränderte Auffassung der Reformation von Arbeit und Beruf wurde der Bettler aus einer religiösen Selbstverständlichkeit zu einer sozialen Frage.

4. Ist also betteln keine Schande, so stempeln umgekehrt gewisse in der Gesellschaft unentbehrliche Berufe ihre Träger dennoch zu *»unehrlichen Leuten«*. Unehrlich sind Scharfrichter und Henker, Büttel und Abdekker, Gaukler, Fechter und Sänger, ja Schäfer und Müller. Die Berührung mit dem Nachrichter verunehrte ferner die »armen Sünder« und die Insassinnen der Frauenhäuser, die oft unter der Obhut des Henkers oder Büttels standen.

5. Mit dem Stande der unehrlichen Leute überschneidet sich eine andere Volksschicht: das *»fahrende Volk«*. Das sinkende Mittelalter bevölkert die Landstraße mehr und mehr mit wandernden Handwerksgesellen und Scholaren, Tabuletkrämern und Wallfahrern, Gauklern und fahrenden Frauen, ausgedienten Landsknechten und vertriebenen Juden, großen Hochstaplern und dürftigen Bettelschwindlern, seit dem 2. Jahrzehnt des 15. Jahrhunderts auch Zigeunern – alle durch gemeinsames Schicksal, gemeinsame Sitte, gemeinsame Sprache (das Rotwelsch) fest zusammengeschlossen, ein kriminell wie politisch äußerst gefährlicher sozialer Explosivstoff.

6. Wird der entlassene Landsknecht zum wurzellosen Landstreicher, so sind umgekehrt die aktiven *Landsknechte* gefürchtete Vergewaltiger und Ausbeuter des friedlichen Volkes – verwegene Gesellen mit »Haaren auf den Zähnen«, d. h. dem Schnauzbart auf der Oberlippe, begleitet von ihren Lagerdirnen und ihren Troßbuben, durch den Profossen mit harten Strafen in notdürftige Ordnung gezwungen.

Daß diese Bevölkerungsgruppen nicht nur unter dem Allgemeinbegriff des Gemeinen Mannes künstlich zusammengefaßt werden, vielmehr auch eine einheitliche soziale Masse bildeten, zeigen zunächst die Bundschuhaufstände und dann der Bauernkrieg, den Zeitgenossen deshalb wohl treffender die Empörung des Gemeinen Mannes nannten. Nicht nur Bauern, sondern auch unzufriedene Teile der städtischen Bevölkerung nahmen an dem Aufruhr teil, das fahrende Volk der Landstraße diente ihm als Kundschafter und Boten, redegewandte Gaukler als Agitatoren, und so viele kriegs-

Petrarca-Meister: Landsknechte, 1519/1520

erfahrene Landsknechte fanden sich in seinen Reihen, daß schließlich auch die ursprünglich bäuerlichen Führer es liebten, sich in die bunte Landsknechtstracht zu werfen und Landsknechtssitten anzunehmen.

*Aus der Reichspolizeiordnung vom 19. November 1530, Abschnitt IX und X: Kleiderordnung*

Da es ehrbar, geziemend und angemessen ist, daß sich ein jeder, welcher Würde und welches Herkommens er auch sei, nach seinem Stand, Würde und Vermögen kleide, damit jeder Stand an den Unterschieden erkannt werden kann, so haben Wir Uns mit Kurfürsten, Fürsten und Ständen auf die nachfolgende Kleiderordnung geeinigt, die Wir auch bei Strafe und Pein, die darauf gesetzt sind, gänzlich eingehalten haben wollen.

§ 1. Erstens setzen, verordnen und wollen wir, daß der gewöhnliche Bauersmann und die Arbeitsleute und Tagelöhner auf dem Lande kein anderes Tuch als inländisches, das in dem Deutschen Reich gemacht ist, aber Samt, Londo-

Bäuerin auf dem Weg zum Markt, Federzeichnung von Bernardo Párentino

ner, Mechelner, Lierer und dergleichen Stoffarten ausgenommen, tragen und verwenden sollen. Und die Röcke sollen sie nicht weiter als bis zum halben Waden und mit nicht mehr als sechs Falten machen lassen. Doch können sie Hosen aus einem Londoner, Lierer oder Mechelner Tuch, da dieselben ihrer Art nach für Hosen angemessen sind, und

Fürst, Holzschnitt von Lucas Cranach d. Ä., Einblattdruck, 1506

ein Wams aus Barchent ohne große, weite Ärmel machen lassen, aber in jedem Fall unzerteilt, unzerschnitten und ungeschlitzt.

§ 2. Weiter wollen wir, daß sie keinerlei Gold, Silber, Perlen oder Seide, bestickte Kragen an den Hemden, sie seien mit Gold oder Seide durchwirkt, auch kein Brusttuch, keine Straußenfeder oder seidene Hosenbänder und ausgeschnittene Schuhe, noch Baretts an- und aufhaben, sondern Hut und Kappe.

§ 3. Desgleichen ist ihren Weibern und Kindern nichts darüber hinaus zu tragen gestattet. Diesen sollen auch alle Kragen, Mieder, Schleier mit goldenen Borten, goldene, silberne und seidene Gürtel, Korallen, Paternoster, alles Gold, Silber, Perlen und seidene Gewänder zu tragen verboten sein. Nur ihre Töchter und Jungfrauen können ein Haarband aus Seide tragen.

§ 4. Desgleichen dürfen auch ihre Weiber höchstens ein Koller aus Londoner Tuch und keine anderen als einfache Pelze, wie von Lämmern, Ziegen und dergleichen einfachem Vieh, alles unverbrämt, machen lassen und tragen.

*Aus einer zeitgenössischen Beschreibung Deutschlands und seiner Bewohner*

Der letzte Stand ist derer, die auf dem Lande in Dörfern und Gehöften wohnen und dasselbe bebauen und deshalb Landleute genannt werden. Ihre Lage ist ziemlich bedauernswert und hart. Sie wohnen abgesondert voneinander, demütig mit ihren Angehörigen und ihrem Viehstand. Hütten aus Lehm und Holz, wenig über die Erde emporragend und mit Stroh gedeckt sind ihre Häuser. Geringes Brot, Haferbrei oder gekochtes Gemüse ist ihre Speise, Wasser und Molken ihr Getränk. Ein leinerner Rock, ein paar Stiefel, ein brauner Hut ist ihre Kleidung. Das Volk ist jederzeit ohne Ruhe, arbeitsam, unsauber. In die nahen Städte bringt es zum Verkaufe, was es vom Acker, vom Vieh gewinnt, und kauft sich wiederum hier ein, was es bedarf; denn Handwerker wohnen keine oder nur wenige unter ihnen. In der Kirche, von denen eine für die einzelnen Gehöfte gewöhnlich vorhanden ist, kommen sie an Festtagen vormittags alle zusammen und hören von ihrem Priester Gottes Wort und die

Messe, nachmittags verhandeln sie unter der Linde oder an einem anderen öffentlichen Orte ihre Angelegenheiten, die Jüngeren tanzen darauf nach der Musik des Pfeifers, die Alten gehen in die Schenke und trinken Wein. Ohne Waffen geht kein Mann aus: sie sind für alle Fälle mit dem Schwerte umgürtet. Die einzelnen Dörfer wählen aus sich zwei oder vier Männer, die sie Bauernmeister nennen, das sind die Vermittler bei Streitigkeiten und Verträgen und die Rechnungsführer der Gemeinde. Die Verwaltung aber haben nicht sie, sondern die Herren oder die Schulzen, die von jenen bestellt werden. Den Herren frohnen sie oftmals im Jahre, bauen das Feld, besäen es, ernten die Früchte, bringen sie in die Scheunen, hauen Holz, bauen Häuser, graben Gräben. Es gibt nichts, was dieses sklavische und elende Volk ihnen nicht schuldig sein soll, nichts, was es, sobald es befohlen wird, ohne Gefahr zu tun verweigert: der Schuldige wird streng bestraft. Aber am härtesten ist es für die Leute, daß der größte Teil der Güter, die sie besitzen, nicht ihnen, sondern den Herren gehört, und daß sie sich durch einen bestimmten Teil der Ernte jedes Jahr von ihnen loskaufen müssen.

## Zwiegespräch über den Wucher

*Bäuerlein:* Gott grüß euch, lieber Herr, Gott grüß euch.

*Bürger:* Guts Jahr, Bäuerlein, guts Jahr, wo kommst du her, liebes Bäuerlein?

*Bäuerlein:* Ich komme, weil ich einmal sehen möchte, was ihr tut.

*Bürger:* Ich weiß nichts zu tun als hier zu sitzen und mein Geld einmal zu zählen.

*Bäuerlein:* Lieber Herr, darf ich eine Weil zu euch mich niedersetzen, ich möcht gern eine Weile mit euch plaudern.

*Bürger:* Wohlan, liebes Bäuerlein, nur zu, was willst du mit mir plaudern?

*Bäuerlein:* Lieber Herr, wer hat euch so viel Geld gegeben, daß ihr so dasitzt und es zählt?

*Bürger:* Liebes Bäuerlein, was fragst du mich, wer mir das Geld gebe. Ich will dirs sagen. Da kommt ein Bauer und bittet mich, ich soll ihm 10 oder 20 Gulden leihen. So frag ich ihn gleich, ob er nicht eine gute Wiese oder einen guten Acker hat. Da sagt er dann: ›Ja Herr, ich hab eine gute Wiese und einen guten Acker, die 2 Stück sind 100 Gulden wert.‹ So sag ich zu ihm: ›Wohlan, willst du mir den Besitz zum Pfand einsetzen, und willst du mir einen Gulden jedes Jahr geben, so will ich dir 20 Gulden leihen.‹ Da ist der Bauer froh und spricht: ›Ich will es euch gern einsetzen!‹ ›Ich will dir aber sagen, wenn du den Gulden jedes Jahr nicht entrichtest, so werde ich den Besitz als mein Eigentum an mich nehmen.‹ So ist der Bauer wohl zufrieden und verschreibt mirs also. Ich leihe ihm das Geld, er gibt mir ein Jahr, 2 oder 3 den Zinsgulden, danach aber kann er den Zins nicht mehr zahlen, da nehme ich den Besitz an mich und vertreibe den Bauern davon, so bekomme ich den Besitz und das Geld. Genauso geht es mir auch mit Handwerksleuten; hat einer ein gutes Haus, so leihe ich ihm auch darauf, bis ichs an mich bringe. So bekomme ich groß Gut und Geld, damit vertreib ich meine Zeit.

*Bäuerlein:* Ich hab gedacht, es wuchern nur die Juden, so hör ich jetzt, ihr könnt es auch.

*Bürger:* Du sprichst von Wucher; es ist doch niemand hier, der sich mit Wucher befaßt. Was mir die Bauern bringen, das ist Zinsesgeld.

*Bäuerlein:* Wenn euch der Wucher nicht ins Haus käme, wo bliebe dann der Zins. Was ist Zins anderes als Wucher; denn ihr habt Geld auf Pfand geliehen und nehmt jedes Jahr euern Zins davon, wie wenn ein Jude auf Pfand leiht. Ihr wollt ihm aber einen solchen schnöden Namen geben und nennt es Zins.

*Bürger:* Du redest vom Wucher. Hat nicht unser Herrgott gesagt, wir sollen einander in Nöten zu Hilfe kommen und einander vorstrecken?

*Bäuerlein:* Ja, hat aber uns Herrgott nicht gesagt: Du sollst keinen Zins von geliehenem Geld nehmen, wenn der Zins Wucher ist?

*Bürger:* Du bist mir ein guter Gesell, soll ich nichts für das ausgeliehene Geld nehmen? Wer macht mir dann meinen Geldhaufen groß?

*Bäuerlein:* Ich sehe und höre wohl, daß ihr nur darauf aus seid, den Geldhaufen groß zu machen und viel Geld und Gut zu bekommen, und ihr geht einher, blast eure dicken

Backen und euren großen Bauch auf, als wolltet ihr sagen: ›Geht aus dem Weg, jetzt komm ich daher.‹ Es ist aber eine große, schwere Sünde, das sage ich euch fürwahr.

*Bürger:* Daß dir Gott das Fieber schicke, du Bauer. Was sagst du mir von meinem aufgeblasenen, dicken Bauch? Hat dich der Teufel hereingebracht, daß du mich so beleidigen willst in meinem Haus? Wär es gar so Unrecht, die Pfaffen nähmen keinen Zins von geliehenem Geld. Geh hinaus in tausend Teufel Namen, was hab ich mit dir zu schaffen!

*Bäuerlein:* Ei nein, ei, ei, ei, Herr, ihr wollt zürnen? Ei, es hören wohl die Herren ungern, daß man ihnen die Wahrheit sagt, so blitzen sie hinten und vorn, wie ein Esel, der einen Sack trägt und ihn gern abwerfen möchte, und es ist ihm doch der Sack zu schwer, er bleibt ihm auf dem Halse liegen. Also bleibt an dem Wucherer auch sein Name kleben.

*Bürger:* Daß dich die Pest ankomme! Hätt ichs geahnt, ich hätte dir nicht so viel davon gesagt, wie ich mein Geld bekomme. Ich glaub, der Teufel hat mich mit dir beschissen.

*Bäuerlein:* Ei, ei, Herr, ihr tut, als wolltet ihr zürnen. Ich mache doch nichts aus eurem Zins, als was er zuvor schon ist.

*Bürger:* Sollte ich aber nicht zürnen, da du mir meinen Zins zu Wucher machen willst. Und ich hab dirs vorhin schon gesagt, wäre es Wucher oder unrechtes Gut, die Pfaffen nähmen es nicht.

*Bäuerlein:* Ja ja, ihr macht, daß ich schier lachen möcht, der Pfaff kann ebenso gut in den Dreck fallen wie ihr oder ich.

## Die schwäbische Bauernklage

Ach ich bin ja ein armer Baur,
mein Leben wird mir mächtig saur,
ich mein, ich könnt oft nimmermehr,
ach daß ich nie geboren wär!

Ihr, horcht mir nur ein wenig zu:
Mit Weiden bind ich meine Schuh,

keine Frucht hab ich schier in der Scheur
und muß doch geben meine Steur.

Vor Weihnacht eß ich alles auf,
das Vieh ist auch im wohlfeilen Kauf.
Hergegen sind die Handwerksleut
gar teur. Helf Gott dem, der mir leiht.

Die Contributz*, das greulich Tier,
macht, daß ich muß entlaufen schier.
Der Büttel plagt mich alle Tag,
ich glaub, es ist kein größer Plag.

. . .

Der Pfarrherr weist uns zur Geduld
und sagt, es sei der Sünden Schuld.
Er sieht, daß er sein' Zehnten hab,
das Wetter schlag auf oder ab.

Ich muß auch immer Frondienst tun
und hab doch nicht ein Schnipp davon.
Ich wollt, daß der am Kragen hing,
der erstlich die Beschwerd anfing.

Ich hab ein' Knecht; man hat mir gesagt,
der Lecker schlupf mir zu der Magd.
Auf dreißig Gulden kommt sein Lohn,
und hab doch Sorg, er lauf davon.

. . .

Ich hab drei Roß, ist keins was wert;
das eine hinkt mir heur und fert,**
das ander hat kein' Zahn im Maul,
das dritt ist blind, dazu mistfaul.

Hab auch drei Küh, doch nur ums halb,
dem Metzger gehört auch schon das Kalb,
dazu hab ich kein Stroh noch Heu,
das Laub im Wald ist meine Streu.

Ich hab kein Holz vor meinem Haus,
versetzt ist das im Walde drauß'.

* Contribution, Grundsteuer

** voriges Jahr

Es raucht mein Of'n, es regnet ein,
Es könnt ja je nicht schlimmer sein.

Mein Wagen auch keine Leitern hat,
am Pfluge mangelt auch ein Rad,
die Egge hat auch nur acht Zähn',
und darf zu keinem Wagner gehn.

...

Führ ich schon Obst 'nein aufn Markt,
so pressen mich die Leut so stark,
daß ichs muß halber schenken hin.
Wenn ich dann schaue zum Gewinn.

Dann laufen d'Schuldner her zu mir,
der ein' reißt da, der ander hier.
Dies treiben sie ein lange Weil,
bis ich mein Geld mit ihnen teil.

Bleibt mir nun etwas übrig dran,
so kauf ich drum, so viel ich kann,

Bauer, Handwerker und Landsknechte schlagen auf Ritter, Mönch und Papst ein, Holzschnitt von Eduard Schoen, um 1525

Salz, Kerzen, Karrensalb und Schmär,
dann ist der Säckel wieder leer.
. . .

Das ist nun kürzlich meine Klag,
wiewohl ich kaum die Hälfte sag;
es glaubts kein Mann, als ders erfährt,
wie jetzt der Baursmann ist beschwert.

Wer ist, der uns dies Liedlein sang?
Ein schwäbischer Baur ist er genannt.
Er hats gesungen und wohl bedacht,
er wünscht allen Bauren ein gute Nacht.

## *Zwischenstück: Zur Bewaffnung und Organisation der Bauernhaufen*

*Günther Franz, Waffentragen und Kriegsdienst:*

Das 12. Jahrhundert hatte dem Bauern das Waffenrecht genommen. Wehrstand und Nährstand standen sich getrennt gegenüber. Der Bauer hatte kein Fehderecht, er brauchte keine Waffen, er wurde durch die Landfrieden besonders geschützt. Dies Waffenverbot ließ sich in solcher Strenge nicht aufrechterhalten. Bereits der bayrische Landfriede 1244 schränkte das Waffenverbot auf die Werktage ein. Bald fielen auch diese Bestimmungen.

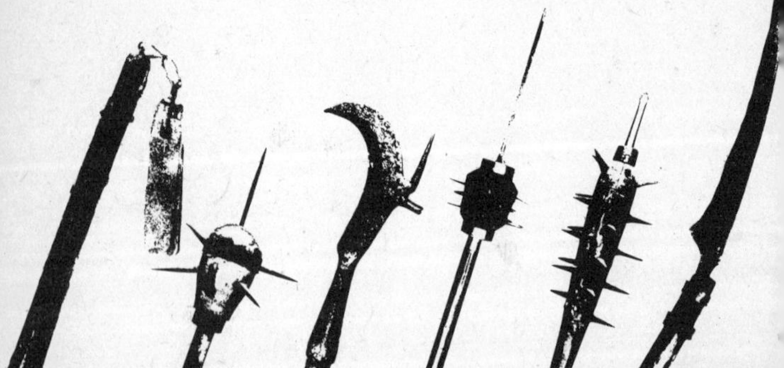

1256 wurde den Bauern nur Panzer und Eisenhut verboten. Am Ende des Jahrhunderts war der Bauer in den bayrischen Landfrieden den übrigen Ständen gleichgestellt. Er hatte das Waffenrecht wiedererlangt und erhielt zugleich neue Aufgaben im Staatsleben.
Stets war der Bauer zur Gerichtsfolge verpflichtet gewesen. Die Nachteile, die Verfolgung von Dieben und Räubern, war Einwohnerpflicht jeden Mannes. Der Richter konnte sie fordern. Der Bauer wurde zur Polizei. Bald steigerten sich die Anforderungen. 1352 wurde in einem niederbayrischen Landfrieden bestimmt, daß die Bauern verpflichtet seien, einen Verbrecher auch in das nächste Amt zu verfolgen und gegebenenfalls in einem festen Platz zu belagern. Eine Beschränkung des Dienstes auf einzelne Tage war nicht mehr gegeben. Aus der Gerichtsfolge erwuchs ein neuer Kriegsdienst, die Landfolge; erschien anfangs der Bauer zur Nacheile nur mit einem Knüttel, so mußte er bei mehrtätigem Dienst oder gar bei einer Belagerung Waffen tragen. 1512 wurde festgelegt, daß nur ein Drittel der Mannschaft den Täter verfolgen, ein zweites Drittel Brücken und Übergänge besetzen und der Rest daheim bleiben sollte, um das Dorf zu schützen. Aus einem genossenschaftlichen Dienst, der dem Nachbarn geleistet wurde, war eine herrschaftliche Pflicht geworden, deren Formen obrigkeitlich geregelt wurden.
Es war ein Schritt weiter, aus der Gerichtsfolge eine

riegssense Gezackte Keule Kettenmorgenstern Fischspieß Hellebarde

Pflicht zur Landesverteidigung abzuleiten und die Bauern auch hier einzusetzen. Die Lehnsverpflichtungen des Rittertums waren brüchig geworden. Die Kampfkraft der Ritter hatte sich den Schweizern gegenüber nicht bewährt. Die veränderte Taktik erforderte Fußtruppen. Söldner waren aber teuer, die Bewilligung der Mittel an die Zustimmung der Landstände gebunden. In der Landesdefension bot sich dem Landesfürsten, etwa dem Herzog von Bayern, ein Heer, das er ohne Zustimmung der Stände aufbieten konnte und das ihn nur wenig kostete, da die Bauern keinen Anspruch auf Sold und Verpflegung hatten. Zudem konnte der Herzog zwar nicht die Hintersassen des Adels, wohl aber die Landgerichtsleute der Prälaten, Städte und Märkte ungehindert aufbieten. So entsteht im 15. Jahrhundert ein neues Volksheer, das den Bauern in den Vollbesitz des Waffenrechtes bringt. Im Landsturm waren alle tauglichen Gerichtsleute zusammengefaßt, wie in der Gerichtsfolge hatten sie auf das Landgeschrei hin zusammenzukommen, um den Feind abzuwehren. Doch auch dieser Landsturm war schon militärisch organisiert. Hauptleute waren eingesetzt, Meldestellen festgelegt, die Wachtbezirke wurden voneinander abgegrenzt. So war der Landsturm kein ungeordneter Haufe mehr, sondern ein militärisch gegliederter Heerhaufe. Der Bauer war verpflichtet, die Waffen daheim zu bewahren. Sie waren Zubehör des Hofes, das nicht entfremdet werden durfte. Harnischschauen sollten regelmäßig im Frühjahr stattfinden. Jeder Bauer besaß ein einschneidiges, kurzes Messer, das beim Gehen nicht hinderte, sich auch als Hiebwaffe eignete und nützlich war beim Durchschlagen von Gestrüpp. Dazu kam der Spieß oder die Wurfhacke. Manche besaßen auch Panzerhemden, Armbrüste und seltener Handbüchsen. Schwerter kamen meist aus zweiter oder dritter Hand, waren verwahrloste Ritterwaffen, wie man aus Dürers Zeichnungen entnehmen kann. Von 2000 in Dachau Gemusterten hatten 452 stählerne Panzerhemden, 352 Armbrüste, 24 Handbüchsen und 1108 Eisenhüte, Hauben und Handschuhe. Jedes Dorf sollte einen Hauptmann, bei größeren Dörfern je 10 Höfe einen haben. Jeder Hauptmann sollte in seiner Ord-

nung einen Pafesen (Schild), 5 Armbrüste und gute Spieße haben. Landsturmpflichtig waren alle Männer etwa von 16–60 Jahren, solange sie tauglich waren. Der Landsturm konnte jeweils nur für kurze Zeit aufgeboten werden, da sonst dem Lande alle Arbeitskräfte entzogen worden wären. Allenfalls mußten sich die Truppen tageweise ablösen.
Neben dem Landsturm war eine auf lange Zeit einsatzbereite Truppe notwendig: die Landwehr. Auch die Landwehr galt vor allem der Verteidigung, dem Grenzschutz, aber sie konnte im ganzen Lande verwandt werden, auch zum Angriff. Ihre Organisation schloß sich ebenfalls an die Gerichtsbezirke an, sie war ein »Auszug« aus dem Landsturm, so bedingte ihre Bildung Musterungen und eine Mobilmachung. 1434 wurde Bayern in 5 Bezirke aufgeteilt. Seit 1500 begegnet auch eine einheitliche Uniform für das Aufgebot. Man rechnet 1462 in Niederbayern, wenn auf dem Lande der 5., in den Städten und Märkten der 4. Mann ausgehoben wurde, mit rund 20000 Bauern und 10000 Städtern. 1512 wurde der 20. Mann zur Landwehr aufgeboten, er sollte eine starke, vermögende Person, verträglich, arbeitsam und zum Kriegsdienst vor seinen Nachbarn geschickt sein. Eingehend wurde jetzt die Bewaffnung und Musterung geordnet. Eine Grundsteuer sollte für die Bewaffnung sorgen. Die Waffen sollten in Zeughäusern verwahrt werden. Selbst Trommelschläger und Pfeifer wurden gesondert aufgehoben. Die Truppe wurde in Rotten zu 10 Mann geteilt, 10 Rotten stand der Rottmeister, 100 Rotten der Hauptmann vor. Der Landwehrdienst war nicht ablösbar. Im Kriege wurde die Landwehr besoldet. Die Daheimgebliebenen sollten (wie in der Frühzeit) helfen, die Güter der Eingezogenen zu bestellen. Kein Zweifel, daß diese Landwehr den Bauern nicht nur zum Untertan gemacht, sondern in ein unmittelbares Verhältnis zum Staat gebracht hat, er sollte das Vaterland verteidigen. Nur vergaß man auch jetzt bei der Landwehr wie beim Landsturm, daß Musterungen und Gliederungen nicht genügten, wenn nicht militärische Übungen dazukamen; diese aber wurden nicht vorgesehen. Zudem scheute man sich auch, den Bauern zu sehr mit der

Büchse auszustatten, weniger aus der Sorge vor Aufruhr als um des Schutzes der Jagd willen. Das Schützenwesen blieb auf die Städte beschränkt, es wanderte nicht auf das Land. Trotz aller Einschränkungen entstand so im 15. Jahrhundert eine neue allgemeine Wehrpflicht, deren Ursprung die Gerichtsfolge war. In dieser Wehrpflicht waren alle Bauern, ohne ständische Unterschiede und ohne Rücksicht auf grundherrliche Bindungen, dem Staate unterworfen. Zu Beginn des 16. Jahrhunderts, das zeigen auch die Zeichnungen Dürers und Behaims, ging der Bauer gleich dem Bürger in Waffen einher. Diese Landesverteidigung hat zur Wehrhaftmachung der Bauern beigetragen, sie hat seine Erhebung im Bauernkrieg erleichtert, ihm in manchem die Organisation geboten.
Aber auch jetzt bewähren sich die Volksheere nicht. Sie wurden, wie es immer wieder in den Berichten heißt, »unschuldig auf die Schlachtbank gegeben«, d. h. sie wurden niedergemetzelt, ohne sich ernsthaft gegen die ausgebildeten Truppen, die besser bewaffnet waren, gegen Artillerie und Reiterei wehren zu können. Die Tüchtigsten der Bauernsöhne nahmen selbst als Söldner Dienst. Indirekt zeigte sich die mangelnde Wehrtüchtigkeit der Landfolge auch im Bauernkrieg. Gerade in Oberdeutschland, wo das Landesaufgebot Gültigkeit hatte und Landsknechtsführer an der Spitze der Bauernhaufen standen, wurden die Bauern im ersten Ansturm geschlagen. Nirgends leisteten die den Landsknechtshaufen, erst recht nicht der Reiterei ernsthaften Widerstand. So war das Landesaufgebot durch den Bauernkrieg in doppelter Hinsicht diskredidiert.

*Manfred Bensing, Organisation der Bauern*

Der »Haufe« war keine spezifisch neue Erscheinung des deutschen Bauernkriegs. Die Bezeichnungen »Verlorener Haufe«, »Heller Haufe«, und andere damit im Zusammenhang stehende Termini tauchten lange vor dem Bauernkrieg in Kriegsordnungen und in Artikelsbriefen des Landknechtswesens auf. Auch die Aufständischen nannten ihre Zusammenschlüsse zunächst Verbündnis-

se, Bruderschaften, Einungen oder Gemeinden. In dem Maße, in dem sich die Insurgenten militärisch organisierten und zu größeren Vereinigungen zusammenschlossen, kam der Terminus »Haufe« allgemein in Gebrauch.
Vom Landsknechtsheer übernahm man die Struktur (Unterteilung der Haufen in Fähnlein und Rotten) und die Bezeichnung für die militärischen Ämter (Oberster Feldhauptmann, Leutinger, Hauptmann, Fähnrich, Feldwaibel, Rottmeister usw.). Aber über diese äußeren Merkmale hinaus hatten die Haufen der Aufständischen und die Landsknechtshaufen wenig gemeinsam. Schon die Größe beider differierte: Die Haufen der Aufständischen waren nicht auf eine bestimmte Zahl festgelegt, sondern vereinten in sich Insurgenten einer Landschaft oder Herrschaft. Sie konnten 4000 (Hersfeld), 8000 (Frankenhausen), 12000 (Bodensee-Haufe) oder gar 18000 (Elsässer Haufe bei Zabern) Mann umfassen. Abgesehen von ihrer unterschiedlichen Stellung und Rolle in den gesellschaftlichen Auseinandersetzungen, unterschieden sich die Haufen der Aufständischen von den Landsknechtshaufen ganz wesentlich durch die in ihnen geltenden Prinzipien.
Die allgemeinere und umfassendere Form des Zusammenschlusses der Aufständischen im Bauernkrieg war die »Christliche Vereinigung«, das heißt die Gemeinschaft aller, die sich freiwillig oder unter Zwang zum Programm des Aufstands bekannten und zur Durchsetzung »göttlicher Gerechtigkeit« bereit waren. Die »Christliche Vereinigung« schloß nicht nur die in den Haufen Organisierten, sondern die Bewohner ganzer Gerichtsbezirke oder Herrschaften, Dörfer, Städte und für das Verbündnis gewonnene beziehungsweise unterworfene Adlige zusammen. Sie bildete die Form der erstrebten, durch den Aufstand herbeizuführenden, streng schriftgemäßen Ordnung, wobei die Vorstellungen vom Charakter der gesellschaftlichen Ordnung zwar auseinandergingen, in jedem Falle jedoch an einen Zusammenschluß freier Gemeinden und Personen gedacht war. Insofern hatte die »Christliche Vereinigung« große Ähnlichkeit mit der Eidgenossenschaft der

Schweizer. Traditionen der alten Landgemeinden verschmolzen mit den von der radikalen Reformation genährten Vorstellungen von christlicher Bruderschaft und brachten ein neues Gesellschafts- und Rechtsbewußtsein hervor.
Der Haufe war das militärisch organisierte Instrument der »Christlichen Vereinigung«. Zwischen beiden bestand also keine Identität.

. . .

Die Zugehörigkeit zur Christlichen Vereinigung schloß nicht unbedingt die Verpflichtung ein, an den Zügen der Haufen teilzunehmen. Oft hat sie sich auf die Annahme der Artikel, die Anerkennung ihrer Allgemeingültigkeit und auf die Versorgung der Haufen beschränkt. In einigen Gebieten sind adlige Bundesmitglieder ausdrücklich von den Zügen ausgenommen worden, in anderen hatten sie unbewaffnet mitzuziehen. In vielen Fällen übernahmen sie lediglich die Verpflichtung, sich auf besondere Forderung hin mit Geschütz und Knechten zum Haufen zu begeben.
Der Haufe war das Instrument zur Herbeiführung und Sicherung des revolutionären Erfolgs und von beschränkter Lebensdauer. Die Christliche Vereinigung aber sollte dauernden Bestand haben. Dementsprechend waren ihre Programme nicht nur für den Augenblick, sondern für die Zukunft bestimmt. Landes-, Bundes- und Feldordnungen regelten das Zusammenleben der Bundesmitglieder und bestimmten deren Pflichten und Rechte gegenüber der Christlichen Vereinigung. Dabei blieben die Ordnungen nicht (wie zum Beispiel die Tiroler Landesordnung Gaismairs) lediglich kühne Entwürfe und gedankliche Antizipationen, sondern wurden während des Aufstands der Verwirklichung zugeführt. Das Mittel dazu war der bewaffnete Haufe.

. . .

Bezeichnend dafür, welche Vorstellungen die Insurgenten von dem zu erstrebenden Gesellschaftszustand besaßen, sind die Prinzipien, nach denen sich das Leben im Haufen regelte. Am stärksten stach ein früher Demokratismus hervor, der seine Wurzeln sowohl im primitiven Gleichheitsstreben des niederen Volkes haben (soziale

Funktion), als auch einfach aus der Vereinigung unterschiedlicher sozialer und politischer Kräfte im Haufen und aus der Gefahr der politischen Übervorteilung der einen durch die anderen (Abwehr-Funktion) entspringen konnte. Mit dem frühen Demokratismus deutete sich ein wichtiges Prinzip künftigen Zusammenlebens in der Christlichen Vereinigung an.

In den Haufen fand der Demokratismus vor allem im Recht aller Insurgenten Ausdruck, die militärischen Führer zu wählen und im Ring an wesentlichen, den Aufstand betreffenden Entscheidungen (Richtung der Züge, Methoden des Kampfes, Aufnahme von Adligen und Städten in das Verbündnis, Verteilung der Beute usw.) teilzuhaben. Bestimmte Maßnahmen konnte der Oberste Feldhauptmann grundsätzlich nur nach Befragung des gesamten Haufens im Ring oder im Einvernehmen mit den gewählten Räten treffen. Vom militärischen Standpunkt aus war das ein Mangel, vor allem deshalb, weil in schwierigen militärischen Situationen Entscheidungen von Lebenswichtigkeit verzögert werden konnten. Die politisch-moralischen Vorteile des frühen Demokratismus wogen jedoch schwer, denn zum ersten Male nahmen die bisher rechtlosen Bauern und armen Stadtbewohner aktiv an der Gestaltung des öffentlichen Lebens und ihrer und der ganzen Gesellschaft Zukunft teil.

. . .

In den meisten Haufen dominierten bäuerliche Elemente, wobei sich die Grenze zwischen kleiner Stadt und großem Dorf nur schwer ziehen läßt. Auffallend groß ist die Zahl der Handwerker aus Kleinstädten und Dörfern. Auch der Anteil der Stadtbewohner, sowohl der Stadtarmut als auch des Zunftbürgertums, am Haufen dürfte höher zu veranschlagen sein, als dies in der Regel geschieht. In Thüringen, Sachsen und in den Alpenländern beteiligten sich zahlreiche Bergknappen am Aufstand. Selbst ihre potentiellen Klassengegner, die frühkapitalistischen Unternehmer, sind gelegentlich in den Haufen zu finden. Dazu kamen Adlige. Das heißt, daß die verbreitete Kennzeichnung der Haufen als »Bauernhaufen« nicht ganz zutreffend ist, umso weniger, als die Führung vorwiegend bei bürgerlichen, weniger bei bäuerlichen Kräften gelegen hat. Bereits zeitgenössische Chronisten sprechen deshalb nicht vom »Bauernkrieg«, sondern vom Krieg oder Aufruhr der »abgefallenen Untertanen, Bürger und Bauern«.

. . .

Die Haufen waren nach militärischen Prinzipien strukturiert. Sie unterteilten sich in Fähnlein (in der Regel 500 Mann) und Rotten (10 bis 15 Insurgenten). Stand an der Spitze des Gesamthaufens der Oberste Feldhauptmann und an dessen Seite der Leutinger, so wurden die einzelnen Fähnlein durch Hauptleute befehligt. Nächst ihnen nahmen die Fähnriche eine besonders geachtete Stellung ein, die sich nicht allein aus der symbolischen Bedeutung des Paniers verstand: Der Fähnrich übte nebst dem Prediger den stärksten geistigen Einfluß aus. Er entging deshalb nur selten der Bestrafung durch die siegreichen Feudalherren. Sowohl dem Gesamthaufen als auch den einzelnen Fähnlein waren Feldwaibel zugeordnet, die die militärische Ordnung zu entwerfen und für deren Einhaltung zu sorgen hatten. Von den Hauptleuten eingesetzte militärische Führer waren unter anderem der Zeug- und Geschützmeister, der Troßmeister, der Wagenburgmeister und der Wachtmeister. Halbmilitärische Ämter bekleideten der Schultheiß, der Profoß (der die Lagerpolizei innehatte), der Kanzler und Rentmeister, der Proviantmeister, Futtermeister, Pfennigmeister, Fourier und der Beutmeister. Eine Ausnahmestellung nahm der Büchsenmeister ein, der neben den geworbenen Söldnern als einziger besoldet wurde. Büchsenmeister waren äußerst selten. Selbst Fürsten tauschten sie untereinander aus. Der wirkungsvolle Einsatz des Geschützes hing wesentlich von ihnen ab. Soweit die Quellen über die persönliche Vorbildung und Befähigung Aufschluß geben, läßt sich aus ihnen unzweideutig lesen, daß die mittleren militärischen Ämter durchweg gut, das heißt mit erfahrenen Kräften besetzt waren.

Die größeren und großen Haufen verfügten über eine überdurchschnittlich gute Bewaffnung. Nach vorsichtiger Schätzung kamen auf 20 bis 30 Insurgenten eine moderne Handfeuerwaffe und auf 300 Aufständische ein Geschütz.

...

Nicht die Zahl der Geschütze, sondern ihr Einsatz, insbesondere das Zusammenspiel zwischen Landsknechtshaufen, Reiterei und Artillerie, erklärt den schließlichen Erfolg der Fürsten.
Die Haufen verfügten über größere Mengen von Wagen, die in geschützten Rieden oder auf Bergen, gelegentlich aber auch in Ebenen schnell zu Wagenburgen zusammengestellt wurden. Auch damit stellten sich die Aufständischen durchaus auf die Taktik des Feindes ein. Allerdings bevorzugten sie in den entscheidenden Auseinandersetzungen meist die defensive Taktik. Die Gründe dafür sind nicht ohne weiteres erkennbar. Zum Teil lag es am Fehlen der Reiterei. Dem Zusammenspiel zwischen Fußvolk, Reitern und Artillerie konnten die Haufen nichts Gleichwertiges entgegensetzen. Es fällt auf, daß die Haufen lediglich solche Reiter mit sich führten, die von Adligen oder von städtischen Bundesgenossen als Söldner eingebracht worden waren. Ansonsten ritten lediglich die gewählten Hauptleute dem Haufen oder Fähnlein voran. Möglicherweise zwang dazu der Pferdemangel. Das wenige Pferdematerial wurde dringend für den Transport des Geschützes und der Wagen benötigt. Andererseits fällt auf, daß die Ochsenfurter Feldordnung das Mitführen reisiger Pferde ausdrücklich verbot, weil diese Frage noch nicht entschieden sei. Daraus könnte geschlossen werden, daß nicht nur materielle, sondern auch ideologische Gründe den Verzicht auf Reiterei bewirkt haben: Niemand sollte sich über den anderen erheben.
Die vorwiegend defensive Taktik könnte also sowohl Ausfluß einer bestimmten Denkhaltung als auch Ausdruck der geringen Erfahrung in der Auseinandersetzung mit den Feudalheeren gewesen sein. Man muß bedenken, daß die großen Haufen meist nur einmal, nämlich am Tage ihrer Niederlage, in größere Schlachten verwickelt worden sind. Den Insurgenten blieb keine Zeit, sich militärische Erfahrungen anzueignen, zu lernen, wie man die gegnerische Artillerie unterläuft, wie

man ohne Reiterei gegen die gepanzerten Pferde angeht usw.

. . .

Quellen der Bewaffnung waren neben den Schlössern und den Waffenarsenalen der mit dem Bündnis vereinten Fürsten vor allem die Städte. Deshalb war deren Gewinnung für den Aufstand von außerordentlicher Bedeutung.

Einen schöpferischen Beitrag ersten Ranges bildete die Aufbietung, Leitung und Versorgung der Riesenmassen von Menschen. In den meisten Fällen bedurfte es nur des auslösenden Signals, um die Massen aus dem Zustand des Duldens in den der offenen Empörung überzuführen. Innerhalb weniger Tage versammelten sich Zehntausende um die Zentren des Aufstands, und das in einer Zeit, die ein längeres Fernbleiben vom heimatlichen Acker nicht gestattete: Im April und Mai, den Monaten wichtiger Feldarbeiten, erlangte der Aufstand größte Verbreitung und Intensität. Gleichzeitig war das eine Jahreszeit, in der Scheuern und Vorratskammern weitgehend geleert waren, um so mehr, als die vorausgegangenen Jahre 1524 und 1523 für weite Gebiete Deutschlands Mißernten gebracht hatten.

Diese schwierige Situation hilft eine Reihe von Erscheinungen erklären, die oft falsch gedeutet worden sind. Der Sturm auf Klöster und Schlösser war nur zu einem Teil Ausdruck des Willens, die bisherigen Quellen der Ausbeutung und Bedrückung zu verstopfen. Es ging zugleich um die Versorgung der Haufen mit den notwendigsten Lebensmitteln und Gebrauchsgegenständen.

In der Regel war die Beute schnell aufgebraucht, und neue Maßnahmen der Lebensmittelbeschaffung wurden notwendig. Zum Verbündnis gehörende Städte und Dörfer wurden beauflagt, die Haufen mit Brot, Käse und Bier zu versorgen.

Die Versorgungsschwierigkeiten, dazu die Notwendigkeit, während des Aufstands bestimmte Arbeiten und Geschäfte fortzuführen, machen verständlich, weshalb in der Regel nicht der gesamte Bestand an wehrfähigen Männern im Haufen organisiert war. In einigen Fällen lösten sich die Haufen vorübergehend auf, um bei zunehmender Gefahr an verabredeten Punkten neu zusammenzutreffen. Sehr verbreitet war die Entlassung der gleichen Anzahl von Insurgenten, durch die der Haufen neu gestärkt wurde.

. . .

## *Blick in den Chiliasmus von Bauernkrieg und Wiedertäufertum*

*Ernst Bloch:*

Sichtbar zugleich trat damals zum ökonomischen das anders auslösende, das politische Moment zur Revolution; ein verzweifeltes Volk und dazu die höheren Stände mit all ihrem Druck in der widerstreitendst getrennten Bewegung, der Gliedbau stürzte zusammen, und aller Landhunger, Glückshunger, der religiöse Revolutionswille des Volks, älter angemeldet als Kapitals- und Fürsten-Hybris, brach derart zum zweitenmal ein in das vermorschte Römische Reich.
Folglich ziemt von hier ab, den aufständischen Bauern auch tiefer und nicht mehr nur wirtschaftlich ins Herz zu sehen. Will man wirklich begreifen, was damals geschah und geschehen konnte, so fügt sich dem wirtschaftlichen Anstoß unweigerlich noch ein anderer Zwang und Ruf hinzu. Denn das ökonomische Begehren ist zwar das nüchternste und stetigste, aber nicht das einzige, nicht das andauernd stärkste, auch nicht das eigentümlichste Motiv der menschlichen Seele, vor allem nicht in religiös erregten Zeiten. Nicht nur freischwebende Willensrichtungen, sondern eben auch völlig allgemein ergreifende, mindestens soziologisch reale Gebilde geistiger Art stehen dem ökonomischen Geschehnis jederzeit wirksam entgegen oder zur Seite. Der Zustand der jeweiligen Produktionsweise ist an sich schon, als Wirtschaftsgesinnung, abhängig von höheren, gleichzeitig mitgegebenen Gesinnungskomplexen, vorab, wie Max Weber zeigte, solchen religiöser Art; dergestalt daß die Wirtschaftsweise bald genug selber mit Überbau geladen ist und in ihrem selbständigen Vollzug den wirksamen Eintritt kulturell-religiöser Inhalte bedingt, keines-

wegs aber die Inhalte ihrerseits allein erzeugt. Aller Wechselwirkung entzogen mit nationalen Eigenschaften, mit übergebliebenen Ideologien früherer Wirtschaftsverhältnisse, mit der Ideologie der heraufkommenden Gesellschaft, deren Überbau doch mehrenteils schon ausgereifter da war als der wirtschaftliche Unterbau, dessen Reife erst nachfolgte. Und schließlich besteht, von der jeweils revolutionären Klasse perzipiert, die Fernbeeinflussung von seiten eines selbständigen, wenn auch nicht historischen, so doch historisch-postulativen, »geschichtsphilosophischen« Gangs eines Geistig-Religiösen, als der – wie oft auch gebrochenen – Selbsterziehung des Menschengeschlechts. Dergestalt also reicht die rein ökonomische Betrachtung nicht aus, um allein nur den *Eintritt* eines historischen Ereignisses von der Wucht des Bauernkriegs vollkommen, restlos konditional oder kausal zu erklären, geschweige denn, daß ihre Analyse imstande wäre, die tieferen *Inhalte* der hier aufglühenden Menschengeschichte und das Wachtraumbild des Anti-Wolfs, eines endlich brüderlichen Reichs aufzulösen, herabzustürzen, seines originären Charakters zu entkleiden, zu reflexieren und ins rein Ideologische zu entrealisieren. Marx selber gesteht den Schwärmereien wenigstens am Beginn jeder großen Revolution das Ihre zu: sofern die neuen Herren sich römisch, sich wieder heidnisch fühlten, sofern die deutschen Bauern, später noch die Puritaner dem Alten Testament Sprache, Leidenschaften und Illusionen für ihre bürgerliche Revolution entlehnten oder sofern selbst noch die Französiche Revolution sich mit Namen, Schlachtparolen, Kostümen des römischen Konsulats und Kaiserreichs drapierte; Marx selber also gibt den »weltgeschichtlichen Totenbeschwörungen« wenigstens die Realität des Antriebs, so positivistisch er auch sonstwie den Kommunismus aus Theologie in Nationalökonomie und nichts als diese verengte, ihm derart den vollen, sowohl historisch überlieferten wie sachlich eingeborenen Umfang seines chiliastischen Begriffs entziehend. Was aber den besonderen Fall von Bauernkrieg, Bildersturm, Spiritualismus angeht, so muß hier erst recht neben den wirtschaftlich bestehenden Elementen von Auslösung und Konfliktsinhalt noch das originäre Wesenselement an sich betrachtet werden: als Umgang des ältesten Traums, als breitester Ausbruch der Ketzergeschichte, als Ekstase des aufrechten Gangs und des geduldlosen, rebellischen, ernstlichsten Willens zum Paradies. Neigungen, Träume, ernste reine Regungen, zielhafte Begeisterungen sind noch von anderer als der greifbarsten Not genährt und dennoch niemals wesenlose Ideologie: sie gehen nicht unter, färben real eine lange Strecke mit, entspringen einem originalen, werterzeugenden, wertbestimmenden Punkt in der Seele, brennen auch nach aller empirischen Katastrophe uneingelöst weiter, nicht anders wie sie aller Zeit die Tiefenrichtung des sechzehnten Jahrhunderts, den Chiliasmus von Bauernkrieg und Wiedertäufertum als dauernd gegenwärtig voranhalten.

. . .

So sehr in der Tiefe liegen schließlich Antrieb wie Inhalt der spiritualsten Revolution, die die Welt bislang in Breite sah: hatte selbst Christoph Kolumbus zu dieser Zeit nicht etwa den Seeweg in ein irdisches Ostindien gesucht, sondern – den Blick in die fernen Gärten der Hesperiden – Atlantis oder das Paradies, so richtete sich die Arche Thomas Münzers erst recht nach keinem geringeren Ziel als nach den Unbedingtheiten Christi und der Apokalypse.

Nur dazu also wurde erstrebt, das hiesige Leben zu ordnen, so stark auch dieses sich mit erneuern mochte. Gewiß entsannen sich die Bauern verworren ihrer alten Rechte, und Eigenes, Trotziges mischte sich darin seltsam mit urchristlichem Willen. Gewiß wurde das Volk durch die immer breiter erklingende Predigt: frei zu werden, aller Dinge los und ledig zu werden, auch auf irdische Entzüglung gerichtet, mitten im schlichten apostolischen Leben. Und dazu kam noch, erst recht völlig irdisch gemeint, der Abbau, den die Humanisten an der feudalen Gesellschaft betrieben, auf die antiken Quellen zurückgehend und zumeist auf Autoren, die die kommunistischen Grundsätze bereits zu staatlichem Gebrauch vorgeformt hatten . . .

Indes: alle diese Rezeptionen – ein immerhin erfreuliches Gewissen der Humanisten neben römischem Recht und den Antithesen Pauli, als welche rein der absoluten Monarchie zugute kamen –, alle diese Rezeptionen wären resonanzlos geblieben, hätte eben nicht die Zeit ihren *chiliastischen* Ausbruch erfahren, fremd, entfremdend, aufscheuchend, ein Schrecken vor Gericht und Nacht, ein einziges Gebet um Morgenröte. Dieses aber setzte jeglichen bloß irdischen Reform-, Revolutionswillen schließlich herab zur bloßen kurzen Bereitung auf das ewige Reich, damit Christus die Welt, kommt er zurück, zu richten und heimzuholen, im insgesamt apostolischen Zeitalter antreffe. Nur scheinbar also herrschte bodenständiger Sinn und Wille im aufgebrochenen spätgotischen Volk; der andere Trieb, der Pfeiltrieb war in der Masse stark, bei den täuferischen Führern übermächtig; und wie evident er die Zeit insgesamt ergriff, erweist sich noch aus solchem, daß selbst Luther, ob er gleich alle politisch-moralische Werkbereitung dazu ablehnte, dennoch das Weltgericht spätestens um die Mitte seines absoluten Jahrhunderts erwartete. Wie gewiß aber erst lasen die Täufer im Zeugnis der Bibel das Ende, die genaueste Werkforderung des Endes: eben dieses, daß Kommunismus am Anfang war, vor Nimrod, daß er in der Mitte war, bei den Aposteln, ließ Kommunismus auch als Postulat der damals gekommenen, der als Endzeit geglaubten Zeit erscheinen, wenn anders sie vor Christi furchtbar fragender Wiederkehr bestehenbleiben will.

## Müntzers Ziele, seine Pläne und Maßnahmen

*Mehrfach wurde schon angedeutet, daß die Forderungen und Vorhaben Müntzers viel weiter gingen als die der meisten Bauernhaufen und ihrer Führer nach freier Wahl des Pfarrers, Abschaffung erhöhter Abgaben, freier Nutzung von Wald, Wasser, Allmende usw., gelegentlich auch nach dem Recht auf freie Wahl des Rats der Gemeinde.*
*Von den genauen Plänen Müntzers ist nur bekannt geworden, was er nach seiner Gefangennahme auf der Folter im*

*Schloß Heldrungen, vor seinem Erzfeind Ernst von Mansfeld, gestanden hat; das Protokoll verzeichnet:*
Bekennt, wenn er das Schloß Heldrungen erobert hätte, wie er mit seinem Anhang vorgehabt habe, so hätte er Graf Ernst das Haupt abschlagen wollen, was er oft gesagt habe. Die Empörung habe er deshalb gemacht, weil die ganze Christenheit gleich werden solle und weil die Fürsten und Herren, die dem Evangelium nicht beistehen wollten, vertrieben und totgeschlagen werden sollten. . . .
Ihr Artikel sei gewesen und hätten es folgendermaßen ausrichten wollen: Alle Güter gehörten allen gemeinsam, und es sollte einem jeden nach seinem Bedürfnis zugeteilt wer-

Folterkammer, Holzschnitt des Petrarca-Meisters, 1519/1520

den, je nach Lage der Dinge. Und dem Fürsten, Grafen oder Herren, der das nicht hätte tun wollen und der dessen ermahnt worden sei, sollte man den Kopf abschlagen oder ihn hängen. . . .
Wenn es in seinem Sinne gegangen wäre und so, wie er es vorgehabt habe – das sei seine Absicht gewesen, und es hättens auch gemeinhin alle seines christlichen Bundes gewußt, daß er das Land auf 10 Meilen Wegs rund um Mühlhausen und das Land zu Hessen habe einnehmen wollen und mit den Fürsten und Herren verfahren, wie oben angezeigt. Davon hätten sie alle zum größten Teil wohl gewußt.

*Müntzer versucht, vor allem in den letzten zwei Wochen vor der Schlacht, den verschiedenen Haufen Zuversicht einzugeben, Unterstützung zu organisieren und die Aktionen und Widerstandspotentiale zusammenzuordnen. So schreibt er von Mühlhausen aus am 29. April an die Gemeinde von Frankenhausen:*
Der Geist der reinen Furcht und der kühnen Stärke Gottes sei zuvor mit euch, allerliebste Brüder. Wir haben euer Schreiben gelesen, daß wir euch zweihundert Knechte schicken sollen. Wir sagen euch, daß wir nicht nur einen solchen kleinen Haufen euch zuschicken werden, sondern vielmehr alle, alle, soviel unserer sind, wollen zu euch kommen, um einen Heereszug überallhin zu machen, und wir sind willens, uns jetzt zu euch zu begeben. Ihr dürft euch vor niemand fürchten. Der Mund des Herrn sagt: Siehe, die Stärke meines dürftigen Volkes soll sich vermehren, wer will sich an die meinen wagen? Darum seid kühn und verlaßt euch allein auf Gott, so wird er eurem kleinen Haufen mehr Stärke geben, als ihr glauben könnt . . . Laßt euch nur nicht mit guten Worten zu einer beschissenen Barmherzigkeit bringen, so wird eure Sache sich durchsetzen.
*Und an den Schmalkaldener Haufen, der mit dem ganzen Werrahaufen bei Eisenach liegt, am 7. Mai:*
Die reine, rechtschaffene Furcht Gottes zuvor, Allerliebste. Euch sei zu wissen, daß wir mit allen unseren Kräften euch zu Hilfe und Schutz kommen wollen. Es hat aber kürzlich unser Bruder Ernst von Hohnstein, auch Günther von Schwarzburg Hilfe begehrt, welche wir ihnen zugesagt haben und jetzt zu vollführen geneigt sind. Wenn ihr deswegen

geängstet werdet, wollen wir und der ganze Haufen aus der Gegend auch hinauf in euer Lager kommen. Wir wollen mit allem, was wir vermögen, euch zu Hilfe kommen. Nur tragt eine kurze Zeit Geduld mit unseren Brüdern, die zu mustern wir über die Maßen zu schaffen haben, denn es ist ein viel gröberes Volk, als sich jemand ausdenken kann. Ihr aber seid in vielen Sachen eurer Beschwernis inne geworden, den Unseren vermögen wir dies nicht mit allem unserem Verstande einsichtig zu machen, aber wie sie Gott mit Gewalt treibt, so müssen wir mit ihnen handeln. Ich wollte vor allem von Gott begehren, bei euch zu sein und euch raten und helfen zu können, und das bei aller Mühe viel lieber tun, als weiter mit den Unverständigen umzugehen, jedoch will Gott die närrischen Dinge erwählen und die Klugen verwerfen. Darum ist es auch eine Schwäche, daß ihr euch so sehr fürchtet, und ihr könnt es doch an der Wand greifen, wie Gott euch beisteht. Habt den allerbesten Mut und singt mit uns ›Ich will mich vor hunderttausend nicht fürchten, wiewohl sie mich damit umlagert haben.‹ Gott gebe euch den Geist der Stärke, das wird er nimmermehr unterlassen durch Jesum Christum, der euch, Allerliebste, alle bewahre. Amen.

*Die Gemeinde zu Mühlhausen sendet am 9. Mai eine allgemeine Aufforderung, den Frankenhäusern zu helfen, an Städte und Dörfer aus; Müntzer dürfte dahinter stehen:*

Der Trost des Herrn sei mit euch, allerliebste Brüder. Es ist uns hoch vonnöten, daß ihr euch aufs Beste mit einem Heerwagen rüstet und mit all eurer Mannschaft baldigst zu uns kommt, auf daß allhier aus euch die Geschicktesten ausgewählt und gemustert werden und die übrige Mannschaft daheim bleibe; auch daß ihr diejenigen, die ziehen müssen, mit Kost oder Geld versorgt. Dieweil der größte Teil der Klöster und unbefestigten Schlösser geplündert ist, ist zu befürchten, daß uns der Speise mangeln wird. Deshalb säumt nicht, zu uns zu kommen, damit wir unseren Brüdern zu Frankenhausen zu Hilfe kommen können. Denn wenn wir damit säumen, werden wir allenthalben dadurch einen großen Schaden erleiden. Ihr sollt es nicht unterlassen bei der ernsten Verpflichtung, die ihr bei dem Bunde Gottes eingegangen seid, sonst könnten wir und ihr ganz verderben. Dieser euer Dienst soll, nach dem Ernst der Dinge, nicht länger als drei oder vier Tage von euch begehrt werden. Bringt auch auf euren Wagen Hacken, Schaufeln, Pickel, Brecheisen und Beile mit, ein jeder zwei oder drei Stück, derer wir nötig bedürfen. Damit seid Gott befohlen.

*Müntzer hatte also längst geplant, nach Frankenhausen zu ziehen. Weshalb zögert er so lange? In dem Brief an die Schmalkaldener spricht er von dem ›unverständigen Volk‹ in Mühlhausen. Auch in dieser Stadt gibt es Uneinigkeit zwischen den Aufständischen: Ein großer Teil ist, nach den Beutezügen durch die umliegende Gegend, mit dem Erreichten zufrieden; sie lehnen Müntzers weitergehende Vorhaben ab und wollen die entscheidende bewaffnete Auseinandersetzung mit dem Adel vermeiden. Der Führer dieser ›uneinsichtigen Leute‹ ist der frühere Mönch Heinrich Pfeiffer, mit dem Müntzer in den Monaten zuvor die Opposition in der Stadt geführt, den alten Rat gestürzt und eine Bundesorganisation aufgebaut hatte. Ihm gilt der Angriff in dem Brief, den Müntzer am 8. Mai an den Rat von Mühlhausen schreibt – »obwohl er nur wenige Schritte vom Rathaus entfernt« wohnt:*

Der Satan hat über die Maßen viel zu tun; er möchte gern den allgemeinen Nutzen verhindern und tut das durch sein eigenes Werkzeug. Und es wäre sehr vonnöten, daß solche aufrührerischen Leute erst im heutigen Kreise vorgenommen und scharf vermahnt werden, daß sie euch, dem Rat, und der ganzen Stadt keinen Schaden tun. Wenn sie das aber nicht lassen, daß sie dann vom Haufen ordnungsgemäß gestraft werden sollen. Seid guten Muts. Wann der Judas ans Licht kommt, ist schon beschlossen. Wir bitten, daß, so es möglich ist, dies mit der ganzen Gemeinde ernsthaft beredet werden muß, ehe wir wegziehen. Gott behüte euch durch Jesum Christum, amen.

*Müntzer kann sich in Mühlhausen nicht mehr durchsetzen. Wie er später auf der Folter gesteht, leiht ihm der Rat lediglich acht Karrenbüchsen, leichtere Geschütze. Am 10. oder 11. Mai bricht Müntzer mit einer verhältnismäßig kleinen Schar, vielleicht nur etwa 300 Mann, nach Frankenhausen auf.*

Bergwerk, kolorierter Holzschnitt von Hans Sebald Beham, um 1528

## Das Ausbleiben der Mansfelder Bergleute

*Müntzer weiß, daß es für den Ausgang der Kämpfe wichtig sein wird, ob sich die Bergleute aus den Mansfeldischen Bergwerken auf die Seite der Aufständischen schlagen und nach Frankenhausen ziehen. So schreibt er Ende April seinen großen Brief an die Bundesführer seines ›Bundes der Auserwählten‹ in Allstedt, mit der Aufforderung, den Aufruf an die Bergleute weiterzuschicken:*

Die reine Furcht Gottes zuvor, liebe Brüder. Wie lange schlaft ihr, wie lange steht ihr Gott seinen Willen nicht zu, weil er euch nach eurer Meinung verlassen hat? Ach, wie oft

habe ich euch das gesagt, wie es sein muß, Gott kann sich nicht anders offenbaren, ihr müßt dafür empfänglich sein. Tut ihrs nicht, so ist das Opfer, euer herzbetrübtes Herzeleid, umsonst. Ihr müßt danach von neuem ins Leiden geraten. Das sag ich euch, wollt ihr nicht um Gottes willen leiden, so müßt ihr des Teufels Märtyrer sein. Darum hütet euch, seid nicht so verzagt, nachlässig, schmeichelt nicht länger den verkehrten Phantasten, den gottlosen Bösewichtern, fangt an und streitet den Streit des Herrn! Es ist hohe Zeit, haltet eure Brüder alle dazu an, daß sie das göttliche Zeugnis nicht verspotten, sonst müssen sie alle verderben. Das ganze deutsche, französische und welsche Land ist wach, der Meister will das Spiel machen, die Bösewichter müssen dran. Zu Fulda sind in der Osterwoche vier Stiftskirchen verwüstet worden, die Bauern im Klettgau und Hegau, im Schwarzwald sind auf, dreimal tausend stark, und es wird der Haufen, je länger es geht, desto größer. Nur ist das meine Sorge, daß die närrischen Menschen in einen falschen Vertrag einwilligen, weil sie den Schaden noch nicht erkennen.
Wenn eurer nur drei sind, die, gelassen in Gott, allein seinen Namen und Ehre suchen, werdet ihr hunderttausend nicht fürchten. Nun dran, dran, dran, es ist Zeit, die Bösewichter sind ganz verzagt wie die Hunde. Fordert die Brüder auf, daß sie zum Burgfried kommen und das Zeugnis ihrer Bewegung holen. Es ist über die Maßen hoch, hoch vonnöten. Dran, dran, dran! Laßt euch nicht erbarmen, wenn euch auch der Esau gute Worte anbietet, 1. Mose 33. Seht nicht an den Jammer der Gottlosen. Sie werden euch so freundlich bitten, werden greinen, flehen wie die Kinder. Laßt euch nicht erbarmen, wie Gott durch Mose befohlen hat, 2. Mose 7, und uns hat er auch dasselbe offenbart. Regt die Leute an in den Dörfern und Städten, und besonders die Bergleute und andere gute Gesellen, die gut dazu sein werden.
Seht, wie ich diese Worte schreibe, kommt mir Botschaft aus Salza, wie das Volk den Amtmann Herzog Georgs vom Schloß herunterholen will, weil er drei heimlich hab wollen umbringen. Die Bauern vom Eichsfeld sind ihren Junkern feind geworden, kurz, sie wollen von ihnen keine Gnade haben. Es geschieht derlei viel euch zum Vorbilde. Ihr müßt dran, dran, es ist Zeit. Balthasar und Bartel Krump, Valentin und Bischoff, geht vorne im Tanz! Laßt diesen Brief den

Berggesellen zukommen. Mein Drucker wird in wenigen Tagen kommen, ich habe die Botschaft gekriegt. Ich kann es jetzt nicht anders machen, sonst würde ich den Brüdern Nachricht genug geben, daß ihnen das Herz viel größer werden sollte als alle Schlösser und Rüstungen der gottlosen Bösewichter auf Erden.
Dran, dran, solange das Feuer heiß ist. Laßt euer Schwert nicht kalt werden, laßt euch nicht erlahmen. Schmiedet pinkepanke auf den Ambossen der Fürsten und Herren, werft ihnen die Türme zu Boden! Es ist nicht möglich, daß ihr der menschlichen Furcht sollt los werden, während sie leben. Man kann euch von Gott nicht reden, solange sie über euch regieren. Dran, dran, solange ihr Zeit habt, Gott geht euch voran, folgt, folgt! Die Geschichte steht geschrieben Matthäus 24, Hesekiel 34, Daniel 74, Esra 16, Apokalypse 6, welche Schriftstellen alle Römer 13 erklären.
Darum laßt euch nicht abschrecken, Gott ist mit euch, wie geschrieben steht im 2. Buch der Chronik, 20. Dies sagt Gott: ›Ihr sollt euch nicht fürchten. Ihr sollt diese große Menge nicht scheuen, es ist nicht euer, sondern des Herrn Streit. Ihr seid es nicht, die da streiten, tretet nur männlich auf. Ihr werdet sehen die Hilfe des Herrn über euch.‹ Als Josaphat diese Worte hörte, da fiel er nieder. So tuet auch, und durch Gott, der euch stärke im rechten Glauben, ohne Furcht der Menschen, amen.

*Es ist nicht sicher, ob der Brief sein Ziel erreicht; womöglich wird er abgefangen oder von Kollaborateuren der Fürstenseite zugespielt. Aber unter den Bergleuten ist Unruhe, sie drohen sich zu erheben, wie die in Sangerhausen versammelten Ritter und Amtsleute an Herzog Georg am 29. April berichten:*

Die Grafen zu Mansfeld haben sich durch Rudolf von Watzdorf entschuldigen lassen, daß sie nicht in eigener Person erschienen sind. Graf Hoyer sei krank, Günther und Ernst könnten ihn nicht verlassen, Gebhardt sei noch beim Kardinal, Albrecht müsse zu Eisleben sein, dort wird es auf dem Bergwerk aufrührerisch. Er ist dort, damit die Bergleute nicht zu den Bauern laufen.

*Auch der Allstedter Steuereinnehmer Hans Zeiß berichtet von Forderungen der Bewohner des Bergbaugebietes und von Aktionen einzelner Gruppen von Aufständischen:*

Die Bergleute, dazu Bauern und Bürger in der Herrschaft Mansfeld haben Graf Albrecht von Mansfeld zugesagt, wenn er die schweren Lasten im Lande von ihnen nähme, so wollten sie bei ihm bleiben und Leib und Leben für ihn einsetzen. Er hat es ihnen auch zugesagt. Dennoch laufen die Bergleute zum Haufen und rotten sich zusammen, um die Klöster zu stürmen.

*Manfred Bensing hat festgestellt, daß die Haltung der Stadt Sangerhausen entscheidend für die Entwicklung im ganzen ostthüringischen Bergbaugebiet wird. Denn die Masse der Bergleute zögert noch, dem Frankenhäuser Haufen zuzuziehen; man wartet offensichtlich auf das Signal der Erhebung von Bürgern und Bauern in Sangerhausen.*
*Die Stadt hatte am 4. Mai von Herzog Georg die Rücknahme aller in den letzten Jahren zusätzlich auferlegten Steuern und Abgaben und die Bewilligung der zwölf Artikel der Schwäbischen Bauernschaft verlangt. Andernfalls wolle man sich mit den übrigen Aufständischen verbünden und gewaltsam vorgehen. Herzog Georg antwortet bereits einen Tag später, stellt die Anwendbarkeit der Schwäbischen Artikel in Frage, bietet aber Unterhandlungen für den 9. Mai in Leipzig an, zu denen nicht mehr als acht oder zehn Gesandte geschickt werden dürften; bei einem Aufstand wolle er die Beteiligten strafen, so wie es den schwäbischen Bauern ergangen sei.*
*Eine hinterhältige Aktion des Amtsmanns Melchior von Kutzleben, bei der die Bürger und Bauern aufs Schloß genötigt, ihnen die Waffen abgenommen und Treuegelöbnisse abgezwungen wurden, worüber die Sangerhäuser bei Thomas Müntzer klagen, mag ein wichtiger Grund dafür sein, daß radikalere Tendenzen in Sangerhausen um sich greifen und einige Bauerntrupps nicht einmal mehr das Eintreffen der Antwort des Herzogs abwarten, wie der Amtmann nach Leipzig berichtet:*
Es haben sich diese Bauern gestern, ohne die Antwort Euer Fürstlichen Gnaden abzuwarten, zu dem Haufen, der jetzt bei Frankenhausen liegt, begeben und sich mit besonderen Eiden ihnen verpflichtet, woraus wohl zu ermessen ist, daß sie weder auf einen festgesetzten Zeitpunkt noch auf eine Verhandlung warten werden. Darum will ich mich, gemäß Euer Fürstlichen Gnaden Befehl, ihnen gegenüber als den

mutwilligen, ungehorsamen Leuten mit ernster Strafe unnachgiebig erweisen.

*Die ganze Stadt scheint jeden Augenblick zu den Aufständischen übergehen zu können. Die Adligen sind in höchster Unruhe. Graf Gebhard von Mansfeld schreibt an den Kardinal Albrecht, Kurfürsten von Brandenburg:*

Wir bitten Eure Kurfürstlichen Gnaden aufs Schnellste Reiter hierher zu schicken. Wenn Herzog Georg sich nicht bald Sangerhausens annimmt, um es zu erhalten, und einige Reiter in diesen Ort legt, ist zu befürchten, daß es auch abfalle. Denn wenn die Sangerhäuser sich zu den Bauern begäben, würde unserer Befürchtung nach ein großer Teil des Landes auch nachfolgen, wären auch die Unseren schwerlich zu halten.

*Vier der Mansfelder Grafen entschuldigen sich gemeinsam dafür, daß sie nicht, wie befohlen, zum Aufgebot nach Heldrungen kommen können und weisen auf den Zusammenhang zwischen der Haltung der Bergleute und dem Amt Sangerhausen hin:*

Wir können mit Rücksicht darauf, daß in unserer Herrschaft eine beträchtliche Zahl Bergleute ist und daß wenn die aufrührerisch werden, zu befürchten ist, daß großes Unheil daraus entsteht, Graf Ernst nicht zu Hilfe kommen. Würden wir das unternehmen, so handelten wir Euer Fürstlichen Gnaden und der genannten Landschaft viel stärker zum Nachteil, weil dann zu befürchten ist, daß dann die ganze Grafschaft, auch das Amt Sangerhausen, desgleichen der größte Teil des Stifts Halberstadt, abfällt.

*Am 11. Mai schildert der Amtmann von Sangerhausen, Milchior von Kutzleben, in einem Brief an Herzog Georg die Lage als ziemlich hoffnungslos:*

Auf Euer Fürstlichen Gnaden Vertröstung, daß die, die nach Heldrungen entsandt sind, Stadt und Amt Sangerhausen von den mutwilligen Bauern befreien würden, habe ich die Bürger bisher standhaft erhalten. Jene haben aber nicht einmal Streifzüge im Amt unternommen und die Bauern nicht scheu gemacht. Gestern habe ich Graf Ernst um Hilfe geschrieben, auch, wessen ich mich von den Bürgern versehen muß und wie sie sich hören lassen. Er hat geantwortet, er könne keine Reiter schicken und mich auf die Reiter Euer Fürstlichen Gnaden vertröstet, die noch kommen sollten.

Welches ich also dem Rat vorgehalten habe mit der Bitte, bei der Gemeinde soviel gütliche Vorschläge zu machen, damit sie beständig bleiben, sich zu nichts bewegen lassen und keine Empörung in der Stadt anfangen. Sie sagen aber, weil sie von Euer Fürstlichen Gnaden auf die Ankunft dieser Reiter mehrfach vertröstet worden und doch keine andere Hilfe als die durch Briefe erfahren haben, seien sie dadurch bedrückt, und weil sie allein zu schwach seien, dem Haufen zu widerstehen, und täglich mit Schreiben und Botschaften von der Versammlung aufgefordert werden, sie mit ihr zu verbünden, so wollten sie, wenn sie keine andere Hilfe, als bisher erfolgt, erfahren würden, die Stadt bei Ankunft der Bauern übergeben. Es hat mir am heutigen Tage auch der Hauptmann der Bauernschaft geschrieben und mich gewarnt, ja gut auf die Stadt und das Schloß zu achten, weil der ganze Haufen einhellig beschlossen habe, in der kommenden Nacht oder am nächsten Morgen die Stadt Sangerhausen mit Macht zu belagern in der Absicht, sie zu erobern. Also habe ich meinem gnädigen Herrn von Mansfeld geschrieben, um solchem zuvorzukommen, in der Zuversicht, ihre Gnaden werden sich darin gnädig erweisen. Weil aber die Bauern ziemlich stark sind, befürchte ich, ihre Gnaden werden die Stadt oder ich vor ihnen allein nicht schützen oder entsetzen können. Deshalb ist nochmals meine ganz untertänige Bitte, Euer Fürstliche Gnaden mögen doch diese zwingende Erfordernis selbst und auch meinen darauf verwandten Fleiß gnädig bedenken und mir aufs Stärkste ohne Verzug zu Hilfe kommen. Denn ohne dieses weiß ich die Stadt auf gar keine Weise länger zu halten. Sollte nun die Stadt einem solchen losen und zum Kriege ungeschickten Haufen übergeben werden, wäre dies ja schandbar und erbärmlich.

*Der Brief bezeugt aber auch, daß der Amtmann Verbindungen zu den Hauptleuten des Haufens hat: man warnt ihn und informiert ihn. Der Hauptmann Hans Hake war am 5. oder 6. Mai in die Dienste des Amtmanns übergegangen, etwa am 10. Mai wieder bei dem Frankenhäuser Haufen gewesen und hatte dort einen Brief des Amtmanns erhalten:*

Guter Freund. Als ich auf euer gestrigen Schreiben geantwortet habe, wird mir berichtet, daß ihr euch von dem Haufen nach Hause begeben haben sollt. Wenn dem also ist, dann ist meine Bitte, ihr mögt auf diesen Brief hin zu mir in die Stadt kommen. Es werden euch von mir Vorschläge gemacht werden, die euch und eurem Bruder annehmbar sein werden. Ihr braucht hier auch nichts zu befürchten.

*Hans Hake selbst schreibt Jahre später an Kurfürst Johann:*
Als die aufrührerischen Bauern, die zu jener Zeit bei Frankenhausen waren, mir und meinem Bruder vorgehalten haben, wenn wir nicht uns ihnen anschlössen, wollten sie uns nehmen, was wir hätten, und außerdem unser Haus einreißen und zerstören, da habe ich an Weib und Kind meines Bruders gedacht und bin zu ihnen geritten, wodurch ich mein väterliches Erbe und Gut errettet habe, wie es andere auch haben tun müssen. Als ich zu ihnen gekommen bin, haben sie von mir begehrt, ich sollte ihr Hauptmann sein. Ich habe aus großer Angst und Furcht müssen ja sagen, sonst hätte ich bei ihnen mein Leben verlieren müssen. Und dabei habe ich überlegt, weil sie mich als einen vom Adel zum Hauptmann einsetzten, wollte ich mir vornehmen, sie von ihrem Vorhaben abzubringen und eine Meuterei unter ihnen zu machen, so daß sie sich voneinander trennten und auseinander liefen. Und ich habe gedacht, damit meinem gnädigen Herrn, Herzog Georg, einen großen Gefallen zu tun und Gnade zu erlangen. Aber mein Vorschlag hat bei ihnen keinen Erfolg gehabt, sondern ich habe, wie mancher andere, das tun müssen, wodurch ich Leib und Gut erretten konnte.
*Der Kurfürst verwendet sich für Hake bei Herzog Georg, der den Ritter als Aufrührer strafen will. Georg nimmt die nachträgliche Rechtfertigung Hakes nicht als stichhaltig an.*
*Um den 10. Mai 1525 verhandeln die gemäßigten Hauptleute auch mit Graf Albrecht von Mansfeld. Die Anstrengungen der Adligen und der Amtleute, durch Kollaborateure die Aufständischen von einheitlichen und raschen Aktionen abzuhalten, haben noch einmal Erfolg: Der so entscheidende Zug nach Sangerhausen unterbleibt, wie Albrecht von Mansfeld am Abend des 11. Mai seinem Bruder Georg mitteilt:*
Der Amtmann zu Sangerhausen hat unseren Vettern, Brüdern und uns heute abend um 5 Uhr geschrieben, er habe glaubhafte Nachricht erhalten, daß die Bauern, die zu Frankenhausen versammelt sind, sich aufgemacht hätten und auf

Sangerhausen zuzögen, und hat uns um Hilfe gebeten. Deshalb sind wir mit unseren Reitern und auch einigem Fußvolk sofort ausgerückt und ihm zugezogen. Weil aber die Bauern nicht kommen, wollen wir ihm morgen einiges Fußvolk zuschicken, bis Euer Fürstliche Gnaden mit ihrem Heer, desgleichen auch Herr Wolf von Schönburg mit seinen Reitern ankommen . . .

*Damit wurde auch der Anschluß der Mansfelder Bergleute an das Frankenhäuser Aufstandszentrum verhindert.* Es dürfte zweifelhaft sein, ob die Vielzahl der Bergknappen aus einer falschen Einstellung zu den Bauern heraus in Passivität verharrte. Viele von ihnen waren selbst noch mit der feudalen Landwirtschaft verbunden. Ihre Interessen berührten sich mit den bäuerlichen. Vielleicht hat einen Teil tatsächlich Gutgläubigkeit und Vertrauensseligkeit in die Versprechungen des Grafen vom aktiven Kampf abgehalten. Dennoch dürften die Äußerungen der Mansfelder Grafen in ausreichendem Maße zeigen, daß die Lage im Bergbaugebiet äußerst labil gewesen ist und die Bereitschaft des Bergvolkes, sich auch nach der Übereinkunft von Eisleben zu erheben, durchaus vorhanden war. Viel stärker dürfte seine Haltung von tatsächlich revolutionären Aktionen der Frankenhäuser bzw. vom Verzicht auf sie abgehangen haben . . . Und so blieb, weil die gemäßigten Kräfte in Frankenhausen bis zum 11. Mai dominierten und der Zug nach Sangerhausen somit verhindert wurde, im Mansfeldischen alles beim alten.

## *Übergang zu den unentschlossenen und zu den entschiedenen Gegnern der Aufständischen*

### Beteiligung des mittleren Adels am Aufstand

*Am 7. Juli 1525, also mehrere Wochen nach der Entscheidungsschlacht, werden in Leipzig Verhandlungen zwischen Herzog Georg von Sachsen und einem Teil des thüringischen mittleren Adels geführt; dieser Adel hatte zwar juristisch eine reichsunmittelbare Stellung, unterstand aber faktisch mehr oder weniger weitreichender landesfürstlicher Hoheit, bis hin zur Lehnsabhängigkeit. Den Grafen Boto von Stolberg, Heinrich von Schwarzburg und Ernst von Hohnstein wirft Georg Unterstützung der aufständischen Bauern vor; das Protokoll vermerkt:*

Herzog Georg hat angeführt: Zu Beginn des Aufstandes seien die drei Grafen, wie alle anderen Untertanen, aufgeboten worden, zu Seiner Fürstlichen Gnaden zu kommen, um den Ereignissen entgegenzutreten. Es sei aber Graf Boto ausgeblieben und von Wernigerode aufgebrochen, nach Frankenhausen gezogen, habe sich dort den Verwüstern des Landes Seiner Fürstlichen Gnaden mit Eiden und Gelöbnissen verbündet und seinen Sohn mit etlichen vom Adel zu ihnen geschickt, der auch an dem Tag, als die Bauern geschlagen wurden, von Seiner Fürstlichen Gnaden im Felde bei ihnen gefangen genommen. Graf Boto habe auch die Verderber des Landes Seiner Fürstlichen Gnaden mit Feldbüchsen und Pulver gestärkt, die ihnen zur Eroberung der Städte und Ämter Seiner Fürstlichen Gnaden gefehlt hätten, wie denn auch der Haufe vor allem vorgehabt habe, das Schloß Heldrungen zu erobern. Es seien auch sonst etliche von des Grafen Mannen und Untertanen beim Haufen gewesen, hätten den gestärkt und ihm beigestanden. So hätten auch seine Verwandten und Untertanen das alte, schöne Gotteshaus Ilfeld jämmerlich zerstört, die Mönche des Klosters verjagt und allen Vorrat mitgenommen. Es habe auch Graf Boto diese Klöstergüter noch bei sich. Und es hätten auch seine Untertanen die Kleinodien und die Barschaft, die dem Abt von Ilfeld gehört habe, aus seinem Schloß Hohnstein geholt und verteilt, auch sonst viele Leute vom Adel beleidigt und geschädigt und allen Gottesdienst in seiner Herrschaft fast abgeschafft. Graf Heinrich von Schwarzburg sei Seiner Gnaden auch nicht zu Hilfe gekommen, sondern habe seinen Sohn, Graf Günther, zum Haufen nach Frankenhausen reiten lassen, wo er sich mit Gelöbnissen ihnen angeschlossen habe. Dabei sei es nicht geblieben, er sei zudem nach Ebeleben gezogen und habe sich dort dem Müntzer mit Gelöbnissen verbündet, ihnen Knechte und Pferde zugeschickt, damit sie aufs Eichsfeld ziehen und ihren Mutwillen treiben konnten. Er habe auch den Frankenhausischen Haufen mit Feldbüchsen und Pulver gestärkt. Die Seinen hätten auch das alte Stift Jechaburg zerstört, beraubt, allen Gottesdienst verhindert, die Kleinodien der Kirchen verstreut und verschleppt, deren Kirchengüter zum Teil auf das Schloß Sondershausen gekommen seien. So sei besonders die Stadt und das Schloß Frankenhausen ein öffentliches Räuberhaus und Zuflucht aller Untugend und Verwüstung seines Fürstentums gewesen. Sie seien aber nicht darinnen geblieben, sondern mit Raub, Mord und Brand herausgezogen und hätten viele Gotteshäuser zerstört, Nonnenklöster verwüstet und die Häuser derer vom Adel niedergerissen. Graf Ernst von Hohnstein sei auch ausgeblieben, zum Müntzer nach Ebeleben geritten, habe sich ihm daselbst mit Gelöbnissen verbündet. Und es hätten die Seinen das Kloster Walkenried, das Seine Fürstliche Gnaden kurz zuvor auf Befehl der kaiserlichen Majestät in Schutz genommen habe, ganz jämmerlich zerstört. Des Klosters Güter habe er an sich genommen und habe sie noch, samt dem Kloster selbst. Die Seinen hätten auch sonst viel Mutwillen getrieben an anderen Gotteshäusern, gegen seinen leiblichen Bruder und andere vom Adel, welchen er sich doch mit besonderen Verpflichtungen verbunden habe.

*Die Grafen verteidigen sich natürlich gegen die Vorwürfe und versuchen, die Ausweglosigkeit ihrer Lage während des Aufstandes zu beweisen und ihre aktive Unterstützung oder Beteiligung abzustreiten. Wie sich die Grafen wirklich im einzelnen verhalten hatten, läßt sich nur bruchstückhaft erschließen.*

*Graf Heinrich von Schwarzburg bewilligt Ende April und Anfang Mai mehrere Aufstellungen von Forderungen, die ihm von den Städten und Dörfern seiner Herrschaft vorgelegt wurden. Am 1. Mai teilt er dies Graf Boto von Stolberg mit:*
Wir wollen Euer Lieb nicht verbergen, daß wir mitsamt allen unseren Untertanen, wenn anders wir unsere Häuser, Leute und Länder erhalten wollten, die Artikel, welche uns von dem trefflichen Haufen vorgelegt wurden, der jetzt in unserer Herrschaft liegt und sich immer mehr verstärkt, haben bewilligen und auf sie schwören müssen. Desgleichen haben

unser Schwager von Hohnstein und viele andere vom Adel auch getan. Darum wissen und können wir für diesmal zur Sache gar nichts tun, sondern wollen es Gott, unserem Schöpfer, befohlen sein lassen.

*Die Bauern fassen die Bewilligung als ein Zeichen dafür auf, daß der Graf nun auf ihrer Seite stehe, und fertigen einen Sicherungsbrief an andere Haufen aus:*

Gnad und Fried in Christo Jesu. Nachdem die christliche Versammlung hierher nach Arnstadt gekommen ist, haben Heinrich und Günther, sein Sohn, Grafen zu Schwarzburg, als christliche Brüder zum Evangelium geschworen und die christlichen Artikel, die wir vorgelegt haben, angenommen. Deshalben richten wir an euch, christliche Versammlung an jedem Ort, wo sie sich brüderlich zusammengefunden hat, unsere brüderliche und freundliche Bitte, ihr wollet die genannten christlichen Brüder und uns, ihre Untertanen, hier und anderswo hinfort unversehrt lassen und euch nicht anders gegen sie verhalten und erweisen, als christlichen Brüdern eignet und ziemt.

*Gleichzeitig entschuldigt sich Graf Günther von Schwarzburg bei Herzog Georg, seinem Landesfürsten, keine Hilfe zur Niederschlagung des Aufstands leisten zu können:*

Euer Fürstlichen Gnaden Schreiben haben wir erhalten und bekennen uns auch schuldig, Euer Fürstlichen Gnaden zu dienen, müssen aber melden, daß alle unsere Städte und Untertanen aufgestanden sind und sich in einer Empörung zusammengetan haben, und vor Arnstadt haben sie sich, ein großer Haufen von ungefähr 5000 Mann, niedergelassen; desgleichen sind unsere Untertanen im Amt Clingen, das wir von Euren Fürstlichen Gnaden zum Lehen haben, aufgestanden und haben zum Teil die Unseren vom Adel beträchtlich geschädigt, und wir sind also der Unseren jetzt in keiner Weise mächtig. Daraus möge Euer Fürstliche Gnaden ersehen, wie wir uns gegenüber Euer Fürstlichen Gnaden in dem, was wir zur Rettung Eurer Fürstlichen Gnaden, unserer selbst und unserer Ehre und Guts gerne täten und schuldig zu sein bekennen, auf jenes Schreiben hin verhalten müssen.

*Müntzer betrachtet den Grafen als ein Mitglied des ›christlichen Bundes‹ und spricht ihn deshalb auch nicht mehr mit seinen alten Titeln an – von einer solchen Forderung an den*

*Adel, auf seine Privilegien zu verzichten, hatte Hans Zeiß berichtet. In einem Brief verwendet er die Anrede:*
Dem jüngeren Günther, Vorsteher der christlichen Gemeinde im Schwarzburger Lande, unserem lieben Bruder im Herrn.
*Noch am 12. Mai denunziert Ernst von Mansfeld den Grafen in seinem großen Rechtfertigungs- und Werbungsschreiben an Herzog Georg:*
Es haben auch die Grafen Stolberg, Hohnstein und Graf Günther von Schwarzburg der Jüngere den Bauern zu deren Unterhalt Proviant zugeschickt, auch zur Vermehrung von deren Schlechtigkeiten nicht wenig von ihren Dorfschaften, die ihre eigenen Fahnen haben, dahin abgesandt.
*Ob jedoch die Grafen wirklich die Aufständischen so stark unterstützt haben, ist zweifelhaft. Zumindest zogen sie selbst sich vor der militärischen Entscheidung zurück; Günther von Schwarzburg entschuldigt sich am 12. Mai bei Müntzer:*
Gnad und Friede in Christo, christlicher lieber Bruder. Ich wäre ja ganz willig, mich zu Euer Lieb nach Frankenhausen zu begeben. Es ereignet sich aber einiger Zank und Mißstimmung unter den Bauern in meiner Herrschaft, wodurch ich täglich Mühe und Arbeit habe, sie untereinander zu vertragen und zufriedenzustellen. Deswegen richte ich an Euer Lieb meine gütliche Bitte, ihr mögt mich wegen meines Ausbleibens bei den anderen christlichen Brüdern freundlich entschuldigen, bis ich nach Befriedung der Bauern füglich zu Euer Lieb kommen kann. Das will ich in christlicher und brüderlicher Liebe an Euer Lieb freundlich verdient haben.

*Wankelmut, Ängstlichkeit und Unbeständigkeit eines Teils des mittleren, von den Landesfürsten mehr oder weniger abhängigen Adels, obwohl er streckenweise mit den Aufständischen zusammenging, erklären sich aus der Stellung dieser Schicht:*

Die seit Jahrzehnten währenden Versuche der Fürsten, die Grafen in landsässige Adlige zu verwandeln und deren Besitz zu mediatisieren, stellte für die thüringischen Grafen eine akute Gefahr dar. Die Volksbewegung schloß die Möglichkeit ein, die Territorialfürsten zu schwächen. Anschluß an die revolutionäre Bewegung war demnach in gewissem Sinne Entscheidung zwischen Selbstbehauptung und Unterwerfung unter die Fürsten. Die Grafen hofften, nach der siegreichen Bewegung des Volkes über die großen Gewalten die Dinge wieder »in den vorigen Gang bringen zu können«, wie es Koadjutor Johann von Fulda ausdrückte. Die von den Grafen erstrebte Säkularisierung des Kircheneigentums und die Beseitigung der störenden geistlichen Privilegien auf ihrem Territorium wurden von den Insurgenten besorgt. Eintritt in den Bund verhieß zumindest im thüringischen Aufstandgebiet Verfügungsrecht der Adligen über diesen Besitz, . . .

*Als die militärische Überlegenheit der Fürsten den Ausgang des Kampfes abschätzbar werden ließ, versuchte sich jeder, so gut es ging, noch herauszuhalten.*

*Graf Boto von Stolberg, der einerseits Müntzer ein Feldgeschütz leiht, andererseits Herzog Georg von Sachsen Reiter und Landsknechte zusendet, verteidigt sich gegen die Anschuldigungen des Herzogs damit, daß er von den Aufständischen bedroht worden sei und ihre Forderungen habe erfüllen müssen. Das Protokoll der Verhandlungen hält von den Ausführungen des Grafen auch fest:*

Nach einigen Tagen seien etliche von der Gemeinde zu seinem Sohn gekommen, den er mit 20 Reitern und 50 Fußknechten beordert habe, auf den Dienst für seinen gnädigen Herrn zu warten. Da habe man seinem Sohn gesagt, er solle nach Frankenhausen kommen, sonst wolle man seine Dörfer heimsuchen. Darauf sei Graf Wolf ohne Wissen seines Vaters zu ihnen geritten und habe auch den Schwur abgelegt, wie sein Vater, und habe wieder wegreiten wollen, da habe ihn der Haufen nicht lassen wollen, den Vater aber aufgefordert, er solle ihnen Büchsen und Pulver schicken, oder sie wollten ihm den Sohn töten. Darauf habe er zur Rettung seines Sohnes eine Steinbüchse und an die 20 Pfund Pulver geschickt. Aber sie hätten seinen Sohn bei sich behalten.

*Die glaubhaften Berichte von der Schlacht sprechen dann davon, daß der Überfall unmittelbar nach dem Augenblick einsetzt, als Graf Wolf von Stolberg von den Bauern mit einer Botschaft zu den Fürsten geschickt wird und in Sicherheit ist.*

## Einschub: Zwei Beispiele für Schadensersatzforderungen

*Schadensverzeichnis des Ritters Rudolf v. Hopfgarten, Juni 1525:*

Verzeichnis des Überfalls, der mir, Rudolf von Hopfgarten, freitags nach Quasimodogeniti – 28. April – anno 25 in Schlotheim in meine Behausung von denen von Mühlhausen und ihrem Anhang geschehen ist. Erstens an die 300 Scheffel Korn, der Scheffel auf 3 Gulden veranschlagt, macht in summa 900 Gulden. Ferner an die 50 Scheffel Weizen, der Scheffel für 3 Gulden, macht 150 Gulden. Ferner an die 70 Scheffel Hafer, der Scheffel für 24 Groschen, macht 80 Gulden. Ferner 80 Stück Rindvieh, davon 9 wieder erhalten, bleiben 41, jedes auf $2^1/_2$ Gulden veranschlagt, macht $102^1/_2$ Gulden. Ferner 325 Schafe, mit der Wolle weggenommen, macht in summa 323 Gulden 3 Groschen. Ferner 44 Hämmel, der Hammel mit der Wolle für 18 Groschen veranschlagt, macht 37 Gulden 15 Groschen. Ferner 182 Lämmer, das Lamm für 5 Schneeberger, macht summa 43 Gulden 7 Groschen oder Schneeberger. Dazu Lebensmittel, Kleider, Bettzeug, Schmuck, Waffen. Ferner alle meine Bücher, lateinische und deutsche, zerhauen und zerschnitten, die mit 60 Gulden nicht zu bezahlen sind. Ferner Hausrat, Ackergerät, Tuch und Garn. Summa summarum 3509 Gulden 1 Groschen.

Die Fürsten von Sachsen, Braunschweig und Hessen haben beim Anmarsch das Lager ihrer Gnaden bei Schlotheim geschlagen und fünf Nächte in und vor Schlotheim im Feld und Getreide gelegen, und was dort auf den Feldern und im Gehölz mir und den Meinen durch die Vernichtung der Frucht, nicht allein durch Abweiden, sondern durch Zertreten und Niedermachen, für Schaden geschehen ist, ist Ihrer Kurfürstlichen und Fürstlichen Gnaden, die es selbst gesehen haben, wohl bewußt, dazu auch, daß meine Untertanen überall geschädigt und ihnen ihr Hab und Gut genommen worden ist und daß ich hinfort durch das, was geschehen ist, meine gebührlichen Abgaben an Geld und Getreide, die Zinsen und dazu die gebührlichen Dienste, wovon ich mich und meine armen Kinder ernähren soll, nicht bekommen kann. Dieser Schäden und Rechtsverletzungen Verursacher

Plünderung des Klosters Weißenau, Federzeichnung 1526

sind in allem die von Mühlhausen, und ich veranschlage und erachte den Verlust auf an die 2000 Gulden, wofür sie, wie für das obige, Erstattung und Ersatz zu tun schuldig sind . . .

*Schadensverzeichnis des Klosters Volkenroda auf dem Eichsfeld, wohl Juni 1525:*
Aufstellung des unersetzlichen Schadens, der von denen von Mühlhausen und ihrem Anhang am Donnerstag nach dem Tag Sankt Georgs – 27. April – im 1525. Jahr dem Stift Volkenroda geschehen und widerfahren.
Erstens sind die von Mühlhausen samt ihrem Anhang am genannten Tage zu früher Stunde um 6 Uhr aus lauter Mutwillen bewaffnet mit tödlichen Waffen feindlich in den Obrigkeits- und Gerichtsbereich des Stifts Volkenroda mit einem Feldfähnlein gezogen, haben die armen Leute zu Körner, des Klosters Untersassen (die ihnen im Wege gelegen) gezwungen, gegen ihren eigenen natürlichen Erbherrn, den Abt, Herrn und Prälaten des Stifts Volkenroda, zu dessen Verderben mitzukommen. Danach sind sie zum Stift gezogen, haben den Abt und seine Mitbrüder (die mehr zum Gottesdienst als zur Wehr geeignet sind) in die Flucht gejagt, das Kloster mit großen Ungestüm erobert und eingenommen.
Zum zweiten hat der gottlose Haufe des verblendeten Volks seinen Schöpfer und die eigene Vernunft, Zucht und Tugend vergessen, das hochwürdige Sakrament des Altars, den wahren Leichnam unseres Herrn (der in der Gestalt des Brotes verborgen ist) unchristlich ergriffen und mit großer Lästerung ausgestreut.
Darauf haben sie sich drittens aus Eingebung des Teufels den toten Körpern und Gebeinen der Auserwählten Gottes zugewandt und mehr als 7000 Partikel der Reliquien und 12 ganze Häupter der 11000 Jungfrauen in das Münster verstreut, sie zerbrochen und zum Teil verbrannt, auch 28 Altäre in grundlosem Unterfangen zerstört und ganz zerbrochen, 26 pergamentene Meßbücher zerhauen, alles Gestühl, alle Gaben und Kisten bei den Altären des Münsters, der Kapellen und Klausen zerbrochen.
Auf daß auch dieser Gotteslästerer Haß und Neid, den sie zum Gottesdienst in allen Dingen tragen, der ganzen Welt

offenbar werde, haben sie zum vierten den Schmuck der Kirche tyrannisch und grimmig angegriffen, ein kostbares Tafelbild des Hochaltars, acht geschnitzte und im übrigen flach gemalte Bilder, alle Kruzifixe und Skulpturen in großer Anzahl, das Chorgestühl zerhauen und verbrannt, eine schöne Orgel und eine große Turmuhr zerstört, alles Schmiedeeisen als Raub nach Mühlhausen gebracht.
Danach haben sie 10 Fenster, die fein verglast waren, und weitere 18 große und kleine Fenster im Münster, den Kreuzgang, der überall mit schönen, kostbaren Bildern versehen war, auch die Pfosten und Maßwerke zerschlagen, alles Blei und Schmiedeeisen mit nach Mühlhausen genommen. Danach haben sie sich freventlich unterstanden, die Heilige Schrift und das Wort Gottes zu vertilgen, haben die eiserne Tür vor der Bibliothek geöffnet, in der mit vielen Büchern eine löbliche Erinnerung unserer Vorfahren, zum größten Teil auf Pergament geschrieben, aufbewahrt wurde, und alles jämmerlich und elend vernichtet. Sie haben das Schlafhaus der Mönche, die Küche, den Speisesaal der Herren, die Abtei und das Gemach des Stiftsherrn und Prälaten durchstürmt, alles zerschlagen und zum Teil verbrannt, in die Teiche geworfen oder nach Mühlhausen geführt, besonders viele Bücher, Briefe, Register, Verschreibungen und Verträge, an denen dem Kloster nicht wenig gelegen ist.
Etliche Rotten haben sich an Wein, Bier und Kuchen gehalten, den Keller des Herrn und des Konvents geöffnet, darinnen 34 Faß nordhäuser, mühlhäuser, duderstädter und volkenroder Bier samt drei Faß Wein ausgetrunken, verschüttet oder in das Lager nach Germar gebracht. Alle Gebäude des Klosters, auch Wirtschaftsgebäude und Werkstätten, sind ausgeraubt und zerschlagen worden, alle Böden ausgeschlagen, die Träger und Dachstühle und etliche Balken weggeschafft. In Boden, Körner und Osterkörner, den drei Schäfereien des Klosters, haben sie 2000 Schafe mit der Wolle genommen, dazu andere Vorräte geraubt und nach Mühlhausen gebracht, die Teiche in Osterkörner abgelassen und ausgefischt, nicht wenig Schaden an Damm und Schleuse getan, die Wiesen und den Wald des Klosters verdorben oder zu verderben befohlen und endlich den Hof Osterkörner bis auf den Grund verbrannt.
Schließlich haben die von Mühlhausen samt ihrem Anhang

in dem Stift Volkenroda alle Gebäude beschädigt, alle Türen, Pfosten und Angeln, die Fenster nicht ausgenommen, auch die Bedachung zerstört und so dem Stift einen unersetzlichen Schaden zugefügt. Summa sumarum ist gleich 7531 Gulden.
Dieses Verzeichnis ist zu Ehren und Wohlgefallen Eurer Kurfürstlichen und Fürstlichen Gnaden auf das Geringste veranschlagt, mit der demütigen Bitte, daß an dieser Aufstellung nichts abgestrichen werde in Anbetracht, daß vieles, was täglich noch als fehlend bemerkt wird, hier nicht aufgeführt wurde.

*In einer ersten Übersicht über die Schäden hatten Abt und Konvent Herzog Georg die Summe von 60000 Gulden genannt.*

## Die eingeschlossenen adligen Gegner

*Der entschieden feindliche katholische mittlere und niedere Adel, gegen den sich auch – zum Beispiel in der Person Ernsts von Mansfeld – ganz besonders die Aktionen der Aufständischen richten, muß sich schon in den letzten Apriltagen auf wenige, gut befestigte Schlösser zurückziehen.*

Schloß Heldrungen, Kupferstich, 1645 (Ausschnitt)

*So haben sich am 2. Mai bereits mehr als ein Dutzend Ritter und Edelleute in Ernst von Mansfelds Wasserschloß Heldrungen gerettet; der Graf schreibt an diesem Tag an Herzog Georg:*
Euer Fürstlichen Gnaden Untertanen, die zu mir geflüchtet sind, habe ich aufgenommen, und wir haben uns verpflichtet

– wie es sich gebührt –, lebendig und tot zusammenzubleiben und das Haus so lange wie möglich zu halten. Denn es ist nicht nur mir, sondern auch und zuallererst Euer Fürstlichen Gnaden an diesem Haus viel gelegen, denn sollte es erobert werden, so würde das dem ganzen Land zum Nachteil gereichen. Wenn es aber gehalten wird, so könnte das Fürstentum von diesem Ort aus, wenn es sonst nicht geschehen kann, wieder erobert und zu Gehorsam gebracht werden. Solches zu bedenken, und auch, daß ich von Euer Fürstlichen Gnaden belehnt bin und besonders dieses Haus von Euer Fürstlichen Gnaden mir zum Lehen verliehen ist, ist meine untertänige Bitte, Euer Fürstlichen Gnaden mögen mir daher 2 Fähnlein Knechte und 200 Reiter zu Hilfe schicken. Dann hoffe ich, das Haus zu halten und über mögliche Belagerer zu siegen.

*Müntzer hatte die strategisch wichtige Lage von Heldrungen und die Bedeutung eines Sieges über Ernst von Mansfeld früh erkannt; noch auf der Folter hebt er den Plan zum Angriff besonders hervor:*

Bekennt, wenn er das Schloß Heldrungen erobert hätte, wie er mit seinem Anhang vorgehabt habe, so hätte er Graf Ernst das Haupt abschlagen wollen . . .

*Aber auch Herzog Georg schätzt die Bedeutung des Wasserschlosses hoch ein und befiehlt in einem Ausschreiben der thüringischen Ritterschaft, gerüstet nach Heldrungen zu kommen; am selben Tage, dem 4. Mai, sichert er Graf Ernst den baldigen Anmarsch des ganzen sächsischen Heeres zu.*

*Am nächsten Tag schon antwortet ihm Ernst von Mansfeld von Heldrungen aus:*

Ich habe Euer Fürstlichen Gnaden Schreiben erhalten, befürchte aber, daß von den hierher Befohlenen der kleinste Teil kommen wird. Denn die Grafen und der größere Teil vom Adel haben fast alle zu dem Haufen geschworen, so Graf Günther von Schwarzburg der Jüngere, Graf Ernst von Hohnstein, 3 Grafen von Gleichen, Graf Boto von Stolberg selber oder einer seiner Söhne. Euer Fürstlichen Gnaden wollen mir doch wenigstens ein Fähnlein Fußknechte, das bis morgens oder längstens bis Sonntagmittag hier sein soll, zuschicken und ohne Verzug diejenigen, die Euer Fürstliche

Gnaden sonst noch schicken wollen, aufs Eiligste auch folgen lassen.
*Zwei Nachschriften legt er noch in Eile bei:*
Euer Fürstliche Gnaden dürfen sich hier auf keine Hilfe oder Zuzug verlassen, außer auf das, was meine Brüder und Vettern und die vom Wendelstein tun können. Wenn Euer Fürstliche Gnaden dann kommen, wird es nötig sein, den Wendelstein zu besetzen; denn es sind jetzt nicht mehr als 30 Personen droben. –
Gnädiger Herr, der Bauern und anderer, die mit ihnen sind, sind es an 22000; davon liegen 17000 vor Rusteberg auf dem Eichsfeld und die anderen zu Frankenhausen. Ich muß sie jede Stunde erwarten; denn die, die auf dem Eichsfeld liegen, werden vielleicht heranziehen, wenn sie ihre Sache dort ausgerichtet haben.

*Müntzer kann, gegen die kurzsichtigen Aktionen der gemäßigten Kräfte um Heinrich Pfeiffer, den Haufen auf dem Eichsfeld nicht zum Zug nach Heldrungen gewinnen. Er muß sich damit abfinden, daß ein Teil nach Frankenhausen geht, die meisten nach Mühlhausen zurückkehren.*

*Dennoch fürchtet Graf Ernst täglich die Belagerung durch die Aufständischen. Am 6. Mai schickt er erneut ein Hilfegesuch an Herzog Georg nach Leipzig:*
Da aber, wie ich gestern geschrieben habe, die hierher Befohlenen schwerlich kommen werden, bitte ich nochmals, mir schleunigst Reiter und Fußvolk zu senden. Wenn das geschieht, kann man das Haus besetzen und daneben Euer Fürstlichen Gnaden Befehlen nachkommen; wenn nicht, so ist mir das bei unserer geringen Zahl unmöglich. Denn wenn man etwas anfinge und mit Schanden davon lassen müßte, weil wir nicht stark genug sind, wäre das zum Nachteil Eurer Fürstlichen Gnaden und uns unrühmlich. Wird mit der Sendung gesäumt und sollte sich das versammelte Volk, wie das Gerücht geht, vor mich lagern, so könnte ich Euer Fürstlichen Gnaden keine Botschaft mehr senden, vielweniger Euer Fürstlichen Gnaden mir eine zuschicken. Es müßten Euer Fürstliche Gnaden es unternehmen, wenn es so verliefe, auf daß ich überhaupt entsetzt würde, was ich erwarte und worauf ich mich tröstlich verlasse, den Haufen

mit Gewalt zu schlagen, was vor der Belagerung leichter fiele.

*Wieder legt der Graf zwei Nachschriften bei:*

Wenn Euer Fürstliche Gnaden in 4 Tagen keine neue Botschaft von mir bekommen, so nehmen Euer Fürstliche Gnaden an, daß ich belagert werde; und Euer Fürstliche Gnaden mögen dann nicht unterlassen, mich zu entsetzen, was ich auch tröstlich erwarte. –

Ich werde von denen, an die Euer Fürstliche Gnaden geschrieben, ohne Hilfe bleiben. Deshalb mögen Euer Fürstliche Gnaden nicht säumen, aufs Schnellste mir mit aller Macht zur Rettung zuzuziehen. Ich will mit denen, die ich bei mir habe, – so Gott will – aushalten, so viel als möglich und so viel wir mit Leib und Gut vermögen. Wir hoffen, Euer Fürstliche Gnaden werden uns auch nicht verlassen. Hätten Euer Fürstliche Gnaden mir nur 2 Fähnlein Knechte und 200 Reiter, wie jüngst erbeten, geschickt, wäre es dazu nicht gekommen.

*Ernst von Mansfeld ist in Angst: Mehrere Adlige geben ihm zu erkennen, daß sie sich auf scharfe Drohungen hin den Forderungen der Aufständischen beugen müssen. Und der Frankenhäuser Haufen schickt am 6. Mai einen Brief nach Heldrungen, der den Angriff ankündigt:*

Graf Ernst von Mansfeld, wir haben euer Schreiben nochmals gelesen und lassen es bei der vorigen Antwort. Daß ihr aber weiter angebt, wir wären euch, ungeachtet unseres Ehrenwortes, in eure Herrschaft eingefallen, wie es denn euer Schmähbrief weiter ausweist, haben wir genau erwogen; und ihr könnt euch wohl erinnern, wessen ihr mehrfach angeklagt seid, daß ihr denen von Ringleben ihre Schafe wider Gott, Ehre und Recht genommen habt und sie noch zum täglichen Nutzen bei euch habt. Dann habt ihr auch wider Gott und sein heiliges Wort des Evangeliums gehandelt, einen frommen Christenmann um des christlichen Glaubens willen in Artern vom Leben zum Tode gebracht, auch die Euren von Christus und seinem göttlichen Wort ferngehalten. Wir hätten von euch solche unchristlichen Taten nicht erwartet. Nun merken wir wohl, daß es euch eine kleine Strafe von Gott dünkt. Wie aber euer gewalttätiges, unchristliches Handeln die christliche Gemeinde schädigt, könnt ihr wohl ersehen, können und wollen wir euch aber vor der christlichen, strengen Strafe nicht schreiben. Die ganze christliche Versammlung wird sich von euch und eurer Herren und Freunde Drohen nicht verjagen lassen. Es ist auch nicht nötig, besondere Verwahrung dagegen einzulegen, daß man gegen unchristliche und gottlose Tyrannen vorgeht. Denn Gott hat solchen unchristlichen Tyrannen, wenn er sie strafen oder strafen lassen will, kein Ziel noch Maß gesetzt. Darum können wir euch nicht trösten. Wir wollen aber, wenn Gott will, allen ungläubigen Tyrannen mit dem Wort und der Hilfe Gottes wohl zuvorkommen. Das wollen wir euch, ohne lange zu disputieren, nicht verbergen. Danach habt euch zu richten.

*Aber der Frankenhäuser Haufen marschiert am 8. Mai bei einem Streifzug an Heldrungen vorbei, (vgl. Karte S. 4). Unterbleiben Belagerung und Angriff nur wegen der starken Befestigungsanlagen und der großen Geschütze des Schlosses? Die Adligen fühlen sich keineswegs sicher. Setzen sich erneut die gemäßigten Hauptleute durch? Denn Müntzer ist noch in Mühlhausen.*
*Bevor Müntzer nach seiner Ankunft in Frankenhausen die Belagerung Heldrungens organisieren kann, rücken schon die fürstlichen Heere an. Den Bauern fällt nicht, wie die Grafen von Mansfeld gefürchtet hatten, das »beträchtliche und große Geschütz« des Schlosses in die Hände.*

## Das Vorgehen der Landesfürsten

*Das sächsische Herrscherhaus, das Geschlecht der Wettiner, hatte sich 1485 in zwei fürstliche Linien gespalten, die der Ernestiner – sie regierten nach der Teilung im Kurfürstentum Sachsen – und die der Albertiner, die im Herzogtum Sachsen herrschten.*
*Herzog Georg von Sachsen hatte die Ausbreitung der reformatorischen Lehre in den Fürstentümern seiner Vettern, des Kurfürsten Friedrichs und Herzog Johanns, und seines Schwiegersohnes, Landgraf Philipps von Hessen, sowie in den reichsunmittelbaren Gebieten in seinem Herrschaftsbereich mißbilligt und sie im eigenen Lande von Beginn an strikt zu verhindern gesucht. Die Entwicklung in Mühlhausen unter Müntzers Einfluß, die dort auch zu radikalen politischen Konsequenzen führt, nimmt Georg dann zum Anlaß, seinen*

*evangelischen Schwiegersohn Philipp zum gemeinsamen Vorgehen gegen das ›Ketzernest‹ aufzufordern. Die Verhandlungen der Räte beider Fürsten im Februar 1525 bringen nicht das von Georg erwünschte Ergebnis; Philipp muß annehmen, daß Georg mit den Aktionen die ganze reformatorische Bewegung zerschlagen und die alten, katholischen kirchlichen Verhältnisse wiederherstellen will. In langen Briefen setzen sich die beiden Fürsten über Glaubensfragen und die daraus abzuleitenden praktischen Folgen auseinander. Die Gegnerschaft bleibt bestehen, an gemeinsame Aktionen ist zunächst nicht zu denken.*

## *Operationen des hessischen Landgrafen*

*In der zweiten Aprilhälfte ist dann der Landgraf damit beschäftigt, die Erhebungen der Bauern in seinem Herrschaftsgebiet niederzuschlagen; durch die Aufstandszentren nahe der thüringischen Grenze wird er jedoch auf die Bedeutung Müntzers und der Mühlhäuser Ereignisse hingewiesen. Nachdem er am 25. April Alsfeld und am 28. April Hersfeld eingenommen hat, richtet er an Herzog Johann von Sachsen die Aufforderung, gegen Mühlhausen vorzugehen:*
Da auch noch ein Haufe zu Mühlhausen liegen soll, ist unsere Bitte, Euer Lieb mögen sich eilends rüsten und gegen

Hans Brosamer: Landgraf Philipp

einen der Haufen ziehen. Wir wollen dergleichen auch tun und uns schleunig nach Vacha und dann weiter, wie es Gott haben will, begeben. Darum mögen Euer Lieb hierin nicht säumen, damit die Haufen nicht zusammenkommen können.

*Der Landgraf schließt also nun koordinierte, wenn auch noch auf die jeweiligen Territorien der Fürsten konzentrierte Aktionen nicht mehr aus, ja er bietet Zuzug in den Herrschaftsbereich der benachbarten Regenten an – es zeichnet sich ab, daß die gegensätzlichen Interessen der Landesfürsten für kurze Zeit hinter der gemeinsamen Abwehr der Volkserhe-*

Feldlager, Holzschnitt von Erhard Schoen, Einblattdruck, 1535 (Ausschnitt)

*bung zurücktreten. Für seinen weiteren Kriegszug benötigt Philipp Verstärkung; er fordert die vertraglich gebundenen braunschweigischen Herzöge zum Zuzug auf. Am 10. Mai trifft dann Heinrich von Braunschweig, mit seinem Heer von Eschwege kommend, in Berka mit dem Landgrafen und dessen Söldnern zusammen. Gemeinsam ziehen sie weiter nach Salza und dann nach Frankenhausen.*

*Zunächst aber hat Philipp noch den Plan, Mühlhausen anzugreifen. Er erörtert das Vorhaben mit den Räten Herzog Georgs von Sachsen; das Protokoll der hessischen Kanzlei hält fest:*

Erstlich, daß seine fürstlichen Gnaden nicht finden kann, daß diese Empörung bald gestillt werden kann, wenn nicht Mühlhausen gestraft wird, weil diese Stadt Mühlhausen der Grund und Anfang aller dieser ungestümen Empörung ist und auch aller Zwist und Aufruhr daraus als aus der Quelle geflossen ist. Wenn sie deswegen nicht mit Strenge gestraft werden, so ist zu befürchten, daß sie, nachdem sie sich bereits in ihrem Vorhaben durch die schon erschlagenen Bauern berauscht und erhitzt haben, noch größeren Aufruhr anzetteln und manchen weiteren Schaden anrichten werden, besonders angetrieben dadurch, daß der fränkische Haufen auch noch nicht gestraft ist, der ihnen zu Hilfe kommen und zuziehen und sie weit stärker machen könnte. Darum ist seiner fürstlichen Gnaden schließlicher Rat, daß man die Stadt Mühlhausen des angefangenen, übeltätigen Aufruhrs wegen angreife, sie bedränge, damit sie gestraft oder wenigestens in Ernst oder Güte zu Verhandlungen, die den Fürsten annehmbar sind, gebracht und gezwungen werde.
Aber der Krieg mit der Reiterei, der vorgeschlagen, ist meinem gnädigen Herrn dem Landgrafen schwerlich annehmbar und zu bewilligen, weil seine fürstliche Gnaden 250 Reiter bei dem Schwäbischen Bund und 600 Reiter bei dem Pfalzgrafen, Kurfürsten etc., liegen haben. Wenn nun der fränkische Bauernhaufe sich heftiger empört, wie sie offenbar vorhaben, und die im Rheingau sich auch täglich mehren und zusammentun, so müssen seine fürstlichen Gnaden täglich in beträchtlicher Sorge um ihr Land und besonderes die Obergrafschaft stehen. Wenn aber durch die göttliche Gnade vorbestimmt ist, wie man doch nicht hofft, daß die Fürsten Mühlhausen mit allem Ernst nicht erobern oder strafen sollten, obwohl man sich darum bemüht hätte, so halten seine fürstlichen Gnaden für gut, daß zur Verhütung weiteren Aufruhrs an verschiedene Orten Reiter als Reiterei beordert und verlegt werden, die Streifzüge gegen die aufrührerischen Rotten und Ansammlungen der Bauern, auch derer von Mühlhausen, reiten sollen.
Wenn man aber Mühlhausen belagern und angreifen wollte, so müßten die Fürsten folgende Kriegsausrüstung an Mannschaft, Büchsen und anderen Erfordernissen haben:
Erstens die Fürsten von Sachsen und Hessen jeder 3000

Mann zu Fuß und dazu ihre Reiterei, die sich auch auf 3000 Pferde oder mehr belaufen wird. So kann man mit dem Heer zwei gewaltige Lager, wie es die Lage der Dinge erfordert, schlagen, weil sie nichts an Reitern oder Landsknechten oder Kriegsleuten in der Stadt haben.
Und das Geschütz, das dahin zu schaffen ist, müßte folgendes sein: Jeder Fürst 5 Kanonen und Belagerungsgeschütze und ungefähr zwei oder drei Feldgeschütze, dazu jeder Fürst 200 Zentner Pulver und soviel eiserne Kugeln, wie nötig werden, dazu jeder Fürst 300 Leute, die Belagerungsgräben ausheben, mit der zugehörigen Gerätschaft.
Zum anderen, wie eine gute Heeresführung und Kriegsordnung gehalten werden kann; dazu sieht mein gnädiger Herr Landgraf Philipp für notwendig und gut an, daß die Fürsten einen obersten Feldhauptmann für das ganze Lager über Reiter und Fußvolk ernennen und einsetzen, dessen Geboten und Verboten das ganze Heer Folge und Gehorsam zu leisten angewiesen wird. Und diesem sollte ein jeder Fürst zwei oder drei Kriegsräte zuordnen, die in allen Dingen der Abteilungen und anderer Sachen wegen, die nicht vor die Fürsten gehören, entscheiden und schlichten, womit man den obersten Feldhauptmann nicht belästigen soll, sondern es ihm abnehmen . . .
Auch ist zu bedenken, aus welchen Orten ein jeder Fürst den notwendigen Proviant bekommen und nehmen soll, damit dafür auch Mittel und Wege erwogen und vorbedacht werden.
*Der Zug Philipps durch fremdes Territorium muß bei den betroffenen Fürsten aber auch Bedenken auslösen, nicht zuletzt der Folgeerscheinungen wegen, die der Marsch von mehreren tausend Mann hat. So antwortet Johann, der nach dem Tod seines Bruders Friedrich die Kurfürstenwürde übernommen hat, am 8. Mai auf ein Gesuch des Landgrafen:*
Wir lehnen, Seiner Lieb zu Gefallen, es nicht ab – was den Durchzug durch unser Fürstentum und auch die Brandschatzung der unseren, die den Bauern gefolgt sind, betrifft – daß Seine Lieb sich bei unseren Dorfschaften Proviant verschaffen, aber diejenigen Städte, die sich wohl verhalten haben, sollen verschont bleiben. Der Brandschatzung wollen Seine Lieb sich enthalten, darum wollen wir Seine Lieb freundlich gebeten haben. Sondern solche fernere Bestra-

fung behalten wir uns vor. Auch mögen Seine Lieb mit Ihrem Kriegsvolk zu Vacha oder Gerstungen bleiben, solange bis wir uns mit unserem Vetter, Herzog Georg, dort vereinigt haben, wo wir zueinander stoßen wollen. Darüber werden wir zwischen heute und Donnerstag oder Freitag eine eigene Botschaft zugehen lassen.

*Wie sich das Heer auf seinem Zug versorgt, geht zum Beispiel aus dem Klagebrief eines Erfurter Bürgers an den Rat der Stadt hervor:*

Wiewohl ich mich bisher wie ein gehorsamer Bürger verhalten und gegen niemand empört habe, haben mir doch des Landgrafen Landsknechte und Reiter zwei Pferde mit Wagen und Geschirren, zwei Kühe, Bettzeug, Kleider und allen anderen Hausrat, 80 Gulden wert, aus meiner Pulverhütte zu Rotteleben, zwischen Bengeleben und Frankenhausen gelegen, genommen. Es ist deshalb meine untertänige Bitte, Eure Weisheit mögen für mich an den hochlöblichen Fürsten schreiben und bitten, daß seine fürstlichen Gnaden mir gnädige Erstattung dafür leisten möge, damit ich armer Mann nicht so unschuldig zu einem Bettler gemacht werde.

*Philipp zieht – offiziell mit der Begründung, aufständische Bauern aus Schmalkalden zu verfolgen – zunächst auf Mühlhausen zu. Erst als er von Müntzers Marsch nach Frankenhausen erfährt, wendet er sich dorthin.*

## *Der Briefwechsel der Regenten im Kurfürstentum Sachsen*

*Das Kurfürstentum Sachsen wird von der ernestinischen Linie des sächsischen Herrscherhauses regiert; Kurfürst Friedrich der Weise und Herzog Johann haben sich die Verwaltung des Landes geteilt, Friedrich residiert in Wittenberg, Johann in Weimar.*

*Als der Aufstand auch in ihrem Fürstentum um sich greift, liegt der vorsichtige, ja manchmal geradezu unentschlossene Kurfürst schon schwer krank in Schloß Lochau. Er schreibt am 14. April 1525 an seinen Bruder:*

Mit meiner Krankheit steht es unverändert, ich vermag gar nicht zu gehen. Es ist mir am vorigen Mittwoch ein solcher Schmerz in das rechte Knie gekommen, daß ich weder Tag noch Nacht Ruhe gehabt habe. Gott sei Lob, der Schmerz ist

Albrecht Dürer: Kurfürst Friedrich der Weise von Sachsen, 1524

zum Teil gelinder geworden. Um Gottes willen verdiene ich das und anderes mit meinen Sünden; er verleihe mir, diese seine gnädige Heimsuchung mit Geduld zu ertragen.
Euer Lieb wollte ich gern meine Erwägungen mitteilen, was den Fürsten zur Antwort sollte gegeben werden, aber Euer Lieb kennen meine Schwachheit. Und es ist das auch eine große Sache, daß man mit Gewalt vorgehen soll. Vielleicht hat man den armen Leuten zu solchem Aufruhr Ursache gegeben, besonders mit dem Verbot des Wortes Gottes. Und es werden die Armen vielfach von uns weltlichen und geistlichen Obrigkeiten belastet. Gott wende seinen Zorn von uns. Will es Gott so haben, so wird es darauf hinauslaufen, daß das gewöhnliche Volk regieren soll. Ist es aber sein göttlicher Wille nicht, und geschieht es nicht zu seinem Lobe, wird es bald anders werden. Laßt uns Gott um die Vergebung unserer Sünden bitten und es ihm anheimgeben, er wird es alles nach seinem Willen und Lobe wohl fügen. Ich finde, daß Euer Lieb und ich in der Sache so wenig als möglich unternehmen sollen und uns nicht unter die Geistlichen, die doch, wie ich befürchte, Euer Lieb und mir wenig Gutes gönnen, mischen. Um Gottes willen bitte ich, Euer

Lieb mögen mir mein unbedachtes Schreiben zugutehalten. Gott weiß, daß ichs treulich meine.

*Auch Herzog Johann neigt zunächst dazu, nichts Sonderliches gegen die Bauern zu unternehmen; am 24. April antwortet er seinem Bruder:*

Ich habe Euer Lieb Schreiben gelesen und wohlmeinend aufgenommen. Und die Krankheit Euer Lieb ist mir von Herzen leid, aber ich will zu Gott hoffen, der werde Euer Lieb ihre Gesundheit wiedergeben, was mich zu hören sehr erfreuen würde. Freundlicher lieber Herr Bruder und Gevatter, Euer Lieb laß ich wissen, daß sich das Bauernvolk ganz frech und übel anläßt in allen Landen, und ich befürchte, es sei bereits in Euer Lieb und mein Fürstentum gekommen. Der allmächtige Gott kann es und wird es abwenden nach seinem göttlichen Willen.

*Aber der Aufruhr verstärkt sich, und aus den angrenzenden Fürstentümern schicken Landgraf Philipp von Hessen und Herzog Georg von Sachsen mehrere Hilfegesuche zur Niederwerfung der Aufständischen; der Briefwechsel zwischen den Regenten des Kurfürstentums verdichtet sich. Am 25. April schreibt der Kurfürst:*

Es hat unser Vetter, Herzog Georg, gestern auch geschrieben und mitgeteilt, daß sich die von Mühlhausen und andere von seiner Lieb Untertanen und deren Verwandte unterstehen, Aufruhr und Empörung gegen seine Lieb anzufangen. Und er hat daraufhin gebeten, daß wir unsere Ritter und Reiter in Thüringen zu Roß und wohlgerüstet unverzüglich zu den seinen nach Weißensee beordern sollen, um derer von Mühlhausen Frevel und Gewalt, auch der Seinen Untreue und Ungehorsam zu unterbinden und strafen und künftiger Bedrängnis, die wir alle, auch unser Land und Leute, davon zu erwarten hätten, zuvorkommen zu helfen etc.

*Der Herzog läßt noch am nächsten Tag die Aufforderung an die zum Waffendienst verpflichteten Untertanen ausgehen, ihm zuzuziehen. Er kommt damit der Entscheidung seines Bruders zuvor, dessen Behutsamkeit er vielleicht überspielen will. Denn erst am folgenden Tag, dem 27. April, gibt er die Absicht zu erkennen, den Adel zu sich zu fordern, um mit Waffengewalt gegen die Aufständischen vorzugehen:*

Wenn dem Volk nicht gewehrt wird, könnten die Dinge überhand nehmen. So wollen wir Euer Lieb nicht verschweigen, daß wir willens sind, Aufgebot ausgehen zu lassen und die vom Adel und den Städten auf einen bestimmten Tag, nämlich auf Sonntag Jubilate (7. Mai) bei uns und an anderen Orten, die wir ihnen nennen werden, gerüstet erscheinen zu lassen. Wenn sich nun in der Zwischenzeit der Aufruhr nicht stillen und beruhigen sollte, obwohl wir zu Gott hoffen und auf jede Weise versuchen wollen, daß es in Güte zu stillen sei, dann werden wir, so erfordert unseres Erachtens die Not, mit Gewalt dagegen vorgehen, so viel Gott Gnade verleiht, damit es nicht überhand nehme, wie sonst zu befürchten ist. Und wiewohl wir Euer Lieb Ihres Gebrechens wegen mit diesen Sachen am liebsten unbehelligt gelassen hätten, so haben wir doch Euer Lieb davon Mitteilung zu machen nicht unterlassen können, weil die Sachen so beschwerlich werden und täglich weiter einreißen.

*Herzog Johann stellt sich jetzt auf gezielte Aktionen gegen die Aufständischen ein und unternimmt nun auch seinerseits erste Schritte, um das Vorgehen mit den Nachbarfürsten abzustimmen; ebenfalls am 27. April schreibt er an Landgraf Philipp von Hessen:*

Wenn wir die Dinge nicht in Güte, wie wir doch versuchen wollen, zu stillen vermögen, will die Not erfordern, unverzüglich dagegen vorzugehen, wie wir denn mit Hilfe Euer Lieb und anderer unserer Herren und Freunde durch Gottes Gnade solches erfolgreich zu tun verhoffen. Wir bitten darum aufs Freundlichste, Euer Lieb mögen gut auf die Dinge in Ihrem Lande achten und, wo es irgend möglich ist, sich nicht aus Euer Lieb Fürstentum und Land begeben, sondern daheim gerüstet bleiben. Wenn es aber Euer Lieb vornähme, sich außer Landes zu begeben, bitten wir, Euer Lieb mögen es so zurücklassen, daß wir wenigstens 200 Reiter in Euer Lieb Fürstentum haben, die uns auf ein Ersuchen hin, wenn es die Not erfordert, zu Rettung und Hilfe zuziehen könnten.

*Kurfürst Friedrich empfiehlt noch einmal seinem Bruder, eine gütliche Stillung der Unruhen zu versuchen, und meint zu den eingegangenen Meldungen über Aufruhr:*

Uns befremdet auch, daß Hans von Berlepsch und der Schultheiß zu Eisenach Euer Lieb nicht schreiben, was denn der Bauern Aussage, Klage und Beschwerde sei. Deshalb meinen wir, es wäre nicht ungut, daß man zu ihnen schickte und von ihnen anhörte, was sie anführen und weshalb sie sich Euer Lieb und unsrethalben beschweren, so daß man vielleicht Wege und Mittel fände, die Empörung dadurch zu stillen. Und daß man vor allen Dingen Gott den Allmächtigen um seine Gnade anrufe und bete, daß diese beschwerlichen Vorfälle ohne Blutvergießen und Zutun anderer gnädiglich abgewendet und gestillt würden. Wir lassen uns auch Euer Lieb Vorschlag, daß denen vom Adel und von den Städten geschrieben werde, in Bereitschaft zu sein, nicht übel gefallen, und daß sie durch Gottes Gnade das abzuwenden helfen, was man vielleicht gegen Euer Lieb und uns unbillig und unbegründet unternehmen wollte. Und wir bitten freundlich, Euer Lieb mögen entschuldigen, daß wir diesen unseren Rat nicht besser zu geben vermögen. Denn es sind beschwerliche Sachen, die zu unseren Lebzeiten nicht vorgefallen sind, und wir sind so mit Krankheit beladen. Und es dünkt uns, wie oben steht, noch das Beste, daß man Gott um seine Gnade bitte, der ist der rechte Hausvater, der es auch ohne Zweifel nach seinem Willen, damit Blutvergießen und dergleichen Übel zuvorgekommen wird, zum Besten fügen wird.

*Zwei Tage später schreibt Friedrich den letzten eigenhändigen Brief, worin es heißt:*

Ich habe keinen Zweifel, Euer Lieb sei meine Krankheit leid. Aber ich weiß Euer Lieb nicht zu verschweigen, daß ich je länger desto schwächer werde. Ich habe in 8 Tagen wenige Stunden Ruhe gehabt, weder tags noch nachts. Ich kann das Wasser, daß ichs mit Anstand schreibe, nicht recht lassen, ich mag nicht essen, ich schlafe schlecht. Doktor Auerbach ist bei mir, der tröstet mich, der allmächtige Gott werde mir helfen.

Der Aufstand der armen Leute ist schrecklich zu hören, Gott wende es ab uns allen zu Gnaden . . .

*Am gleichen Tag richtet Herzog Johann ein neues Schreiben an seinen Bruder, worin er ausführlich über die Entwicklung des Aufstands berichtet und den Mißerfolg seines Ausschreibens andeutet:*

Ich möchte gern Reiter haben, aber es ist niemand von denen gerüstet, denen ich geschrieben habe, sie bleiben zum

größten Teil aus. Gott sei es geklagt. Freundlicher Lieber Herr Bruder und Gevatter, ich habe Sorge, Euer Lieb und ich seien nun verlorene Fürsten. Es ist ohne Zweifel der Wille Gottes. Ich habe die Abgaben für Euer Lieb und mich zum größten Teil erlassen müssen. So wird Euer Lieb und mein Einkommen schmal werden. Euer Lieb will ich auch als meinem lieben Bruder klagen, daß ich nicht weiß, wie ich meinen Kredit auf der Ostermesse erhalten soll; es ist mir wahrlich leid, daß weiß Gott in Ewigkeit . . .
Wenn Euer Lieb doch einen Weg ausdenken könnte, wie ich das Geld, das zu Nürnberg zur Hilfe gegen die Türken ungenutzt liegt, hierher bekommen kann, will ich Euer Lieb dies freundlich vergelten.
*Am 1. Mai schreibt Herzog Johann an seinen Bruder in einem langen Brief unter anderem:*
Der Zehnte ist im ganzen Land zu Franken zur Verhütung weiteren Aufruhrs abgeschafft. Es haben jetzt etliche Städte unerlaubt das kleine Maß abgeschafft, und ich befürchte, wir werden überall darauf verzichten müssen.

*Am 2. Mai bittet Herzog Georg von Sachsen den Kurfürsten noch einmal dringend um Zuzug nach Leipzig oder um ein Treffen der Räte der Fürsten an einem günstigen Ort zu Beratungen; der Kurfürst läßt die Aufforderung an seinen Adel, sich zu rüsten, zusichern und teilt das auch seinem Bruder mit.*
*Am 4. Mai, dem Tag vor seinem Tode, diktiert er noch zwei Schreiben an Herzog Johann; in dem einen rät er:*
Des Aufruhrs und der Empörung wegen sind wir zu Gott der Hoffnung, die Leute werden keinen Grund haben, gegen Euer Lieb und uns bei diesem ihrem mutwilligen Vorhaben zu verharren oder etwas weiteres Beschwerliches zu unternehmen. Und es deucht uns, wie wir Euer Lieb schon zuvor geschrieben haben, daß man jemand, der bei ihnen Ansehen hat und dem sie glauben und vertrauen, in Güte mit ihnen verhandeln lassen sollte, daß diese beschwerlichen und betrüblichen Sachen, so Gott will, in Güte gestillt und die Leute zufriedengestellt werden. Dazu werden Euer Lieb, durch Gottes Gnade, wohl Wege und Mittel finden, die dienstlich sind.
*Und in dem anderen, konkreter:*
Ich kann Euer Lieb jetzt, weil ich in Gottes Gewalt und

Willen liege, wenig oder gar nichts helfen, obwohl ich es mit Willen gerne täte. Wenn Euer Lieb in Franken mit dem Zehnten, den Euer Lieb erlassen haben, unter dem Volk etwas Beruhigung und Gehorsam bewirken konnten, so wäre das auch an anderen Orten nicht übel getan. Unser Herrgott wird es Euer Lieb und mir ohne Zweifel auf anderen Wegen reichlich und gnädiglich wiedergeben.

*Am 5. Mai stirbt Friedrich. Einen Tag später tritt Johann das Amt des Kurfürsten an.*
*Luther teilt seinem Schwager Johann Rühl, mansfeldischer Rat, später mit:*
Mein gnädigster Herr, der Kurfürst, ist an dem Tag, als ich von euch Abschied genommen, zwischen fünf und sechs Uhr, fast zu der Zeit, als Osterhausen verwüstet wurde, mit sanftem Sinn, frischer Vernunft und Verstand verschieden, hat das Sakrament in beiderlei Gestalt genommen und keine Ölung. Ist auch ohne Messen und Vigilien von uns, und doch fein herrlich bestattet worden. Man hat etliche Steine in seiner Lunge gefunden und vor allem drei in seiner Galle (was wunderlich ist), fast wie Vierlingsgroschen groß und so dick, wie ein kleiner Finger dick ist. Er ist auch an den Steinen gestorben, aber man hat keinen in seiner Blase gefunden.
Vom Aufruhr hat er noch nicht viel gewußt, hat aber seinem Bruder geschrieben, er solle es ja vorher auf alle Weise in der Güte versuchen, ehe ers zur Schlacht kommen lasse. Ist also christlich und selig gestorben. Das Zeichen seines Todes war ein Regenbogen, den wir, Philipp und ich, in der Nacht im vorigen Winter über Lochau sahen; und ein Kind hier zu Wittenberg, ohne Kopf geboren, und noch eines mit verdrehten Füßen.
*Der neue Kurfürst ändert sehr bald sein Verhalten gegenüber der Erhebung. Zwar hatte er schon am 2. Mai, auf die Bitte Herzog Georgs um Hilfe hin, Verhandlungen über das weitere Vorgehen vorgeschlagen. Aber erst nach dem Tod Friedrichs kommt es, auf Vorschlag Herzog Georgs, in Naumburg zu Verhandlungen der Räte, und vor allem sieht sich Kurfürst Johann erst jetzt zu militärischen Aktionen gezwungen: Der hessische Landgraf ist, zusammen mit den braunschweigischen Herzögen, im Begriff, nach Thüringen einzumarschie-*

*ren, Herzog Georg kündigt seinen Aufbruch von Leipzig an – wenn der Kurfürst nun noch zurücksteht, ist zu befürchten, daß sich nach einem Sieg der Fürsten die Machtverhältnisse zu seinen Ungunsten verändern. So meldet er seinem Gegner nicht nur in Glaubenssachen, dem Vetter Georg von Sachsen, zum einen den Stand der Rüstung, zum anderen erklärt er auch seine Bereitschaft zu gemeinsamen militärischen Aktionen. Und bereits am 8. Mai, am dritten Tag seiner Regentschaft, sucht er in einem neuen Schreiben die Heerzüge der Fürsten zu koordinieren; er hatte dazu bereits einen seiner Räte ins hessische Lager gesandt.*
*Aber erst zehn Tage später bricht Johann mit seinem Heer von Weimar auf; die Schlacht von Frankenhausen ist dann schon geschlagen.*

## *Anstrengungen Herzog Georgs von Sachsen*

*Von den Landesfürsten der thüringischen Gebiete ist Herzog Georg von Sachsen als erster entschlossen, die sich anbahnende Erhebung niederzuwerfen. Schon am 27. April teilt er Philipp von Hessen mit, er habe seine waffenfähigen Untertanen aufgefordert, sich gerüstet bereitzuhalten; Georgs machtpolitisches Konzept geht darauf hinaus, die reformatorische Lehre für die Unruhen verantwortlich zu machen; die mit Glaubensfragen legitimierten innerdeutschen Kriege kündigen sich an. Vorerst braucht Georg jedoch die Unterstützung seiner evangelischen Nachbarfürsten und hält deshalb die offenen Kontroversen zurück:*
Wir haben Euer Lieb Schreiben heute empfangen und wollen Euer Lieb nicht verbergen, daß wir, bevor uns Euer Lieb Brief erreicht hat, bereits allen unseren Untertanen aufgehoben haben, wozu uns am meisten die gefährlichen Geschehnisse bewogen haben, die sich jetzt draußen im Oberland durch die Bauernschaft, die sich christliche Versammlung nennt, ereignen. Dazu haben die lutherischen Prediger nicht wenig Anlaß gegeben, die das Evangelium so lauter und klar gepredigt haben, daß man es hätte greifen können, daß es die Frucht, die man jetzt vor Augen hat, bringen muß. Wir wären auch wohl geneigt gewesen, Euer Lieb deshalb aufzusuchen und aufmerksam zu machen. Dieweil wir aber aus Euer Lieb vorigem Schreiben entnommen haben, daß Euer Lieb dieser Auslegung des Evangeliums so fest anhän-

gen, daß es Euer Lieb auch nicht recht hat leiden können, daß wir mit Worten oder Werken dagegen angehen, so haben wir es für das Beste gehalten, es zu unterlassen. Es ist ja leider dazu gekommen, daß unser viele im Reich eine Regierung weder von Papst noch von Kaiser – weder in geistlichen noch in weltlichen Belangen – dulden wollen,

Lucas Cranach d. Ä.: Herzog Georg von Sachsen, Anfang 16. Jh.

sondern daß wir uns selber für so geschickt halten, daß wir sie regieren wollen; so wird Gott über uns verhängen, daß wir von weggelaufenen Mönchen und irrigen Bauern regiert werden. Darum und weil jetzt an vielen Grenzen unseres Landes diese Plage sich ausweitet und Euer Lieb uns Ihre Bedenken anzeigen, so wollen wir Euer Lieb nicht verbergen, daß uns ebensosehr nötig sein wird, auf diese Sache zu achten, wie Euer Lieb. Und besonders weil wir (gottlob) dieser Sache stets entgegen gewesen sind, ist zu befürchten, daß man nach uns und den Unseren mehr trachten könnte

als nach den anderen. Und wir meinen, wenn die armen Leute nicht des Meineids und der Schädigung des Nächsten wegen herangezogen werden, so wird dieser Aufruhr anhalten. Deshalb ist unsere freundliche Bitte, Euer Lieb mögen das uns, als dem Schwiegervater und Freund, nicht entgelten lassen, daß wir dem lutherischen Evangelium nicht anhängen und es nicht gern gesehen haben, daß man nicht hält, was man glaubt und schwört, es sei von Gott oder den Menschen festgesetzt, und Euer Lieb mögen uns behilflich sein und beistehen, wie Euer Lieb es auch von uns gern haben wollte. Wenn Euer Lieb oder die Ihren gegen alles Recht bedrängt oder angegriffen werden sollte, gedenken wir Euer Lieb unsere freundliche Hilfe, so viel wir vermögen, nicht zu versagen.
*Nachschrift:* Wir haben auch bereits in unserem Land befohlen, wenn einer dieser Aufwiegler in unser Land kommen sollte, ihn in Gewahrsam zu nehmen. Wir finden auch, daß – wenn die lutherischen Prediger mit ihren Worten so mächtig sein sollten, daß Volk wieder zu befrieden, daß sie so leicht zum Aufruhr bewegt haben – es gut wäre, ihnen zu befehlen, das zu tun; wenn sie es aber nicht täten, sollten sie entsprechend bestraft werden.
*Seinen Befehl an Adel und Städte, sich zu rüsten, läßt Georg gedruckt am 28. April ausgehen:*
Edler Rat und lieber Getreuer. Nachdem jetzt im heiligen Reich an verschiedenen Orten von den einfachen Leuten und dem Bauernvolk große Versammlungen, Empörung und Aufruhr gegen die geistlichen und weltlichen Obrigkeiten erregt worden sind, von ihnen auch einige tätliche Angriffe unternommen worden und wir gewarnt sind, daß ein Haufen Bauern im Stift Fulda und der Umgegend sich versammelt hat und vorhaben soll, auf das thüringische Fürstentum zuzuziehen, wodurch zu befürchten ist, daß sie die Unseren auch zu Ungehorsam und solchem Aufruhr anreizen könnten, und weil nun die Lage erfordert, diesen Ereignissen vorzubeugen, damit unser Land und Leute nicht dermaßen in Verderbnis geraten, und weil wir befinden, daß den Leuten, wenn sie etwas unternehmen, nicht besser als mit einem Reiterheer widerstanden werden kann, so haben wir unsere Ritterschaft in Thüringen mit ganzer und bester Rüstung eilend aufgeboten und Herrn Apel von Ebeleben

und Sittich von Berlepsch als oberste Hauptleute eingesetzt, bis wir anderes befehlen oder selbst erscheinen, um den fremden Leuten, wenn sie unser Land angreifen oder in es einbrechen, oder auch den Unseren, wenn sie sie zu Ungehorsam und Aufruhr hinreißen lassen, mit Strenge und Gewalt entgegenzutreten. Deshalb ist unser gnädiges Begehren, daß ihr mit ganzer und bester Rüstung euch mit den Euren zu Pferde in Bereitschaft haltet. Und wenn ihr erfahrt, daß irgendein Angriff, Aufstand oder Aufruhr in unserem Fürstentum von fremden oder von unseren Leuten unternommen wird, was ihr auch genau erkunden sollt, alsdann eure Reiter aufs Schnellste der übrigen Reiterei zuzuschicken, um solch verderbliche Vorhaben, Land und Leuten zugute, abzuwenden, und auch darin gutwillig zu erweisen.

*Georg verläßt am 1. Mai seine Residenz Dresden und zieht nach Leipzig. Er hat den Befehl zur Anwerbung von Landsknechten in seinem Land gegeben; aber die Ergebnisse sind überaus dürftig. Zwar schreibt Georgs Bruder, Herzog Heinrich, der das erzgebirgische Gebiet in Freiberg verwaltet, am 3. Mai, er sende 200 Knechte:*

Wir haben Euer Lieb Schreiben entnommen, daß sich im ernestinischen und albertinischen Thüringen Aufruhr erhoben, daß viel tausend Bauern etliche Klöster geplündert, Adlige teils auf ihre Seite gezwungen, teils verjagt und deren Weiber aus dem Kindbett getrieben haben und daß Euer Lieb sich vergangenen Montag aufgemacht haben, um dorthin zu ziehen. Wir schicken Euer Lieb auf Ihr Begehren hiermit 200 Knechte, so geeignet wir die unter den Bürgern und anderen, die zum Teil nicht Bürger sind, in Freiberg in solcher Eile haben aufbringen können. Wir haben einem jeden für den Weg nach Leipzig einen Gulden auf die Hand gegeben und aufgrund von Euer Lieb Schreiben, daß sie dort ihren Sold erhalten würden, mitteilen lassen, doch daß ihnen der Gulden, den sie zuvor hier in Freiberg erhalten, abgezogen würde. Außerdem haben wir ihnen unseren Hofdiener und lieben getreuen Balthasar von Langenberg als Hauptmann zugeordnet mit der Instruktion, ihm auch ferner Gehorsam zu leisten, wenn Euer Lieb ihm weitere Befehle erteilt.

*Nachschrift:* Die 200 Gulden, die wir diesen Knechten gegeben haben, werden Euer Lieb uns angelegentlich wohl wieder zu erstatten wissen.

*Aber Georgs Sohn, Herzog Johann der Jüngere, muß aus Dresden einen völligen Mißerfolg der Werbungen mitteilen:* Kurz nach Euer Lieb Abreise haben wir vom Dresdner Rat begehrt, 200 Knechte anzunehmen, zu besolden und Euer Lieb schnell nachzuschicken, wozu er sich bereit erklärt hat. Hier, wie vermutlich in den anderen Städten, wird es am Gelde nicht mangeln. Wir stellen aber fest, daß keine oder sehr wenige eingesessene Bürger in den Städten geneigt sind, mitzuziehen. Wir haben deshalb den 4 Hauptleuten Balthasar Ziegler, Ernst von Rechenberg, Wolf von Carlowitz und Peter Braun befohlen, sich allenthalben, wo und wie sie wissen, zu befleißigen, um gute Knechte, Büchsenschützen und andere aufzubringen. Sie sind darauf weggeritten in der Zuversicht, ein jeder werde mit den Seinen in kurzer Frist fertig werden, die wir dann Euer Lieb eilend nachschicken wollen, so daß sie, wie wir hoffen, in ungefähr 12 oder 13 Tagen bei Euer Lieb sein werden. Wir zweifeln auch nicht, Utz von Sulgau, der 5. Hauptmann, werde mit Hilfe des Amtmanns und des Rats, denen wir deshalb geschrieben haben, in Annaberg allen Fleiß aufwenden, die 500 Knechte in Euer Lieb Sold von dort baldigst, wenn es möglich ist, heranzubringen . . . Wir haben auch überlegt, daß wir 120 Wagenpferde brauchen, wenn wir Euer Lieb das große Geschütz mit seinem Zubehör nachschicken wollen. Wie nun hier so viele Pferde aufgebracht werden sollen, haben Euer Lieb zu bedenken. Wir wollen es aber an unserem Fleiß nicht mangeln lassen, alle Dinge aufs Bestmögliche zu regeln, damit wir es Euer Lieb auf Ihre Aufforderung hin zustellen können. Die Zelte, die Euer Lieb nachzuschicken befohlen haben, werden Euer Lieb alle zu Leipzig finden, nur das große Zelt ist noch hier, das sich kaum über Land bewegen läßt. Nachdem Euer Lieb die Zusage hinterlassen haben, einiges an erforderlichem Geld herzuschikken, ist unsere dringliche Bitte, Euer Lieb mögen damit nicht säumen, denn wir müssen außer für die Haushaltung viel für Nachsendung und Botenlohn aufwenden. Weil wir auch, wenn wir überhaupt Boten beschaffen wollen, sogar die Arbeiter vom Bau aussenden müssen, weil wir sonst keinen reitenden oder Fußboten bei uns haben, dem wir trauen können, bitten wir, uns einen reitenden Boten wieder herzuschicken, durch den wir, was vorfällt, Euer Lieb eilend melden können ... Wir haben auch heute mittag auf Euer Lieb Schreiben hin, das uns morgens um 8 Uhr erreicht hat, 4 kleine Feldgeschütze auf Rädern, 24 Tonnen Geschützpulver und 3 Tonnen Handbüchsenpulver zugesandt.

*An Herzog Johann von Sachsen muß Georg melden, daß er am 5. Mai noch kein Heer zusammenbekommen hat:*

Wir sind am letzten Mittwoch hierher nach Leipzig gezogen und stehen in großer Arbeit, um uns aufs Stärkste zu Roß und zu Fuß zu rüsten. Weil aber unsere Reiter und Fußvolk zur Zeit noch nicht angekommen sind, können wir Euer Lieb unsere Truppenstärke zu Zeit noch nicht angeben. Wir bitten um Nachricht, was Euer Lieb zu tun gedenken und wie stark Sie sich rüsten will, besonders aber, ob Euer Lieb für gut hält, daß Ihr und unser Kriegsvolk auf einem Haufen zusammen schlagen oder in zwei Haufen getrennt bleiben soll.

*Aber der Herzog erhält weiterhin Meldungen über den Mißerfolg der Anwerbung von Söldnern nach Leipzig gesandt. So schreibt ihm am 8. Mai der Amtmann zu Annaberg und Schellenberg und teilt auch gleichzeitig Herzog Johann dem Jüngeren in Dresden mit:*

Die Fußknechte aus Chemnitz und dem Amt belangend werden Euer Fürstliche Gnaden aus meinem vorigen Schreiben entnommen haben, wie es darum steht. Ich habe aber dem Jägermeister, Hans von Reinsberg, erneut befohlen, sich zu bemühen, daß so viel taugliche Knechte als möglich aufgebracht werden. Die Leute wollen sich kaum aufbringen lassen. Ich hab auch in allen Flecken bei Sankt Annaberg ausrufen lassen, wo Knechte wären, die sich für 4 Gulden den Monat anwerben lassen wollten, die sollten sich bei den Richtern dort melden. Mir, und desgleichen Utz von Sulgau, dem Feldhauptmann, wurde aber noch nichts von Knechten, die dienen wollen, mitgeteilt. Ich habe auch in Joachimstal anzuschlagen befohlen, vielleicht daß dort Knechte aufzubringen sein könnten. Wie es sich überall mit der Werbung der Knechte verhält, will ich Euer Fürstlichen Gnaden schleunigst schreiben. Utz, der Feldhauptmann, zieht schleunig zu meinem gnädigen Herrn, Herzog Georg, nach Leipzig. Er bringt aber keine Landsknechte mit. Ich habe aber die folgende Absprache mit ihm getroffen, daß alle Knechte, die aufgebracht werden, einzeln, wie sie kommen, nach Leipzig abgefertigt werden sollen. Ich will mich auch erneut ins Amt Schellenberg begeben, um die Knechte, die in Chemnitz aufgebracht sein könnten, sofort abzufertigen.

*In Leipzig selbst, wo Herzog Georg sein Heer zusammenzustellen versucht, wird unter der Bevölkerung gegen den Kriegszug agitiert. Am 25. Juni werden dann Leipziger Bürger verhört, die an den subversiven Aktionen beteiligt gewesen sein sollen; im Protokoll ist festgehalten:*

Bekenntnis Jakob Triptis', des Leinewebers: Sagt, als die Landsknechte wieder hereingekommen seien, sei er ihnen bis zum Markt gefolgt, dort habe er gestanden und mancherlei Gespräche gehört, unter anderem von einem Knecht, der dort gestanden und zu einem anderen Knecht gesagt habe: »Wir sollen ziehen, und man hat uns kein Geld gegeben, und wenn man uns auch Geld gibt, so wollen wir doch nichts gegen die gerechte Sache tun.« Da habe er, Jakob Triptis, vor sich hin geantwortet und gesagt: »Ich lobe dich, mein Bruder, weil du nicht gegen die gerechte Sache fechten willst.«

Bekenntnis Urban Wintzenbergers, genannt Barbach: Sagt, er sei seiner Geschäfte wegen vom Harz herabgekommen und habe in Mühlhausen übernachtet. Da habe ihm der Wirt gesagt: »Ich habe berichten gehört, daß sich Herzog Georg stark rüste, um gegen Mühlhausen zu ziehen, und wolle sie alle erschlagen. Ich hoffe aber, es wird ihm nicht gelingen, wir haben auch Büchsen und Pulver.« Das habe er, Barbach, hier seinen Gesellen in der Ziegelscheune erzählt und gesagt: »Ich glaube, unser gnädiger Herr wird denen von Mühlhausen nicht viel anhaben, sie haben auch Geld, wie seine Gnaden.« Damit habe er Büchsen und Pulver gemeint. Sagt, als die Knechte das erstemal hier abmarschiert seien, habe er zu seinem Meister und den Gesellen gesagt: »Sie werden sich wohl noch eines anderen besinnen, ehe sie hinausziehen. Wenn ich nicht wüßte, wohin ich marschieren solle, und hätte keinen Sold, ich zöge selber nicht.« Bekennt auch, daß er unseren gnädigen Herrn einen tyrannischen Fürsten geheißen habe und gesagt: Was er auf sich lade, indem er so über die armen Leute herziehen wolle . . .

Bekenntnis Antonius Bocks: Er sagt, daß er zu den Knechten gesagt habe: »Ich lobe euch, daß ihr nicht gegen die Bauern ziehen wollt.«

*Am 11. Mai bricht Georg mit einem recht kleinen Heer von Leipzig auf. Er meldet am 14. Mai, am Tag vor der Schlacht, von Heldrungen aus, das er demnach entsetzt hat, an Landgraf Philipp:*

Wir haben also vor, morgen um 4 Uhr aufzusein und vor die Stadt Frankenhausen zu ziehen. Aber weil uns 3 Fähnlein Knechte, die auf dem Wege sind, noch zuziehen sollen, worauf wir heute noch hoffen, bitten wir, keinen Ärger zu hegen, wenn wir morgen eine Weile nach vier noch verharren müssen, falls die Knechte später kommen. Und wenn die Knechte heute ankommen, werden wir 5 Fähnlein Knechte und an die 800 gerüstete Reiter und 7 Stück Geschütze, darunter zwei Feldgeschütze, zwei Belagerungsgeschütze und drei leichte Geschütze sind, mit uns bringen.

1975 Frankenhausen, Bad der Werktätigen. In der Bildmitte der Schlachtberg

# III. Zur Deutung Müntzers und seines Anteils am Aufstand

## Thomas Müntzers letzte Briefe

*Zwei Briefe schreibt Müntzer gleich nach seiner Ankunft in Frankenhausen am 12. Mai 1525, einen an Graf Ernst von Mansfeld nach Heldrungen, einen an Graf Albrecht von Mansfeld nach Mansfeld. Beide sind wahrscheinlich als offene Briefe verbreitet worden, jedenfalls berichtet ein Magdeburger Einwohner, er habe auf dem Markt von einem Händler eine Abschrift erhalten.*

*An Graf Ernst:*

Die starke Kraft, feste Furcht Gottes und der beständige Grund seines gerechten Willens sei mit dir, Bruder Ernst. Ich, Thomas Müntzer, früher Pfarrer in Allstedt, ermahne dich mit der nachdrücklichen Aufforderung, daß du um des Namens des lebendigen Gottes willen von deinem tyrannischen Wüten abläßt und nicht länger den Zorn Gottes über dich erbitterst. Du hast die Christen zu martern angefangen, du hast den heiligen Christenglauben eine Büberei gescholten, du hast dich daran gemacht, die Christen zu vertilgen. Sag an, du elender dürftiger Madensack, wer hat dich zu einem Fürsten des Volkes gemacht, das Gott mit seinem teuren Blut erkauft hat? Du mußt und sollst beweisen, ob du ein Christ bist, du sollst und mußt Rechenschaft über deinen Glauben ablegen, wie im 1. Petrusbrief 3 befohlen ist. Du sollst in wahrhaftiger Wahrheit gutes, sicheres Geleit haben, um deinen Glauben ans Licht zu bringen, das hat dir die ganze Gemeinde im Ring zugesagt. Und du sollst dich auch für deine offenbare Tyrannei entschuldigen und ansagen, wer dich so dürstig gemacht hat, daß du unterm Deckmantel des christlichen Namens ein solcher heidnischer Bösewicht sein willst. Wenn du ausbleibst und dich der auferlegten Sache nicht unterziehst, so will ichs ausschreien vor aller Welt, auf daß alle Brüder getrost ihr Blut gegen dich wagen sollen wie früher gegen die Türken. Dann sollst du verfolgt und ausgerottet werden, denn es wird ein jeder viel eifriger sein, an dir Ablaß zu verdienen, als vorzeiten, da ihn der Papst gab. Wir wissen dir nicht anders zu begegnen. Es will

keine Scham in dich, Gott hat dich verstockt wie den König Pharao, auch wie die Könige, die Gott vertilgen wollte, Buch Josua im 5. und 11. Kapitel. Es sei Gott immerdar geklagt, daß die Welt deine grobe, stierwütige Tyrannei nicht eher erkannt hat. Wie hast du doch solchen großen, unersetzlichen Schaden getan, wer anders als Gott selbst kann sich noch über dich erbarmen? Kurzum, du bist durch Gottes starke Gewalt dem Verderben überantwortet. Wenn du dich nicht vor den Kleinen demütigst, so wird dir vor der ganzen Christenheit eine ewige Schande auf den Hals fallen und du wirst des Teufels Märtyrer werden.
Damit du auch weißt, daß wir bekräftigten Befehl haben, sage ich: Der ewige, lebendige Gott hat geheißen, dich mit der Gewalt, die uns gegeben ist, von deinem Stuhl zu stoßen. Denn du bist der Christenheit nicht nütze, du bist den Freunden Gottes ein schädlicher Kehrbesen. Gott hat von dir und deinesgleichen geredet bei Hesekiel im 34. und 39., bei Daniel im 7., bei Micha im 3. Kapitel. Obadja der Prophet sagt: Dein Nest muß zerstört und zerschmettert werden.
Wir wollen noch heute abend deine Antwort haben oder dich im Namen des Gottes der Scharen heimsuchen, danach wisse dich zu richten. Wir werden unverzüglich tun, was uns Gott befohlen hat. Tu auch du dein Bestes. Ich fahr daher.
*Und an Albrecht:*
Furcht und Zittern sei einem jeden, der übel tut, Römerbrief 2. Daß du den Brief des Paulus so übel mißbrauchst, ist mir leid. Du willst dadurch die bösewichtige Obrigkeit rechtfertigen ganz genau so, wie der Papst Petrus und Paulus zu Gefängniswärtern gemacht hat. Meinst du, daß Gott der Herr in seinem Grimm nicht sein unverständiges Volk dazu bewegen könnte, die Tyrannen abzusetzen, Hosea im 13. und 8. Kapitel? Hat nicht die Mutter Christi durch den Heiligen Geist von dir und deinesgleichen geredet, weissagend (Lukas 1): »Die Gewaltigen hat er vom Stuhl gestoßen und die Niedrigen (die du verachtest) erhöht«? Hast du in deiner lutherischen Grütze und in deiner wittenbergischen Suppe nicht finden können, was Hesekiel in seinem 37. Kapitel weissagt? Hast du auch in deinem martinischen Bauerndreck nicht schmecken können, was derselbe Prophet weiter sagt im 39. Kapitel, wie Gott alle Vögel des

Himmels auffordert, sie sollen fressen das Fleisch der Fürsten, und die unvernünftigen Tiere sollen saufen das Blut der großen Hänse, wie in der heimlichen Offenbarung im 18. und 19. Kapitel beschrieben ist? Meinst du, daß Gott nicht mehr an seinem Volk als an euch Tyrannen gelegen ist? Du willst unter dem Namen Christi ein Heide sein und dich mit Paulus zudecken. Man wird dir aber den Weg versperren, danach wisse dich zu richten. Wenn du anerkennst, nach Daniel 7, daß Gott die Gewalt der Gemeinde gegeben hat, und vor uns erscheinen und Rechenschaft über deinen Glauben ablegen, so wollen wir dir das gern zugestehen und dich wie einen gewöhnlichen Bruder behandeln. Wenn aber nicht, werden wir uns an deine lahme, schale Fratze nicht kehren und gegen dich kämpfen wie gegen einen Erzfeind des Christenglaubens, danach wisse dich zu richten.

*Den Brief an Albrecht schreibt Müntzer sicher auch, um die gütlichen Verhandlungen mit dem Grafen, die einige der gemäßigten Führer des Haufens am Tag vorher zusagt hatten, zu unterbinden. Beide Schreiben dienen der Radikalisierung der Aufständischen, sie haben diesen Zweck zu einem gewissen Grade wohl auch erfüllt.*
*Aber wie hat man ihr Aussagen zu beurteilen? Müntzer weiß, daß der hessische Landgraf und der braunschweigische Herzog mit ihrem Heer schon in Langensalza sind, gut vierzig Kilometer von Frankenhausen, daß Herzog Georg mit Reiterei, Fußvolk und Geschützen aus Leipzig aufgebrochen ist. Muß man die Briefe als Ausdruck einer »sprachlich-psychischen Übersteigerung« ansehen, wie Bensing meint: »Je mehr die praktischen Voraussetzungen für den siegreichen Fortgang des Aufstands schwanden, desto mehr prägte sich bei Müntzer das messianische Sendungsbewußtsein aus, das auch sein Handeln bestimmte.«? Soll dies heißen, daß Müntzer angesichts der bevorstehenden militärischen Entscheidung, angesichts der Stärke der fürstlichen Heere die Lage nicht mehr nüchtern einzuschätzen fähig ist, daß er Bibelzitate statt Waffen heranzieht, daß die Beschwörung des göttlichen Befehls und Zuspruchs die Bedingungen des wirklichen Handelns verdeckte?*
*Immerhin ist zu bedenken: Am 13. Mai noch richtet Müntzer*

*sein dringliches Hilfegesuch an die Erfurter. Ein Beauftragter wird ausgeschickt, um Geschützpulver zu kaufen. Vor allem: Müntzer durchschaut offenbar die Taktik des Lehnsadels – hier in der Person Albrechts von Mansfeld –, die Aufständischen durch Verhandlungsangebote hinzuhalten, zu beschwichtigen und untereinander zu entzweien. Noch kurz vor der Schlacht predigt er dem versammelten Haufen, man solle sich auf keine Zusagen der Fürsten einlassen, sie würden ihre Versprechen nicht halten. Er fordert seine Zuhörer auf, nur mutig zu kämpfen; wahrscheinlich hat er sowohl von dem Verrat mancher Bauernführer als auch von der Wortbrüchigkeit der Fürsten in Süddeutschland erfahren.*

*An der Deutung der letzten Briefe Müntzers hat sich, seit Luthers Pamphlet gegen den früheren Schüler und Anhänger wenige Tage nach der Schlacht, die Beurteilung von Müntzers Denken, Reden und Tun zugeschärft.*

*Wilhelm Zimmermann:*
Diese beiden, im massivsten Prophetenstil gehaltenen Briefe schrieb Münzer noch am Freitagmittag. Er unterzeichnete beide: Thomas Münzer mit dem Schwert Gideons. Sie beleuchten seinen Gemütszustand. Das ist nicht die Sprache der ruhigen Zuversicht. Man sieht, er bemüht sich, sich wie die Seinen in eine Art Wut zu setzen; alles an ihm zeigt sich jetzt überspannt, echauffiert, er wandelt wie in einem Gewölke von Schwärmerei, das aus dem Abgrund aufsteigt, an dessen Rand angelangt er schwindelt. Es konnte ihm nicht entgehen, daß der Haufen, gegen den jetzt sieben verbündete Fürsten heranzogen, selbst gegen den einzigen Landgrafen zu schwach war; es war größtenteils unkriegerisches, schlecht bewaffnetes zusammengelaufenes Volk. Nicht einmal Pulver genug hatte er; der Schweizer, der es bestellen sollte, war mit dem Gelde verschwunden; und jetzt im Angesicht der Entscheidung wandelte es ihn an, es übernahm ihn; er fand es viel schwieriger in der Nähe, als er es sich in der Ferne gedacht hatte. Er sollte als Heerführer sein Volk zur Schlacht führen gegen kampfgeübte Fürsten, und er hatte nie eine Schlacht gesehen.

Dem neuen Moses fehlte sein Josua, dem neuen Mohammed sein Omar. Vor der ersten Schlacht hat großen Helden schon geschwindelt, und mancher berühmte Eroberer ist aus der ersten Schlacht geflohen und hat sie verloren und aus der Erfahrung Zuversicht und Klugheit, aus der Niederlage die Kunst zu siegen gelernt. Es mußte sich nun zeigen, ob das Verhängnis Münzern und dem Volke Zeit ließ, siegen zu lernen.

*Alfred Meusel:*
Müntzers gelehrte Gegner haben diese Briefe als Beweis dafür herangezogen, daß der Größenwahn, an dem er angeblich schon lange gelitten habe, unter der furchtbaren nervösen Spannung jener Tage zum offenen Ausbruch gelangt sei.
Tatsächlich sind die Briefe ein Erzeugnis nicht des Größenwahns, sondern einer politischen Berechnung. Müntzer wußte genau, wie schlecht es um die Sache der Bauern stand, wie sicher kindliche Vertrauensseligkeit, Lokalborniertheit, Disziplinlosigkeit, militärische Unerfahrenheit, Verrat und Korruption ihr Werk getan hatten. Wenn die Revolution überhaupt noch zu retten war, so nur dadurch, daß die Bauern wieder erfolgreiche Kampfhandlungen unternahmen, statt in einer ungünstigen Stellung auf Verhandlungen mit den Mansfeldern zu warten, das heißt: sich von den Mansfeldern hinhalten zu lassen, während der Landgraf von Hessen vom Westen, der Herzog von Braunschweig vom Norden und der Herzog Georg von Sachsen vom Osten auf das thüringische Aufstandszentrum hin vorrückten. Wenn es gelang, die Mansfelder Grafen zu übereiltem Losschlagen zu bewegen, sie aus ihren festen Burgen herauszulocken, so wären sie mit ihren wenigen Truppen von der Bauernmasse einfach erdrückt worden.
Der Gedanke war gut, aber seine Durchführung scheiterte daran, daß die Mansfelder Grafen natürlich genau dieselbe Berechnung wie Müntzer anstellten und daß sie sich nicht zu einem Angriff herausfordern ließen, der ihnen sicher das Leben gekostet und vielleicht dem Bauernkrieg in Thüringen eine andere Wendung gegeben hätte.

*Ernst Bloch:*
Sein erster wie selbst sein letzter Brief an den Mansfelder zeigen unreife Züge, übersteigern sich, verschieben Kraft und Last, kommen nicht aus dem sicheren Vitaldruck eines gewachsenen Mannes. Freilich blieb das vereinzelt, nur selten klingt seine Machtgewißheit dermaßen hohl; jedoch die Frage bleibt, wieweit Münzer tatsächlich war, was er prätendierte, zunächst politisch, als Führer und Mann von Gewicht, von Nah- und Weitblick. Man bedenke dazu, welches Streben anfangs, als sie sich erhoben, in den Bauern lebendig war. Kein Wort steht in ihren Erbietungen, das die Schrift zu anderem als der Abstellung allernächstliegender Übel gebraucht hätte. Greift später ein Sprecher Weiteres voraus, wie etwa Wendelin Hipler in Heilbronn, so zeigt sich in ihm nicht weniger, aber doch auch nicht mehr als eine Vorahnung der jetzigen bürgerlichen Gesellschaft. Weder das eine noch das andere, weder die bäuerlichen noch die bürgerlichen progressiven Wünsche, noch gar Huttens Ritterträume waren in dieser Zeit praktisch erfüllbar. Ja, Lassalle weist streckenweise nicht ganz mit Unrecht darauf hin, daß auch die Bauernbewegung nur sich selber revolutionär erschienen sei, in Wahrheit wirkte hier auch nachgespieltes Begehren nach einem untergegangenen parzellenhaften Zustand. Die Bauern verlangten Bodenaufteilung; immerhin: der freie und unabhängige Grundbesitz allein sollte auf den Reichstagen vertreten sein, gesucht war ein rein kleinbäuerlich aufgebautes Reich ohne Adel und Fürsten . . . Münzer freilich predigte scheinbar noch weit Entlegeneres, Unwirklicheres; er hieß die Bauern das Ihre zusammenzulegen, er sprengte die kurzen Träume von Demokratie und Kaisertum, selbst Nationalismus war ihm fremd, an Stelle des mystischen Volkskaisers trat völlig deutlich Christus, mystische Weltrepublik, Theokratie und Tieferes, er postulierte vollkommene Gütergemeinschaft, urchristliches Wesen, Beseitigung aller und jeder Obrigkeit. Zurückrückung des Gesetzes auf Moralität und Christbereitung. Doch er postulierte solches in der seltsamsten Spannung, zum ersten bewußt auf das Bergproletariat gestützt, zum anderen ebenso bewußt rekur-

rierend auf die jeder wirtschaftsdialektischen Zwangsläufigkeit sich entrückende Spontaneität des vollkommenen Christenmenschen; das wirklich und das überwirklich Wirksamste war hier im weitesten Bogen vereinigt, an den Kopf der Revolution gestellt . . .
Daß ein unwitziges Volk nur allzu zerstreut diesem Ruf folgte, daß das Fürstentum rein weltlich ökonomiegemäß allerdings triumphierte, besagt also wenig oder nichts gegen Münzers Gewicht, gegen das taktisch und theoretisch überwiegend Genaue, Anlangende, Konkrete seiner Monomanie und seines Idealismus, seines Vertrauens auf sich selber, auf die geneigte Reife der Zeit, auf die überwältigende Evidenz der Idee. Münzer ist – und damit beantwortet sich die Frage nach seinem politischen Rang, nach der Existenz seines politischen Nah- und Weitblicks –, Thomas Münzer also ist auch in seinem Scheitern keine rührende, keine punktuelle, keine komische, sondern eine durchaus vertretende, kanonische, tragische Gestalt; mit seiner Niederlage wurde von neuem einer echt verkörperten, richtig eingesetzten, adäquat erfaßten Idee der Weltweg verlegt.

*Friedrich Engels:*
Dies Programm, weniger die Zusammenfassung der Forderungen der damaligen Plebejer als die geniale Antizipation der Emanzipationsbedingungen der kaum sich entwickelnden proletarischen Elemente unter diesen Plebejern – dies Programm forderte die sofortige Herstellung des Reiches Gottes, des prophezeiten Tausendjährigen Reichs auf Erden, durch Zurückführung der Kirche auf ihren Ursprung und Beseitigung aller Institutionen, die mit dieser angeblich urchristlichen, in Wirklichkeit aber sehr neuen Kirche in Widerspruch standen. Unter dem Reich Gottes verstand Münzer aber nichts anderes als einen Gesellschaftszustand, in dem keine Klassenunterschiede, kein Privateigentum und keine den Gesellschaftsmitgliedern gegenüber selbständige, fremde Staatsgewalt mehr bestehen. Sämtliche bestehende Gewalten, sofern sie nicht sich fügen und der Revolution anschließen wollten, sollten ge-

stürzt, alle Arbeiten und alle Güter gemeinsam und die vollständigste Gleichheit durchgeführt werden.

. . .

Nicht nur die damalige Bewegung, auch sein ganzes Jahrhundert war nicht reif für die Durchführung der Ideen, die er selbst erst dunkel zu ahnen begonnen hatte. Die Klasse, die er repräsentierte, weit entfernt, vollständig entwickelt und fähig zur Unterjochung und Umbildung der ganzen Gesellschaft zu sein, war eben erst im Entstehen begriffen. Der gesellschaftliche Umschwung, der seiner Phantasie vorschwebte, war noch so wenig in den vorliegenden materiellen Verhältnissen begründet, daß diese sogar eine Gesellschaftsordnung vorbereiteten, die das gerade Gegenteil seiner geträumten Gesellschaftsordnung war.

. . .

Münzer selbst scheint die weite Kluft zwischen seinen Theorien und der unmittelbar vorliegenden Wirklichkeit gefühlt zu haben, eine Kluft, die ihm um so weniger verborgen bleiben konnte, je verzerrter seine genialen Anschauungen sich in den rohen Köpfen der Masse seiner Anhänger widerspiegeln mußten. Er warf sich mit einem selbst bei ihm unerhörten Eifer auf die Ausbreitung und Organisation der Bewegung; er schrieb Briefe und sandte Boten und Emissäre nach allen Seiten aus. Seine Schreiben und Predigten atmen einen revolutionären Fanatismus, der selbst nach seinen früheren Schriften in Erstaunen setzt. Der naive jugendliche Humor der vorrevolutionären Münzerschen Pamphlete ist ganz verschwunden; die ruhige, entwickelnde Sprache des Denkers, die ihm früher nicht fremd war, kommt nicht mehr vor. Münzer ist jetzt ganz Revolutionsprophet; er schürt unaufhörlich den Haß gegen die herrschenden Klassen, er stachelt die wildesten Leidenschaften auf und spricht nur noch in den gewaltsamen Wendungen, die das religiöse und nationale Delirium den alttestamentarischen Propheten in den Mund legte. Man sieht aus dem Stil, in den er sich jetzt hineinarbeiten mußte, auf welcher Bildungsstufe das Publikum stand, auf das er zu wirken hatte.

*Ernst Werner:*
Je kritischer sich die Lage in Thüringen zuspitzte, je enger der Ring der fürstlichen Truppen wurde, um so mehr steigerte sich Müntzer in die Rolle des Revolutionspropheten. Die sich überstürzenden Ereignisse bewirkten jedoch gleichzeitig, daß sich die Hoffnung auf die große Wende von der Immanenz in die Transzendenz verschob. Die Erlösung durch eigene Kraft reichte nicht mehr aus. Man bedurfte dazu des Eingreifens einer außerhalb der menschlichen Gemeinschaft liegenden Macht. Die Entscheidungsschlacht bei Frankenhausen vom 15. Mai 1525, die eigentlich keine Schlacht, sondern ein furchtbares Schlachten war, stand ganz im Zeichen dieses Gedankens.

. . .

Die Lehre Müntzers war eine geniale Antizipation zukünftiger Geschichte, Vorausahnung einer *zukünftigen Klasse* gewesen, die von *keiner* der im 16. Jh. vorhandenen Schichten ausging, weder von den Bauern noch von den Plebejern. Sie fand aber in den untersten Schichten in der Stadt und auf dem Lande ihre soziale Stütze. Sie revolutionierte und organisierte die Bewegung, schuf ein Bündnis von Stadt- und Landarmut, der sie das Ziel eines künftigen allgemeinen Umsturzes gab.
Müntzers Stellung im Rahmen der messianischen Bewegungen zeichnet sich dadurch aus, daß er den Erlöser in einer gesellschaftlichen Kraft, in dem armen Volke sah, dessen Künder und Führer er sein wollte. Er tröstete nicht und nährte nicht die Hoffnung, daß nach dem Hereinbruch des Unheils das Heil kommen werde, wie die vorexilischen Propheten, er sah sich auch nicht nach einem Friedensfürsten um oder wartete auf die Parusie des Herrn, wie die böhmischen Chiliasten, sondern er erwartete vom *Volke* die messianische Tat. Durch die Armen für die Armen sollte das Reich der Gerechtigkeit und Freiheit entstehen. Die Erlösung der Menschheit vom Bösen war nur durch die Revolution der Armen möglich. Er überschätzte dabei die Stärke und Bewußtsein jener Schichten, die ihm zum Erlösungswerk prädestiniert schienen. Das war seine Tragik. Es gab keine Klasse der damaligen Gesellschaft, die in der Lage ge-

wesen wäre, seine Ideale zu verwirklichen. Müntzer versuchte gewissermaßen die fernen Ziele der gesellschaftlichen Entwicklung vorauszusehen, ohne Kenntnis ihrer Gesetze. Er ahnte nur dunkel den Weg. Daher blieb seine Lehre innerhalb religiöser Kategorien. Sie waren unerläßlich, um sich seinen Zuhörern verständlich zu machen, aber auch um zur Selbstverständigung zu gelangen. Die Emanzipation von der Theologie war noch verfrüht. Müntzer verwandelte sich noch nicht in den homo politicus. Sein Verbündnis suchte wohl diesen Weg, fand ihn aber nicht. Am Ende hielt man wieder Ausschau nach der göttlichen Macht, überschattete die Transzendenz die Immanenz. Das messianische Werk bedurfte der Hilfe des Himmels. Das Böse war übermächtig geworden und drohte die Auserwählten zu erdrücken. Deshalb mußten sich die Bauernhaufen in eine Messiasarmee verwandeln.

*Thomas Nipperdey:*
Erst eine christliche Neuordnung der sozialen Verhältnisse schafft die Möglichkeit, daß eine Mehrzahl von Christen existieren kann. Sie muß also ihre eigene Voraussetzung selbst erst ermöglichen. Und diese Neuordnung kann allein von einer Minderheit getragen werden, das verweist auf die notwendige Revolution. Natürlich ideologisiert Müntzer die Realität, die Lage gerade der mitteldeutschen Bauern entsprach keineswegs der These, daß das Christsein für sie unmöglich geworden sei. Aber es ist für Müntzer ungemein bezeichnend, daß er Sozialprobleme unter den Aspekt der Entfremdung rückt. Damit bekommt ein sozialer und ökonomischer Umsturz Grund und Ziel im Theologischen. Die Theologie des Kreuzes schließt die Revolution nicht aus, sondern fordert sie gerade.
Die theologisch geforderte Verchristlichung der Welt kehrt ihre Spitze endlich auch gegen die politische Ordnung. Die »Regenten« verwerfen, jedenfalls in ihrer Mehrzahl, Christus; sie haben nicht den wahren Glauben, wollen aber den Glauben »regieren«, sie begünstigen damit den Unglauben, ja verhindern den wahren Glauben und betrügen so die Welt um Christus. Auch

aus diesen Gedankengängen bildet sich bei Müntzer – allmählich – die Überzeugung von der Notwendigkeit revolutionärer Neuordnung, die das Christsein allererst ermöglichen soll.

...

Müntzers Stellung zum Volk ist ambivalent. Die Selbstentfremdung innerhalb der herrschenden Sozialordnung und der falschen Kirche hat ein grobes und unreifes Volk erzeugt. Müntzer hat niemals wie Karlstadt oder Hugwald die Bauern romantisch idealisiert. Aber die Unmittelbarkeit des Geistprinzips radikalisiert das allgemeine Priestertum, sie stellt – begünstigt durch Müntzers Anti-Gelehrten-Affekt – den Laien in den Mittelpunkt der Kirche, hier kann Müntzer an spätmittelalterliche, gelegentlich ja auch von Luther vertretene Vorstellungen vom geistlichen Auftrag der Einfältigen und Kleinen – zumal in einer Verfallszeit – anknüpfen. Ebenso verweist die Idee der brüderlichen Gleichheit der Auserwählten auf das Volk. Und da gerade das Volk der Müntzerschen Predigt aufgeschlossen gegenübersteht, kann es stellvertretend fungieren für die eigentlichen Träger der Gewalt die Auserwählten, und ihre Zusammenfassung in Müntzers »Bund«, der ersten reformatorischen Form eines covenants. Das Niedervolk wird, das ist gegen die Marxisten zu sagen, nicht wegen, sondern allenfalls trotz seines Klasseninteresses zum Träger eines endgeschichtlichen Auftrags. In diesem Sinne kann dann das Magnificat konkret revolutionär interpretiert werden.

Der letzte Grund für den Übergang der Theologie in die Revolution oder vielmehr für die Aktualisierung der revolutionären Theologie liegt noch hinter allen Argumenten in Müntzers eschatologischer Erwartung. Darum ist die erstrebte Neuordnung inhaltlich so unbestimmt. Denn hier geht es nicht mehr um dies und das und nicht um eine geplante Zukunft, sondern darum, daß das Andere und Neue, das Reich Gottes anbricht, es geht nicht um die Restitution der Urkirche, sondern um die reale Freiheit der Kinder Gottes, darum, daß das »irdische Leben schwenke in den Himmel«. Es geht Müntzer nicht um bessere Tage, sondern um das Ende aller Tage.

Dieses Ende aber ist, und damit unterscheidet er sich von der zeitgenössischen und auch der lutherischen Eschatologie, nicht geschichtstranszendent, sondern geschichtsimmanent, mit Hilfe der wahren Christen führt Gott es herauf. Und da sich eschatologische Verzweiflung und eschatologische Erwartung immer mehr steigern, gerät Müntzer, ähnlich wie später Campanella, in eine Art eschatologischer Zeitnot: sie zuletzt treibt ihn in die chiliastische Revolution. Die Utopie vom Frieden des Reiches Gottes rechtfertigt dann noch einmal den letzten, den Heiligen Krieg, den Vollzug von Gottes Strafgericht, den Vollzug seiner Rache an seinen Feinden, die Vertilgung der Gottlosen. Der Ausbruch des Bauernkriegs ist für Müntzer eschatologisches Zeichen, kairos seiner Sendung. Nicht er hat ihn nach Mitteldeutschland getragen. Aber indem er das göttliche Recht konsequent wieder als Gleichheit auslegte und die bäuerlichen Nahziele ins Grundsätzliche radikalisierte und ins Chiliastisch-Revolutionäre umdeutete, hat er seinen Geist allerdings durchaus bestimmt. Sooft in der Historie auch die realistischen Züge in Müntzers Endkampf verkannt worden sind, am Ende bleibt die sich allem Verstehen entziehende Fremdheit des enthusiastisch-chiliastischen Glaubens als einer Kraft zum Unmöglichen.

*Manfred Bensing:*

Entgegen den verschiedenen Bemühungen, Thomas Müntzer jegliches Interesse an den sozialen und politischen Kämpfen seiner Zeit abzusprechen und seine Wirksamkeit ausschließlich theologisch zu motivieren, weisen die Quellen eindeutig nicht nur ein mit der Verschärfung der gesellschaftlichen Gegensätze zunehmendes Interesse Thomas Müntzers an diesen Kämpfen aus, sondern sie gestatten auch, in Müntzer den politischen Kopf zu erkennen, der bis zum Höhepunkt des Aufstandes die Situation in Thüringen angenähert richtig erkannte und auf vorhandene Gefahren reagierte. Er war der von messianischem Sendungsbewußtsein erfüllte, einen idealen Weltzustand kühn vorausahnende

religiös-philosophische Denker und der soziale Revolutionär, der im einfachen Volke den Willensvollstrecker des göttlichen Gesetzes in dieser Welt sah und deshalb in den sozialen und politischen Kämpfen seiner Zeit den ersten praktischen Schritt zum antizipierten Zustand menschlicher Freiheit und Gleichheit erblickte. Als religiös-sozialer Utopist wäre er höchstens geistesgeschichtlich bedeutsam gewesen und hätte wahrscheinlich die Grenzen mittelalterlicher Sektenideologie nicht überschritten. Der »Demokrat« Thomas Müntzer ohne den ihm eigenen Gedankenflug und ohne seinen universellen Spiritualismus hätte bestenfalls an der Spitze lokaler Erhebungen eine Rolle spielen können.
Die Bedeutung Müntzerschen Wirkens für den Thüringer Aufstand wird, geht man nur vom tatsächlich Erreichten aus, lediglich zum Teil erfaßt. Das von Müntzer Erstrebte mußte auf Grund der unausgereiften objektiven und subjektiven Bedingungen notwendig deformiert in Erscheinung treten und sich letztlich als nicht realisierbar erweisen. Aber die Größe einer historischen Persönlichkeit kann man nicht am Erfolg allein messen, sondern man muß den Grad der Übereinstimmung zwischen dem Erstrebten und dem historisch Notwendigen berücksichtigen, unabhängig davon, ob die zur Realisierung nötigen gesellschaftlichen Kräfte auch bereits vorhanden waren. Müntzers politisches Programm entsprach 1525 weitgehend den herangereiften gesellschaftlichen Bedürfnissen in Deutschland: Es orientierte auf den entschiedenen, kompromißlosen, gegen jegliche sich über das Volk erhebende Obrigkeit gerichteten Kampf, schloß dabei das »christliche Verbündnis« mit ihr allerdings nicht aus, falls sie sich den Gesetzen des Bundes unterwarf. Dieses Programm zeichnete sich gerade dadurch aus, daß es ein möglichst breites Bündnis wider die tyrannische Obrigkeit, die augenblickliche Hauptfeindin der Volksreformation, erstrebte, und war gegen jegliche lokale oder regionale Beschränkung der Insurrektion gerichtet. Damit traten Müntzer und dessen Anhänger von Anfang an nicht nur zu den gemäßigten, sondern auch zu den lokal-bornierten Kräften im eigenen Lager in Widerspruch. Der eigenartige Verlauf des

Thüringer Aufstandes, sein steiler Anstieg und schneller Erfolg wie auch sein plötzlicher Zusammenbruch, verstehen sich zu einem wesentlichen Teil aus diesem inneren Widerspruch.

...

Indem Thomas Müntzer im Bauernkrieg lediglich ein Durchgangsstadium hin zum Gesellschaftszustand ohne soziale Unterschiede und ohne sich über das Volk erhebende Staatlichkeit erblickte, überschritt er die Grenze, innerhalb derer er dem Volke verständlich sein konnte. Der Entwicklungsstand gesellschaftlichen Denkens kontrastierte mit den hohen Forderungen, die Müntzer gerade an die subjektiv-moralischen Eigenschaften der einfachen Menschen stellte. Die gesellschaftlichen Hintergründe ihrer Unreife mußten ihm unbekannt bleiben, wenn schon sich Müntzer zu der erstaunlichen Einsicht durchrang, daß es die bestehende obrigkeitliche Ordnung gewesen ist, die immer neu die »kreatürlichen« Bestrebungen im Menschen nährte. Aber nicht die Stärke der fürstlichen Macht und die militärische Überlegenheit des Feindes, sondern die religiös-sittliche Unreife der Aufständischen schien ihm für die Niederlage des Volkes verantwortlich zu sein. Die Katastrophe von Frankenhausen war für ihn – wie übrigens auch für Luther – das Urteil Gottes über den kreatürlichen Menschen, der zur Selbstbefreiung noch nicht reif war; aber eben *noch nicht!*

*Moisej Mendeljewitsch Smirin:*
Es ist ganz klar, daß Münzer im 16. Jahrhundert keine richtige, wissenschaftliche Vorstellung von der Zukunft der Gesellschaft haben konnte. Da ihm der Sektengeist fremd war, sah er nicht sein Hauptinteresse in den damals verbreiteten primitiven »kommunistischen« Anschauungen verschiedener Sekten, aber auch seine eigenen Vorstellungen waren zeitbedingt. Seine Vorstellungen von den nächsten Kampfaufgaben gingen nicht über den Rahmen der Gleichmacherei hinaus; seine Träume von der zukünftigen Gesellschaft konnten nur phantastisch und sehr unbestimmt sein. Münzer war

jedoch nicht groß wegen seines Zukunftsideals, sondern weil er dieses Ideal, wie Engels sagt, als Bestrebung einer »wirklichen Gesellschaftsfraktion« ansah und dieses Ideal zum Ziel des Tageskampfes dieser Fraktion machte. So blieb das ferne Ideal Münzers in seinem System keine leere Abstraktion. Davon beseelt, bemühte sich Münzer, dem Kampf der Massen eine hohe Zielstrebigkeit zu geben, die Bewegung zu zentralisieren und damit ihrem sozialen Inhalt eine politische Färbung zu geben.
Natürlich glaubte Münzer an die reale Möglichkeit der Verwirklichung seines hohen Ideals in der nächsten Zeit. Das Phantastische seiner Lehre bestand nicht nur in der mystischen Hülle seines kommunistischen Ideals, sondern auch darin, daß er keine objektiven Hindernisse für seine Verwirklichung sah. Er glaubte, die Beseitigung der Unterdrückung und die Befriedigung der dringendsten Bedürfnisse des Volkes würden für die Vorbereitung auf die neue Ordnung genügen. Der phantastische Charakter der Lehre Münzers wäre erst im Falle des Sieges des Volkes offenbar geworden, was wir aus der Engelsschen Charakteristik der Lage in Mühlhausen ersehen können; jedoch in der Periode der Entfaltung des Kampfes faßte Münzer seine Tätigkeit unter den Bauern sehr real auf und organisierte die Volksmassen zum Entscheidungskampf gegen das feudale Joch, für die Befriedigung ihrer Bedürfnisse. Deshalb hat Münzer in seiner Führertätigkeit selten abstrakte kommunistische Ansichten geäußert; dafür unterstützte er aber sehr energisch die aktuellen und populären Losungen des antifeudalen Kampfes.

*Gerhard Zschäbitz:*
Wir können uns jedoch nicht mit einer Darlegung zufriedengeben, bei der für das 16. Jh. religiöse Formen – wie so häufig in neuester Zeit – nur als zweckgebundene Folie für politische oder sozialrevolutionäre Agitation gelten sollen und die innere Bezogenheit des Denkens und Handelns auf Gottes Willen ungenügend berücksichtigt wird. Thomas Müntzer war Theologe und, selbst an den Maßstäben seiner Zeit gemessen, ein tief religiö-

ser Mensch. Er wurzelte fest in der gesellschaftsgeformten Bewußtseinstradition seines Zeitalters, die er bei aller Originalität nicht voll abstreifen konnte.

. . .

Müntzers Lehre entsprach objektiv den Interessen der städtischen und ländlichen Unterschichten der Gesellschaft und aktivierte deren antifeudalen Kampf ungemein. Müntzer wollte auf einen Umbau der ganzen Gesellschaftsordnung hinaus, wenn er auch nur undeutliche und verschwommene Vorstellungen vom praktischen Aussehen dieser neuen Gesellschaft hatte. Mit der Anwendung seiner Lehre auf die konkrete Klassenkampfsituation erhob er sich zum Sprecher breitester Volksmassen und wies ihnen die Richtung des Kampfes. Müntzers sozialpolitische Forderungen aber sollten nicht im modernen Sinne betrachtet werden. Nach unserer Meinung hat sie Müntzer nicht um ihrer selbst willen gestellt, sondern letzten Endes im Hinblick auf die Errichtung einer gottgewollten Ordnung, in der sich der Wille Gottes unmittelbarer und breiter verwirklichen könnte als in einer von Menschen verderbten. Sein Augenmerk galt in erster Linie der *Läuterung des Menschen, . . .*

*Ein* Mittel zur Läuterung des Menschen unter anderen mußte die Beseitigung der sozialen Hemmnisse sein, die dem Willen Gottes nicht entsprachen. Die Veränderung aber hatte der vom Geist Gottes durchdrungene Auserwählte selbst vorzunehmen. Aus der Forderung nach menschlicher Aktivität entquillt Thomas Müntzers sozialrevolutionärer Impuls.

. . .

Erst mit Beginn des Bauernkrieges werden für Müntzer Arme und Unterdrückte zu göttlichen Werkzeugen schlechthin. So rief er in feuriger Rede immer eindringlicher zum Kampfe gegen die Gottlosen auf. . . »das volck wirdt frey werden vnd Got wil allayn der herr dar vber sein«; denn die ungeschmälerte Herrschaft Gottes bedingt die Freiheit und Gleichheit seiner Geschöpfe. Die Praxis des Bauernkrieges trieb den Theoretiker vorwärts, so daß er zeitweise als echter Politiker aus der religiösen Sphäre heraustreten konnte.

Es gibt aber keinen stichhaltigen Grund dafür, daß der scharfsinnige Denker bei allen Steigerungen seiner Lehre, die die aufsteigenden Klassenkämpfe hervorbrachten, ihrer ursprünglichen Aufgabenstellung, der Läuterung des Menschen, untreu geworden wäre und den Akzent seines Kampfes generell auf die sozialpolitische Umgestaltung der Gesellschaft um ihrer selbst willen gelegt hätte. Mochten im praktischen Tageskampf diese Aspekte als drängende Aufgaben auch in den Vordergrund treten, sie blieben für Müntzer im Grunde auch hier nur Mittel zum Zweck. Die Behauptung aber, daß Müntzer irdische Zielsetzungen mit einem theologischen System getarnt habe, das scheint uns bei Berücksichtigung der Bewußtseinshaltung der Zeit und Müntzers tiefer persönlicher Religiosität nicht tragbar. Müntzer forderte eine Art innerweltliche Askese, Abkehr von der Welt bei ihrer Bejahung und Überwindung der menschlichen Leidenschaften. Er wollte die Menschen vorbereiten, das von Gott gesandte Kreuz auch tragen zu wollen, das zum Empfang des Geistes notwendig war. Die innere Gleichgültigkeit den materiellen Gütern der Welt gegenüber bleibt bestimmender Grundzug Müntzerscher Ethik selbst auf dem Höhepunkt des Bauernkrieges.

*Versucht man zu begreifen, wie Müntzer seine Aufgabe und ihre Durchführung aufgefaßt hat, muß man seinen letzten Brief hinzuziehen, den er am 17. Mai 1525, zwei Tage nach seiner Gefangennahme, aus dem Kerker in Heldrungen, nach der Folterung schon nicht mehr imstande, eigenhändig zu schreiben, an die Mühlhäuser diktiert:*
Heil und Seligkeit durch Angst, Tod und Hölle zuvor, liebe Brüder. Nachdem es Gott also wohlgefällt, daß ich von hinnen scheiden werde in wahrhaftiger Erkenntnis des göttliches Namens und als Vergeltung für etliche Mißbräuche, die das Volk angenommen hat, das mich nicht recht verstanden, allein auf den eigenen Nutzen gesehen hat, der zum Untergang der göttlichen Wahrheit führt, bin ichs auch herzlich zufrieden, daß es Gott also gefügt hat, mit allen seinen vollzogenen Taten, die nicht nach ihrem äußerlichen Anschein, sondern nach der Wahrheit beurteilt werden

TOMAS MVNCER PREDIGER ZV ALSTET IN DVRINGEN.
Christoph van Sichem: Thomas Müntzer, Kupferstich von 1608

müssen, Johannes im siebenten Kapitel. Darum sollt ihr an meinem Tod nicht Anstoß nehmen, der zur Förderung der Guten und zur Warnung der Unverständigen geschieht. Es ist deshalb meine freundliche Bitte an euch, meinem Weibe die Dinge, die ich besessen habe, wie Bücher und Kleider, auszuhändigen und sie nichts entgelten zu lassen. Liebe Brüder, es ist euch sehr vonnöten, daß ihr nicht eine solche Schlappe wie die von Frankenhausen erleidet, denn das ist ohne Zweifel daraus entstanden, daß einer jeder seinen eigenen Nutzen mehr als die Rechtfertigung der Christenheit gesucht hat. Darum unterscheidet wohl und nehmt eurer Sache recht wahr, daß ihr euch keinen weiteren Schaden verursacht. Das schreibe ich, euch zugut, von der Frankenhäusischen Sache, die mit großem Blutvergießen geendet hat, nämlich über viertausend Toten. Geht voran mit der klaren, beständigen göttlichen Gerechtigkeit, damit euch solches nicht widerfahre. Ich habe euch oftmals gewarnt, daß die Strafe Gottes nicht vermieden werden kann, die durch die Obrigkeit vollzogen wird, es sei denn, daß man den Schaden erkenne. Wer allzeit den Schaden erkennt, kann ihn meiden. Darum verhaltet euch freundlich zu jedermann und erbittert die Obrigkeit nicht mehr, wie viele aus Eigennutz getan haben. Damit seid der Gnade Christi und seinem Geist befohlen. Mit dieser Schrift, durch die Hand Christoph Laues, befehle ich meinen Geist in die Hand Gottes und wünsche euch den Segen des Vaters und des Sohnes und des Heiligen Geistes. Helft stets mit Rat und Tat meinem Weibe, und zum letzten: flieht das Blutvergießen, davor ich euch jetzt treulich warnen will. Denn ich weiß, daß der größere Teil von euch in Mühlhausen dieser aufrührerischen und eigennützigen Empörung nicht angehangen hat, sondern dem immer gern gewehrt hat und ihm zuvorgekommen ist. Damit ihr, diese Unschuldigen, nicht auch ins Unglück geratet, wie es etlichen zu Frankenhausen geschehen ist, so hängt nun der Versammlung und Empörung nicht an und ersucht um Gnade bei den Fürsten, die euch, wie ich hoffe, ihr fürstliches Gemüt bezeugen und euch Gnade erweisen werden. Das will ich jetzt bei meinem Abschied, damit ich die Bürde und Last von meiner Seele abwende, mitgeteilt haben, nämlich keiner Empörung weiter statt zu geben, damit das unschuldige Blut nicht weiter vergossen werde.

*Der Brief ist mit ziemlicher Sicherheit keine Fälschung, im Gegensatz zu Müntzers angeblichem Widerruf. Aber hat Müntzer hier dem Streben nach sozialer und politischer Umwälzung abgesagt, nachträglich damit seine Absichten und sein Handeln insgesamt erläuternd?*
*Immer noch fällt es, das zeigt die Blütenlese von Deutungen moderner Forscher, augenscheinlich schwer, an Müntzer die subjektiven Vorstellungen und Absichten von der objektiven*

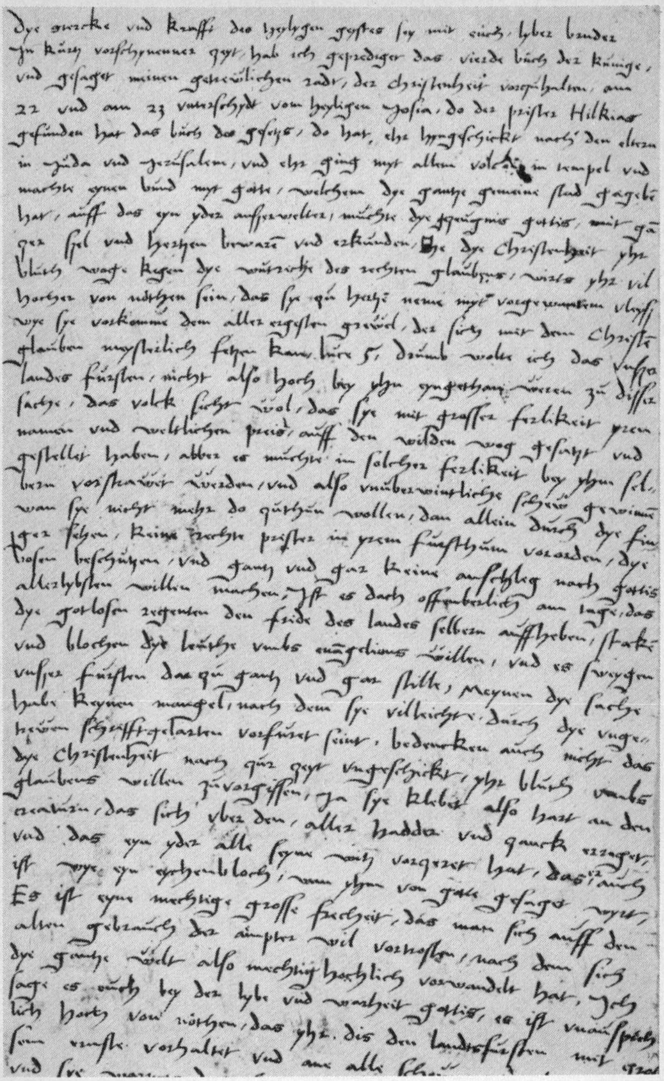

Thomas Müntzers Handschrift, aus einem Brief an den kurfürstlichen Schösser Hans Zeiß in Allstedt vom 25. Juli 1524

*geschichtlichen Rolle zu unterscheiden. Alle seine erhaltenen oder erschließbaren Äußerungen, sein ganzes belegtes, noch erkennbares Handeln bezeugen, daß es ein scharf ausgeprägtes, trotz aller Verschmelzung von Traditionen höchst eigenständiges Glaubensverständnis war, was sein Reden, sein Tun und Lassen trieb und lenkte. Auch seine Vorstellungen von einer Umwälzung der gesellschaftlichen Ordnung, auch seine Maßnahmen, dieses wahrhaft revolutionäre Programm zu verwirklichen, sind für ihn Bestandteil und Konsequenz einer durch und durch religiösen Überzeugung: des göttlichen Gebots zur dringlichen, augenblicklich zu vollziehenden Erneuerung der Christenheit. Einer Erneuerung, die alle Formen und Bereiche menschlichen Zusammenlebens erfassen müsse, auch die sozialen und politischen Verhältnisse, und nicht nur – lutherisch – die Gewissensbefreiung und Glaubensgewißheit der einzelnen Christen.*

*Betrachtet man Müntzers theologische Redeweise und seine biblische, ja oft biblizistische Rechtfertigung von Aktionen bis hin zu Kampfhandlungen nur als Deckmantel für eine im Kern schon sozialistische Gesellschaftslehre, als eine – womöglich gar taktisch bewußt eingesetzte – Verkleidung einer rationalistischen, wenn auch vorwissenschaftlichen sozialpolitischen Konzeption, dann macht man sich nicht nur der Verfälschung des Überlieferten schuldig, indem man entscheidende Bestandteile von Müntzers Weltsicht unterdrückt – etwa die grundlegende Unterscheidung von ›Auserwählten‹ und ›Feinden Gottes‹; diese Unterscheidung kann tatsächlich quer durch die sozialen Schichten laufen, obwohl sie für Müntzer in den Auseinandersetzungen des Bauernkrieges, vor allem aber vor der Schlacht bei Frankenhausen mit dem Gegensatz von sich erhebendem ›gemeinen Volk‹ und Fürsten zusammenfiel. Sondern man verfährt eigentlich ahistorisch, weil man den Bewußtseinsformen einer Zeit ihren Ernst nimmt, ihnen Realität verwehrt, sie als Antriebe für konkretes Handeln der Menschen wegeskamotiert. Müntzer war kein heimlicher, durch die zeitgebunden theologische Maske redender Vertreter eines noch unentfalteten Sozialismus – es sei denn, man versteht unter Sozialismus nicht die Umwälzung der Gesellschaftsform durch eine aus den Produktionsverhältnissen der bürgerlichen Epoche definierte Klasse. Müntzer wollte Gleichheit, auch soziale Gleichheit – aber die der ›christlichen Brüder‹; er wollte Freiheit, auch von politischer Unterdrückung und zu Verwaltung des Zusammenlebens durch Gleichgestellte – aber Freiheit, um ›wahrer Christ‹ werden und sein zu können; er wollte vermutlich auch eine Art Gütergemeinschaft – aber den wirtschaftlichen Ausgleich, vielleicht sogar Besitzlosigkeit als biblisch geforderte Konsequenz christlicher Brüderlichkeit und jener ›Gelassenheit‹ gegenüber weltlichen Dingen, die dem wahren, dem bewährten Glauben entspringt. Und Müntzer wollte in der letzten Phase seines Lebens auch den bewaffneten Kampf zur Umgestaltung der sozialen und politischen Verfassung; er glaubte dies fordern und betreiben zu müssen, weil er den in der Bibel prophezeiten Endkampf der ›Auserwählten Gottes‹ gegen die ›Feinde des Christenglaubens‹ im Geschehen seines geschichtlichen Augenblicks unerbittlich gefordert und schließlich gewaltig heraufziehen sah. Der Bauernkrieg war für ihn der Anbruch dieses apokalyptischen Kampfes, und durch alle Zeugnisse bis hin zum letzten Brief zieht sich seine Sorge, daß die Aufständischen ihren wahren, den göttlichen Auftrag nicht erkennten, ihm mit ›falschen Verträgen‹ und mit ›eigennützigem‹ Verhalten untreu würden, es an Ernst und Gewißheit fehlen ließen.*

*Müntzers ganz und gar religiöser Antrieb, sein Denken in theologischen Begriffen und Vorstellungen erlauben es andererseits aber nicht, seinem Reden, Schreiben und praktischen Tun besonders in den letzten Lebensmonaten die ungeheure Wucht zu nehmen, die es auf konkrete soziale und politische Kämpfe hin, bis zur militärischen Entscheidung, zielgerichtet und unverhüllt hatte. Dies ist die andere Seite der Kritik, die vor allem den Interpretationen aus lutherisch-theologischer Tradition gilt. Müntzer war sehr wohl in Mühlhausen Organisator und führender Kopf einer Fraktion, die Umwälzung der Praxis des weltlichen Regiments und des sozialen Lebens wollte und ein Stück weit erreichte. Während des Bauernkrieges dann, das bezeugen die Briefe und Berichte, agitierte und operierte er durchaus strategisch realistisch, bewies viel mehr taktische Nüchternheit und Weitblick als die übrigen Führer im thüringischen Aufstand. Er war wohl kaum militärischer Anführer, auch vor der Schlacht bei Frankenhausen nicht, sicher aber – wo er anwesend war – zentrale Figur bei Verhandlungen und Aktionsplänen. Das hat nicht verhindert, daß seine Pläne mißlangen und er bei Entscheidungen im Haufen unterlag. Aber seinen Anteil am konkreten Geschehen im thüringischen Bauernkrieg als ›zufällige Verwicklung‹ oder ›Nebensache‹ zu bezeichnen und demgegenüber sein theologisches Konzept als das ›Eigentliche‹ herauszustreichen, heißt wiederum, von einer anderen Argumentation aus, den historischen Befund zu verfälschen. In den letzten Wochen bis zum 15. Mai 1525, in denen die gesellschaftliche Auseinandersetzung immer mehr dem offenen Krieg zudrängte, fielen für Müntzer tatsächlich die biblisch begründete und geforderte Erneuerung der Christenheit und der Kampf der Bauern und Kleinbürger gegen ihre Oberherren zusammen. Müntzer betrachtete sich als ›Knecht Gottes‹, das heißt: als Vollstrecker göttlichen Willens, wo er versuchte, den Bauernkrieg im thüringischen Raum organisatorisch zusammenzufassen und strategisch erfolgreich zu beeinflussen. Sicher ging seine apokalyptische Deutung des Kampfes weit über alles hinaus, was die meisten Aufständischen begreifen und beabsichtigen konnten. Aber nur wenn man die Einheit von theologischem Entwurf Müntzers und seinem konkret-revolutionären Handeln in der letzten Lebensspanne nicht interpretierend auseinanderbricht, kann man seinen letzten Briefen den Ernst zubilligen, der ihnen gebührt; dann erscheinen weder die Briefe an die Grafen von Mansfeld als Ausdruck eines überspannten, ins Wahnhafte abtreibenden Gemüts, noch der Abschiedsbrif an die Mühlhäuser als Widerruf und Rücknahme der Absicht, die Welt wirklich, also auch politisch und sozial von Grund auf zu verändern.*

*Der thüringische Bauernkrieg ist aber nicht daran gescheitert, daß die Masse derer, die sich erhoben, Müntzers Vorstellungen und Ziele nicht begriffen haben. Müntzers objektive historische Rolle – in einem Teil des Aufstandsgebietes die radikalen antifeudalen Kräfte zusammengefaßt und kurze Zeit beträchtliche Massen schwankender Teilnehmer mitgerissen zu haben, auch die Forderungen der Aufständischen erheblich verschärft und über die bloße Wiederaufrichtung ›alten Rechts‹ oder den Ansatz einer kleinbürgerlich-ständischen ›Demokratie‹ hinausgeführt zu haben – diese Rolle muß dann auch im Zusammenhang der geschichtlichen Bedingungen gesehen werden, die den tatsächlichen Ausgang der Kämpfe bestimmten: die geographische und politische*

Frankenhausen, Haus am Angertor, in dem Müntzer gefangengenommen wurde, Aquarell (Torhaus nicht erhalten)

Frankenhausen, Anger 1975

*Zersplitterung im deutschen Raum, die Uneinheitlichkeit und die Interessenkonflikte der sozialen Schichten und Gruppen, die einen Zusammenschluß der antifeudalen Potentiale verhinderten, vor allem die abwartende oder gar fürstenfreundliche Haltung des Bürgertums in fast allen Städten, das seine eigenen Belange nicht gegen den Adel durchsetzte, weil es sie von den Aufständischen bedroht sah. Müntzer konnte dieses Bürgertum in der geschichtlichen Konstellation nicht erreichen – er hat nach wenigen Versuchen entschieden darauf verzichtet; damit war die Niederlage der Kämpfenden, die er anzutreiben und zu lenken sich anstrengte und in denen er die ›Streiter für Gottes Sache‹ sah, besiegelt.*

## Beschluß: Die Schlacht von Frankenhausen – ein Lehrstück aus dem Bauernkrieg

*Die militärische Entscheidung endete nicht deswegen mit einer so raschen und vollständigen Niederlage der Aufständischen, weil Müntzer und der engste Kreis seiner Anhänger wegen ihrer religiösen Deutung des Bauernkrieges, im Vertrauen auf eine von Gott verliehene übermenschliche Stärke, die angemessenen militärisch-strategischen Maßnahmen versäumt hätten oder sogar in der Gewißheit unmittelbaren göttlichen Eingreifens in den Kampf, angesichts der Aktionen ihrer Gegner völlig untätig geblieben wären. Solche Behauptungen haben schon Luther unmittelbar vor und Melanchthon kurz nach Müntzers Hinrichtung in ihren Legenden verbreitet. Die überlieferten Zeugnisse beweisen: Müntzer hat Männer, Waffen, Munition heranzuholen versucht, er hat strategisch richtige Operationen in den Wochen vor der Schlacht durchführen wollen, er hat die Taktik der Fürsten bei Verhandlungen durchschaut. Er konnte sich mit seinen Bestrebungen gegen ›lokalbornierte‹ Bauern und Bürger, gegen Kompromißler und Kollaborateure, aus Geldmangel und Zeitnot, wegen der Isolierung der Aufstandszentren und der Neuartigkeit der Organisationsformen zumeist nicht durchsetzen. Dies lag an den objektiv gegebenen Bedingungen in den deutschen Ländern zur Zeit des Bauernkrieges. Gewiß berief Müntzer sich auf ein Gebot Gottes und war überzeugt, der Herr werde ›sein Volk‹ siegen lassen. Aber der berühmte Satz von Karl Marx »Damals scheiterte der Bau-*

*ernkrieg, die radikalste Tatsache der deutschen Geschichte, an der Theologie« darf nicht so gewendet werden, daß der Ausgang zum Beispiel der Schlacht bei Frankenhausen auf ein blindes Gottvertrauen oder einen religiösen Wahn der Aufständischen zurückgeführt wird.*

*Ursächlich unterlag der Frankenhäuser Haufen, weil die Fürsten ihre Verhandlungszusage nicht hielten und weil die Bauern, trotz recht guter Bewaffnung, ungeübt im konzentrierten militärischen Vorgehen waren und der fürstlichen Reiterei nichts entgegenzusetzen hatten.*

*Obwohl die Schlacht bei Frankenhausen, Entscheidungspunkt des thüringischen Bauernkrieges, durch die Einzelheiten der Bedingungen und der Vorgeschichte, vor allem aber durch die Rolle Thomas Müntzers ihre besondere Prägung erhält und den Brennpunkt regional eingegrenzter Kämpfe bildet, treten in den Geschehnissen also grundsätzliche Konstellationen des gesamten Bauernkrieges zutage. Zu lernen wäre an diesem Exempel nicht nur etwas über den Hergang des deutschen Bauernkrieges und über die Ursachen, sondern auch dies: daß die Deutung dieser geschichtlichen Auseinandersetzungen Bestandteil der nachfolgenden Auseinandersetzungen in der Geschichte ist, bis heute.*

Die Schlacht bei Frankenhausen, nach einer Darstellung aus der Mitte des 16. Jahrhunderts

## Tabelle ausgewählter Daten

**1471** Gründung von Schneeberg im Erzgebirge (Silberbergbau)
**1473** Geschäftsverbindung des Handelshauses Fugger in Augsburg mit den habsburgischen Herrschern/Gründung der Universität Trier
**1476** Bußpredigten des ›Pfeifers von Niklashausen‹, Hans Böheim; Bauernunruhen/Druck der ›Reformatio Sigismundi‹/Gründung der Universität Mainz
**1477** Gründung der Universität Tübingen
**1478** Aufstand von Bauern in Kärnten und der Steiermark
**1481/82** Bürgeraufstand in Köln
**1483** Bürgeraufstand in Hamburg/Geburt Martin Luthers
**1485** Teilung Sachsens in die ernestinischen und die albertinischen Lande/Reichstag zu Worms (Reformation der Reichsverfassung, ›Ewiger Landfriede‹)
**1488** Gründung des ›Schwäbischen Bundes‹ der süddeutschen Landesherren
**1489** Schweizer Bauernaufstand
**1488/90** Innerstädtische Kämpfe in Braunschweig
**um 1490** Geburt Thomas Müntzers
**1492** Entdeckung der ersten Inseln ›Westindiens‹ (später ›Amerika‹) durch Christoph Kolumbus/Gründung von Annaberg im Erzgebirge (Silberbergbau)/Erhebung von Bauern in Oberschwaben/Erster Globus von Martin Behaim in Nürnberg
**1492–1502** Alexander VI. Borgia Papst
**1493** Erster Bauernaufstand des ›Bundschuh‹/Regierungsantritt Maximilians I. als Kaiser
**1494** ›Das Narrenschiff‹ von Sebastian Brant
**1497/99** Entdeckung des Seeweges nach Indien um das Kap der Guten Hoffnung durch Vasco da Gama
**1497** Eigene Werkstatt Albrecht Dürers in Nürnberg
**1498** Verbrennung des Predigers Savonarola in Florenz/Monopolisierung des venezianischen Kupfermarktes durch Jakob Fugger/Gründung des Handelshauses Welser in Augsburg
**1499** ›Schwabenkrieg‹ Maximilians I. (gegen die Schweiz)
**1500** Entdeckung Brasiliens durch den Portugiesen Cabral/Reichstag zu Augsburg
**1502** Bundschuh-Erhebung im Bistum Speyer unter Führung von Joß Fritz/Gründung der Universität Wittenberg
**1503** Beteiligung der Welser am Gewürzhandel durch Vertrag mit Manuel I. von Portugal
**1503–13** Julian II. Papst
**1509/10** Innerstädtische Auseinandersetzungen in Erfurt (Eingreifen des sächsischen Kurfürsten und des Erzbischofs von Mainz)
**1510** Erste Taschenuhr von Peter Henlein in Nürnberg/Zusammenfassung der ›Gravamina‹ durch Jakob Wimpfeling
**1513** Aufstände in Braunschweig, Köln, Aachen, Nördlingen, Göttingen, Lübeck, Worms, Neuß u. a.
**1513–15** Bundschuh-Organisation in Baden und am Oberrhein (Joß Fritz)
**1513–21** Leo X. Medici Papst

**1514** Bauernaufstand in Württemberg (›Armer Konrad‹)/Unruhen in Leipzig, Marburg u. a.

**1516** Gründung von Joachimsthal im Erzgebirge (Silberbergbau)/Karl V. König von Spanien

**1517** Anschlag von 95 lateinischen Thesen zum Ablaß durch Martin Luther in Wittenberg/Aufdeckung einer Bundschuh-Verschwörung in Süddeutschland (Joß Fritz)

**1519** Regierungsantritt Kaiser Karls V. (Finanzierung durch die Fugger)/ Tod Leonardo da Vincis/Leipziger Disputation Luthers

**1519–21** Eroberung Mexikos durch Cortes

**1519–22** Erste Weltumsegelung durch Magalhaes und seine Mannschaft

**1520** Kirchenbann gegen Luther; seine großen reformatorischen Schriften (Sermon von den guten Werken; An den christlichen Adel deutscher Nation)

**1520–21** Müntzer in Zwickau

**1521** Wormser Reichstag; Ächtung Luthers

**1521–23** Hadrian VI. Papst

**1521–26** Erster Krieg Karls V. gegen Franz I. von Frankreich

**1522–23** Ritteraufstand unter Franz von Sickingen

**1523** Übertritt Philipps von Hessen zum protestantischen Glauben/Thomas Müntzer in Allstedt

**1524** Dritter Nürnberger Reichstag (Edikt gegen die Monopole)

**1525** Tod Jakob Fuggers

**1524** Ende Juni: Erstes Ausbrechen von Bauernunruhen im südlichen Schwarzwald und im Bodenseegebiet
1. August: Verhör des Pastors Thomas Müntzer und des Rates von Allstedt in Weimar vor Herzog Johann von Sachsen
7. August: Flucht Müntzers aus Allstedt
Mitte August: Müntzers Eintreffen in Mühlhausen
Herbst und Winter: Ausbreitung der Bauernbewegung in Süddeutschland (Hegau, Klettgau, Allgäu, Breisgau)
Ende September: Ausweisung Müntzers aus Mühlhausen, Reise nach Nürnberg
Ende Oktober: Abreise Müntzers aus Nürnberg nach dem unerlaubten Druck zweier Schriften
Winter: Aufenthalt Müntzers in Basel und bei den Aufständischen im Klettgau

**1525** Februar: Ausbruch des Bauernkrieges in Süddeutschland
gegen Ende Februar: Rückkehr Müntzers nach Mühlhausen, Berufung zum Pfarrer an der Marienkirche
6. u. 7. März: ›Memminger Bundesordnung‹
17. März: Absetzung des alten Rates in Mühlhausen und Wahl des ›Ewigen Rats‹
19. März: Erster Druck der 12 Artikel der Bauernschaft
März: Übergreifen der Bauernerhebung auf Franken (vor allem Taubertal, Odenwald, Würzburg)

4. April: Niederlage der oberschwäbischen Bauern bei Leipheim gegen die Heere des Truchseß von Waldburg
16. April: Stürmung von Schloß Weinsberg und Hinrichtung des Grafen Helfenstein
15. bis 17. April: Konfrontation der Bodensee-Bauern und der Söldner des Truchseß vor Weingarten; Vertrag von Weingarten
April: Übergreifen des Aufruhrs auf Mitteldeutschland (Werratal, Langensalza, Mühlhausen, Frankenhausen)
25. April: Eroberung Stuttgarts durch die Bauern
27. April bis 6. Mai: Zug des Mühlhäuser Haufens mit Müntzer und Pfeiffer durch das Eichsfeld
28. April: Eroberung Hersfelds durch Philipp von Hessen/ Einzug von Aufständischen in die Stadt Erfurt
ab 30. April: Konzentration thüringischer Bauern bei Frankenhausen
3. Mai: Eroberung Fuldas durch Philipp von Hessen
5. Mai: Tod des Kurfürsten Friedrich der Weise von Sachsen/Überfall Albrechts von Mansfeld auf Osterhausen
ab 8. Mai: Zug Philipps von Hessen nach Thüringen (Eisenach, Langensalza, Frankenhausen)
10. Mai: Zug Müntzers von Mühlhausen nach Frankenhausen
11. Mai: Aufbruch Herzog Georgs von Sachsen aus Leipzig
12. Mai: Besetzung Zaberns durch elsässische Bauern/Niederlage der schwäbischen Bauern bei Böblingen gegen das Heer des ›Schwäbischen Bundes‹ unter dem Truchseß von Waldburg
13. Mai bis 4. Juni: Belagerung Würzburgs durch fränkische Bauern
15. Mai: Schlacht bei Frankenhausen
16. Mai: Niederlage der elsässischen Bauern bei Zabern gegen Herzog Anton von Lothringen
20. Mai: Niederlage elsässischer Bauern bei Schlettstadt
24. Mai: Eroberung Freiburgs durch badische Bauern
25. Mai: Kapitulation Mühlhausens vor den sächsischen Fürsten und dem hessischen Landgrafen
27. Mai: Eroberung von Neckarsulm durch das Heer des ›Schwäbischen Bundes‹ unter dem Truchseß von Waldburg/ Hinrichtung Thomas Müntzers vor Mühlhausen
2. Juni: Niederlage der fränkischen Bauern bei Königshofen
5. Juni: Waffenstillstand der Sundgauer Bauern/ Niederlage des Bildhäuser Haufens bei Meiningen gegen Kurfürst Johann von Sachsen / Vertrag der Breisgauer Bauern mit Markgraf Ernst von Baden
8. Juni: Besetzung Würzburgs durch die Heere des ›Schwäbischen Bundes‹ und des pfälzischen Kurfürsten

23. Juni: Kapitulation der kurpfälzischen Bauern bei Pfeddersheim (Worms)
14. Juli: Auflösung des Allgäuer Bauernhaufens bei Memmingen vor dem Heer des ›Schwäbischen Bundes‹
16. Juli: Niederlage des letzten Hegauer Haufens bei der Hildinger Stiege
4. November: Niederlage von Klettgauer Bauern in Grießen
6. Dezember: Besetzung von Waldshut durch schwäbische und österreichische Söldner

**1526** Erster Speyrer Reichstag (Anfänge des Landeskirchentums) / Sieg der Türken über die Ungarn bei Mohácz
**1527** Tod Nicolo Machiavellis / Verpfändung Venezuelas an die Welser durch Karl V.
**1526–29** Zweiter Krieg Karls V. gegen Franz I. von Frankreich
**1528** Tod Albrecht Dürers und Matthias Grünewalds
**1529** Zweiter Speyrer Reichstag / Belagerung Wiens durch die Türken
**1530** Reichstag zu Augsburg
**1531** ›Schmalkaldischer Bund‹ der protestantischen Fürsten / Tod Tilman Riemenschneiders
**1534** Gründung des Jesuitenordens durch Ignatius von Loyola
**1534–35** Wiedertäufer in Münster
**1536** Tod des Erasmus von Rotterdam
**1537** Niederlage Lübecks gegen die nordischen Mächte (Ende der Hanse-Macht)
**1546** Tod Martin Luthers
**1546–47** ›Schmalkaldischer Krieg der katholischen gegen die protestantischen Fürsten
**1555** Augsburger Religionsfriede
**1556** Abdankung Karls V.

# Quellen- und Literaturnachweise

Im folgenden sind nur die im Text verwendeten Quellen und Untersuchungen angegeben; die Nachweise hinter der jeweiligen Seitenzahl beziehen sich auf die Zitate in der fortlaufenden Abfolge im Text, maßgeblich für den Nachweis ist immer der Beginn eines Zitats.

*Weiterführende Literaturangaben finden sich vor allem in:*

(Adolf Laube u. a.:) Illustrierte Geschichte der frühbürgerlichen Revolution. Berlin (DDR) 1974

Manfred Bensing: Thomas Müntzer und der Thüringer Aufstand 1525. Berlin (DDR) 1966 (Leipziger Übersetzungen und Abhandlungen zum Mittelalter. Reihe B, Bd. 3)

Gerhard Wehr: Thomas Müntzer. Reinbek b. Hamburg 1972 (rowohlts monographien 188)

Reiner Wohlfeil (Hrsg.): Reformation oder frühbürgerliche Revolution? München 1972 (nymphenburger texte zur wissenschaft 5)

*In den Nachweisen werden folgende Titel verkürzt zitiert:*

AGBM I/2: Akten zur Geschichte des Bauernkrieges in Mitteldeutschland. Bd. I/2. Hrsg. von Günther Franz. Leipzig 1934

AGBM II: Akten zur Geschichte des Bauernkrieges in Mitteldeutschland Bd. II. Hrsg. von Walther Peter Fuchs. Jena 1942

Bensing 1966: Manfred Bensing: Thomas Müntzer und der Thüringer Aufstand 1525. Berlin (DDR) 1966

Förstemann: Karl Eduard Förstemann (Hrsg.): Neues Urkundenbuch der Evangelischen Kirchenreformation. Hamburg 1842

Geß II: Felician Geß (Hrsg.): Akten und Briefe zur Kirchenpolitik Herzog Georgs von Sachsen. Bd. II. Leipzig und Berlin 1917

Müntzer, Schriften: Thomas Müntzer: Schriften und Briefe. Kritische Gesamtausgabe. Hrsg. von Günther Franz. Gütersloh 1968

(Über dem Impressum Karte nach Bensing 1966, S. 167)
**7**: Flugschrift nach dem Original: Wittenberg (Hans Lufft) 1525, fol. A i (vgl. die kommentierte Ausgabe von Ludwig Fischer: Die lutherischen Pamphlete gegen Thomas Müntzer. Tübingen 1976) / **8**: Flugschrift nach dem Original: Hagenau (Johann Secerius) 1525, fol. BBij ff (vgl. die zu S. 7 zitierte Neuausgabe) / **15**: Heinrich Boehmer: Studien zu Thomas Müntzer. In: Feier des Reformationsfestes und des Übergangs des Rektorats. Leipzig 1922 (Universitätsprogramm). S. 3f; Martin Luther: Eine schreckliche Geschichte und Gericht Gottes über Thomas Müntzer. Nach dem Original: Wittenberg (Joseph Klug) 1525, fol. B 3 (vgl. die oben zu S. 7 zitierte Neuausgabe); Max Steinmetz: Das Müntzerbild von Martin Luther bis Friedrich Engels. Berlin (DDR) 1971 (Leipziger Übersetzungen und Abhandlungen zum Mittelalter. Reihe B, Bd. 4). S. 23f (Zitat im Zitat: Handwörterbuch des deutschen Aberglaubens, Bd. 2, Sp. 1353. 1363) / **16**: AGBM II, S. 897; Bensing 1966,

S. 225, Anm. 53; ebd., S. 266 / **17**: Karl Marx: Zur Kritik der Hegelschen Rechtsphilosophie. Marx/Engels Werke, Bd. 1. Berlin (DDR) 1970. S. 386; Melanchthon s. o. zu S. 8; Ernst Bloch: Thomas Münzer als Theologe der Revolution. Frankfurt/M. 1960. S. 87; AGBM II, S. 335 / **19**: AGBM II, S. 305 / **20** Flugschrift nach dem Original: Leipzig (Wolfgang Stöckel) 1525, fol. A ij$^{b}$ff / **23**: AGBM II, S. 397; Bensing 1 66, S. 225f / **24**: Bensing 1966, S. 226f / **25**: AGBM II, S. 308f / **26**: Karte nach Bensing 1966, S. 218 / **29**: Flugschrift s. o. zu S. 7 / **30**: AGBM II, S. 888 / **31**: Müntzer, Schriften, S. 547; AGBM II, S. 310/AGBM II, S. 284; (Adolf Laube u. a.) Illustrierte Geschichte der frühbürgerlichen Revolution. Berlin (DDR) 1974. S. 274; Rochus von Liliencron: Die historischen Volkslieder der Deutschen vom 13. bis 16. Jahrhundert. Bd. 3. Leipzig 1867. S. 440, 443 / **35**: Karte nach K. Blaschke, in: Die Reformation in Dokumenten aus den Staatsarchiven Dresden und Weimar. Hrsg. v. Hans Eberhardt und Horst Schlechte Weimar, 1967 / **36**: AGBM II, S. 100/**37**: AGBM II, S. 144; ebd., S. 164f; ebd., S. 211/**38**: AGBM II, S. 339f/**39**: AGBM II, S. 252f (vgl. die Artikel ebd., S. 250ff; Luthers Stellungnahme in: Martin Luthers Werke. Kritische Gesamtausgabe. Weimar 1883ff. Bd. 18, S. 531ff)/**40**: AGBM II, S. 281f/**41**: Müntzer, Schriften, S. 471f/**42**: AGBM II, S. 282/**43**: Wolfgang Steinitz: Deutsche Volkslieder demokratischen Charakters aus sechs Jahrhunderten. Berlin 1973. S. 58f (leicht bearbeiteter Auszug)/**45**: AGBM II, S. 168f (die ‚12 Artikel' in: Klaus Kaczerowsky (Hrsg.): Flugschriften des Bauernkrieges. Reinbek b. Hamburg 1970. S. 7ff)/**46**: AGBM II, S. 162; ebd., S. 843/**47**; AGBM II, S. 844f/**48**: Illustrierte Geschichte (s.o. zu S. 33), S. 30f. 33f./**54**: Gerhard Heitz: Ländliche Leinenproduktion in Sachsen 1470–1555. Berlin (DDR) 1961. S. 44f/**56**: Renate Maria Radbruch/Gustav Radbruch: Der deutsche Bauernstand zwischen Mittelalter und Neuzeit. Göttingen $^{2}$1961. S. 76/**58**: Radbruch (s. o. zu S. 56), S. 24f/**59**: Günther Franz: Geschichte des deutschen Bauernstandes vom frühen Mittelalter bis zum 19. Jahrhundert. Stuttgart 1970 (Deutsche Agrargeschichte Bd. IV). S. 131f. 134f. 136f/**61**: Radbruch (s. o. zu S. 56), S. 79/**63**: AGBM II, S. 202f/**65**: AGBM II, S. 203; ebd., S. 228f/**66**: AGBM II, S. 230; ebd., S. 203/**67**: AGBM II, S. 191 (vgl. dazu Carl Hinrichs: Luther und Müntzer. Ihre Auseinandersetzung über Obrigkeit und Widerstandsrecht. Berlin 1962 (Arbeiten zur Kirchengeschichte 29). S. 65ff)/**68**: Bensing 1966, S. 123; Geß II, S. 336 Anm. 1/**70**: Bensing 1966, S. 123f; AGBM II, S. 844; ebd., S. 229/**71**: AGBM II, S. 214f/**72**: Bensing 1966, S. 166; ebd., S. 165/**73**: Geß II, S. 225; AGBM II, S. 200; Geß II, S. 172f; AGBM II, S. 169 Anm. 1/**73**: Martin Luthers Werke (s. o. zu S. 39). Briefe Bd. 3 S. 480/**75**: AGBM II, S. 235f/**76**: Bensing 1966, S. 172/**77**: AGBM II, S. 228; ebd., S. 258/**78**: AGBM II, S. 941/**79**: Bensing 1966, S. 173; Dietrich Lösche: Zur Lage der Bauern im Gebiet der ehemaligen freien Reichsstadt Mühlhausen i. Th. zur Zeit des Bauernkrieges. In: Die frühbürgerliche Revolution in Deutschland. Berlin (DDR) 1961. S. 65–72 (Auszug)/**85**: Nach J. M. Elsas: Umriß einer Geschichte der Preise und Löhne in Deutschland vom ausgehenden Mittelalter bis zum Beginn des neunzehnten Jahrhunderts. Bd. I Leiden 1936; Bd. II A Leiden 1940; Bd. II B Leiden 1949. Löhne (München) Bd. I, S. 707ff, (Augsburg) S. 737ff; Gehälter (München Bd. I, S. 765ff, (Frankfurt/M.) Bd. II A, S. 619ff, (Speyer) S. 612; Preise (München) Tab. Bd. I., S. 541ff, (Augsburg) S. 600ff) / **87** Radbruch (s. o. zu S. 56), S. 7ff / **89**: Günther Franz (Hrsg.) Quellen zur Geschichte des deutschen Bauernstandes in der Neuzeit. München-Wien 1963 (Freiherr vom Stein-Gedächtnisausgabe Bd. XI.), S. 25f / **92**: Franz, Quellen (s. o. zu S. 89), S. 3 / **93**: Franz, Quellen (s. o. zu S. 89), S. 9–11 / **95**: Steinitz, Volkslieder (s. o. zu S. 43), S. 71ff (Auszug) / **98**: Franz, Geschichte des Bauernstandes (s. o. zu S. 59), S. 127f / **102**: Manfred Bensing: Charakter, Organisation und Rolle der ‚Haufen' im deutschen Bauernkrieg 1524–1526. In: Geschichtsunterricht und Staatsbürgerkunde. 1968, Heft 1, S. 46–54 (Auszug) / **109**: Bloch, Münzer (s. o. zu S. 19), S. 61–63. 69–71 / **113**: Müntzer, Schriften, S. 548f / **114**: Müntzer, Schriften, S. 475f; ebd., S. 461 / **115**: AGBM II, S. 254 / (Kurzzitat:) Bensing 1966, S. 184; Müntzer, Schriften, S. 462 (dazu Bensing 1966, S. 187ff) / **117**: Müntzer, Schriften, S. 454ff / **119**: Geß II, S. 143 / **120**: AGBM II, S. 230; (vgl. Bensing 1966, S. 173ff; Dokumente in Geß II, S. 168. 172) Geß II, S. 197 / **121**: AGBM II, S. 240; Geß II, S. 191; ebd., S. 216f / **122**: Geß II, S. 170f Anm. 2 (vgl. ebd. S. 165) / **123**: Geß II, S. 171 Anm. 2; ebd., S. 217 / Bensing 1966, S. 181f / **125**: Geß II, S. 334f / **126**: AGBM II, S. 161f / **127**: AGBM II, S. 179f; Geß II, S. 155 / **128**: Müntzer, Schriften S. 459; Geß II, S. 225; Bensing 1966, S. 201 / **129**: Geß II, S. 336f / **130**: AGBM II, S. 513 / **132**: AGBM II, S. 523f / **134**: Geß II, S. 155 Anm. 1 / **135**: Müntzer, Schriften, S. 548; Geß II, S. 175 / **136**: Geß II, S. 189f / **137**: Geß II, S. 189 Anm. I / **139**: AGBM I/2, S. 379 / **141**: AGBM II, S. 85ff / **142**: AGBM I/2, S. 453f / **143**: AGBM II, S. 382; Förstemann, S. 259 / **145**: Förstemann, S. 265; ebd., S. 269 / **146**: Förstemann, S. 271; AGBM I/2, S. 333; Förstemann, S. 273 / **147**: Förstemann, S. 274; ebd., S. 275f / **148**: Förstemann, S. 280; AGBM II, S. 189f / **149**: Martin Luthers Werke (s. o. zu S. 39), Briefe Bd. 3, S. 508; (zu den Verhandlungen vgl. Geß II, S. 158. 194f; AGBM II, S. 240f / **150**: (die Nachrichten vgl. AGBM II, S. 236f. 253f) / **151**: Geß II, S. 132f / **152**: AGBM II, S. 136 / **153**: Geß II, S. 159 (vgl. S. 140ff. 152f) / **154**: Geß II, S. 181f / **155**: Geß II, S. 169f; AGBM II, S. 244 (vgl. S. 256. 264) / **156**: Geß II, S. 316f / **157**: Geß II, S. 227 / **158**: Müntzer, Schriften, S. 467f / **159**: Müntzer, Schriften, S. 469f / **161**: Wilhelm Zimmermann: Der große deutsche Bauernkrieg. Berlin 1974 (Nachdruck von 1856). S. 671 / **162**: Alfred Meusel: Thomas Müntzer und seine Zeit. Berlin (DDR) 1952. S. 173 / **163**: Bloch, Münzer (s. o. zu S. 19), S. 111–114 (Auszug) / **164**: Friedrich Engels: Der deutsche Bauernkrieg. Marx / Engels Werke. Bd. 7. Berlin (DDR) 1969. S. 353f. 402f / **166**: Ernst Werner: Messianische Bewegungen im Mittelalter. In: Zeitschrift für Geschichtswissenschaft. 10. Jg. 1962. S. 614ff / **167**: Thomas Nipperdey: Theologie und Revolution bei Thomas Müntzer. In: Wirkungen der deutschen Reformation bis 1555. Hrsg. v. Walther Hubatsch. Darmstadt 1967 (Wege der Forschung Bd. 203). S. 274. 276f / **169**: Bensing 1966, S. 248ff / **171**: M. M. Smirin: Die Volksreformation des Thomas Müntzer und der große Bauernkrieg. Berlin (DDR). S. 317f / **172**: Gerhard Zschäbitz: Zur mitteldeutschen Wiedertäuferbewegung nach dem großen Bauernkrieg. Berlin (DDR) 1958 (Leipziger Übersetzungen und Abhandlungen zum Mittelalter. Reihe B, Bd. 1). S. 37. 39f / **174**: Müntzer, Schriften, S. 473f.

Fotos **157, 181**: W. Görtz, Bad Frankenhausen (Bildmappe, hrsg. von PGH Film und Bild, Berlin, DDR)

# Wagenbach Quarthefte:

# WAGENBACHS TASCHENBÜCHEREI

**Franz Kafka. In der Strafkolonie** Hrsg.: Klaus Wagenbach. *WaT 1. 96 Seiten. DM 5,–*
**Faust. Ein deutscher Mann** Die Geburt einer Legende und ihr Fortleben in den Köpfen, Lesebuch von Klaus Völker. *WaT 2. 192 Seiten. DM 6,50*
**1848/49: Bürgerkrieg in Baden** Hrsg.: Wolfgang Dreßen. *WaT 3. 160 Seiten. DM 6,–*
**Länderkunde: Indonesien** Die Menschen, das Land, die Kultur und was die holländischen Räuber daraus gemacht haben. Von Einar Schlereth. *WaT 4. 128 Seiten. DM 5,50*
**Schlaraffenland, nimms in die Hand!** Kochbuch für Kommunen und andere Menschenhaufen sowie isolierte Fresser. *WaT 5. 192 Seiten. DM 7,50*
**Peter Brückner, »... bewahre uns Gott in Deutschland vor irgendeiner Revolution!«:** Kotzebue und Sand. 1819. *WaT 6. 128 Seiten. DM 5,50*
**Auf dem Langen Marsch** Die Wende in der chinesischen Revolution, von Teilnehmern erzählt. Hrsg. Dietmar Albrecht und Dirk Betke. *WaT 7. 160 Seiten. DM 7,–*
**Die Geschichte des Docktor Frankenstein** Zusammengeschnitten und herausgegeben von Susanne Foerster. *WaT 8. 128 Seiten. DM 5,–*
**Babeuf. Der Krieg zwischen Reich und Arm** Artikel, Reden, Briefe. Kommentiert von Peter Fischer. *WaT 9. 128 Seiten. DM 6,–*
**William Beckford: Die Geschichte des Kalifen Vathek** Ein Schauerroman aus dem britischen Empire. Kommentare von Gisela Dischner. *WaT 10. 192 Seiten. DM 7,50*
**1886, Haymarket** Die deutschen Anarchisten von Chicago, Lebensläufe, Reden. Herausgegeben von Horst Karasek. *WaT 11. 192 Seiten. DM 8,50*
**Jonas Geist Das Holstentor zu Lübeck.** *WaT 12. 144 Seiten. DM 6,50*
**Die Schlacht unter dem Regenbogen** Frankenhausen 1525, ein Lehrstück aus dem Bauernkrieg. Von Ludwig Fischer. *WaT 13. 192 Seiten. DM 8,50*
**Zapata** Barbara Beck und Horst Kurnitzky: Bilder aus der mexikanischen Revolution. *WaT 14. 160 Seiten. DM 6,50*
**Weißer Lotus, Rote Bärte** Geheimgesellschaften in China. Zur Vorgeschichte der Revolution. Ein Dossier von Jean Chesneaux. *WaT 15. 192 Seiten. DM 8,–*
**Die Kommune der Wiedertäufer** Bericht aus der belagerten und befreiten Stadt Münster, 1535. Von Horst Karasek. *WaT 16. 160 Seiten. DM 7,50*
**Grand Guignol** Das blutige Theater Frankreichs. Zusammengestellt von Caroline Neubaur und Karin Kersten. *WaT 17. 128 Seiten. DM 6,50*
**131 expressionistische Gedichte** Hrsg.: Peter Rühmkorf. *WaT 18. 160 Seiten. DM 7,50*
**Peter O. Chotjewitz/Aldo De Jaco, Die Briganten** Aus dem Leben süditalienischer Rebellen. *WaT 19. 192 Seiten. DM 7,50*
**Die Scheidung von San Domingo** Wie die Negersklaven von Haiti Robespierre beim Wort nahmen. Dokumentation von Hans Christoph Buch. *WaT 20. 192 Seiten. DM 8,–*
**Der Automaten-Mensch** E.T.A.Hoffmanns Erzählung vom »Sandmann«, auseinandergeschnitten und zusammengesetzt von Lienhard Wawrzyn. *WaT 24. 160 Seiten. DM 7,50*
**Gewalt in der Ehe** Herausgegeben von Sarah Haffner. *WaT 25. 224 Seiten. DM 10,–*
**Corado Stajano: Der Staatsfeind** Leben und Tod des Anarchisten Serantini. Aus dem Italienischen von P.O. Chotjewitz. *WaT 26. 160 Seiten. DM 7,50*
**80 Barockgedichte** Hrsg.: Herbert Heckmann. *WaT 27. 128 Seiten. DM 6,50*
**Peter Brückner: Ulrike M. Meinhof** und die deutschen Verhältnisse. *WaT 29. 192 Seiten. DM 8,50*
**Bettina von Arnim** Eine weibliche Sozialbiographie aus dem 19. Jahrhundert. Von Gisela Dischner. *WaT 30. 192 Seiten. DM 9,50*
**Die Päpstin Johanna** Ein Lesebuch von Klaus Völker. *WaT 31. 128 Seiten. DM 6,50*
**Charles Fourier: Aus der Neuen Liebeswelt** Über die Freiheit in der Liebe. Ausgewählt und eingeleitet von Daniel Guérin. *WaT 32. 206 Seiten. DM 9,50*
**Der Schinderhannes** Kriminalgeschichte voller Abenteuer und Wunder von 1802. 1977 aufgefunden und herausgegeben von Manfred Franke. *WaT 34. 160 Seiten. DM 8,–*
**Die Salpeterer** ›Freie, keiner Obrigkeit untertane Leut auf dem Hotzenwald.‹ von Thomas Lehner. *WaT 36. 128 Seiten. DM 7,50*